중국문자학의 기초

문자학의 원류와 발전

스승에게서 국학을 배우다

문자학의 원류와 발전

胡朴安 著

임진호 · 김하종 譯註

역자약력

임진호(任振鎬)

　　현재 초당대학교 교수
　　　　국제교류교육원장, 한중정보문화학과장

　주요 저서

　『甲骨文 발견과 연구』
　『문화문자학』
　『길위에서 만난 孔子』
　『1421년 세계 최초의 항해가 정화』
　『디지털시대의 언어와 문학연구』

　주요 논문

　「說文解字에 인용된 詩經의 釋例研究」
　「詩經에 대한 유협의 文心雕龍의 認識研究」
　「漢代의 辭賦創作과 經學」
　「柳宗元의 山水小品文에 대한 美學的 理解」외 다수

김하종(金河鍾)

　전　초당대학교
　　　한중정보문화학과 전임강사

　주요 논문 및 저서

　「殷商金文詞彙研究」
　「論殷商金文中象形符號的文字性質」
　「殷商金文中複合族氏金文的內含初探」외 다수
　『문화문자학』

문자학의 원류와 발전

　2013년 4월 15일　초판인쇄
　2013년 4월 20일　초판발행

　지은이 胡 朴 安
　옮긴이 임 진 호 · 김 하 종
　펴낸이 한 신 규
　편　집 오 행 복
　펴낸곳 도서출판 **문현**
　주　소 138-210 서울특별시 송파구 문정동 99-10 장지빌딩 303호
　전　화 Tel.02-443-0211　Fax.02-443-0212
　E-mail mun2009@naver.com
　등　록 2009년 2월 24일(제2009-14호)

　ⓒ임진호 · 김하종, 2012
　ⓒ문현, 2013, printed in Korea

　ISBN　978-89-94131-73-3　93820　정가 25,000원

역자 서문

이 책은 오천 년에 가까운 역사를 가진 한자의 원류와 본질을 밝히는 문자학에 대한 기본연구서로서 한자의 자의와 자음의 기원, 자형의 구성 원리와 육서의 규칙, 그리고 한자 자형의 변천 역사를 저자의 오랜 경험을 바탕으로 체계적으로 서술하고 있다.

이 책은 원래 호박안 선생이 여러 대학 강단에서 강의했던 문자학 관련 내용을 모아 1929년 『문자학 ABC』라는 책으로 엮어 출판하였던 것으로 2010년 중화서국에서 이를 교정하여 『문자학상식』이라는 이름으로 다시 간행한 바 있다.

역자는 1929년 출판된 『문자학 ABC』 판본을 저본으로 삼고 2010년 간행된 『문자학 상실』을 참고로 하여 새롭게 주석을 붙이고 관련 내용을 보충하여 우리말로 알기 쉽게 번역하였다.

이 역서의 주요 특징은 중국문자학에 입문하는 초보자들이 누구나 쉽게 문자학에 접근할 수 있도록 번역 과정에서 원문에 충실하는 한편, 독자의 이해를 돕기 위해 역자의 주석을 덧붙이고 관련 연구 서적을 체계적으로 정리 분석하여 책 말미에 부록으로 첨부해 놓았다는 점이다. 일찍이 허신은 『설문해자』에서 "문자에 대한 탐구는 고전 연구의 근본이며, 바른 정치를 시행하는 근간이다. 또한 문자는 옛 사람들이 후세 사람에게 문화를 전해주는 도구인 동시에 후대인이 전대의 학문을 배우는 도구"라고 문자탐구의 중요성에 대해서 언급한 바 있다. 역자는 독자들에게 이 책의 이해와 탐구

를 통해서 중국 한자의 기원으로부터 한자의 자의와 자음에 대한 이해는
물론 중국 고전에 담긴 의미까지도 정확하게 읽어 낼 수 있는 토대를 마련할
수 있는 계기가 되기를 기대한다.

이제 한자는 단순히 중국과 중국인들에게만 국한된 문자체계가 아니라
동아시아 한자 문화권의 여러 나라, 즉 한자는 우리나라에서도 사용되고 있
는 문자체계라는 사실을 상기해 볼 필요가 있다. 우리가 항상 사용하고 있
는 우리말에서도 한자가 70%이상을 차지하고 있고, 우리 정신세계의 근간
을 이루고 있는 문자이지만 그 중요성에 대해서는 아직도 인식이 높지 않
은 것 같다. 다행히도 학생들을 중심으로 우리나라에서도 한자 열풍이 불고
있어 향후 한자의 저변 확대를 조심스럽게 기대해 본다.

이 책을 번역하고 주석을 덧붙이는 과정에서 저자의 의도를 충분히 밝히
지 못하고 오류나 잘못을 범하지 않을까 하는 염려스러운 마음이 앞섰지만
우리나라 한자 보급과 발전에 조금이나마 보탬이 되어야 겠다는 심정으로
정성을 쏟았다. 향후 부족한 부분은 계속해서 수정 보완할 것을 약속드리며
독자 여러분과 동학 여러분의 기탄없는 지적과 충고를 기대한다.

끝으로 여러 가지 현실적인 어려움에 불구하고 흔쾌히 출판을 맡아주신
문현출판사의 한신규 사장님께 깊은 감사를 드립니다.

2012. 5
동학골에서
임진호 拜

저자 서문

　본인의 졸저『문자학』의 상편은 지지持志대학에서 강의한 내용을 지금 다시 한 번 더 수정 본 내용을 수록해 놓은 것으로, 그 내용은 대략 문자의 기원으로부터 문자의 변천을 설명한 것이다. 비록 그렇게 상세하다고는 말하지 못한다고 해도 갑골문이나 고문, 전문篆文, 예서 등과 같이 중요한 부분에 대해서는 자세하게 설명을 해 놓았다. 중편은 국민國民대학에서 두 번 강의하고 나서 다시 상해上海대학과 군치群治대학에서 한 차례 더 강의한 내용을 재차 수정한 후 그 내용을 수록해 놓은 것으로 대략 육서의 규칙에 관해서 대체로 간단명료하게 설명해 놓았다. 하편은 문자학의 도서 목록을 연구한 것으로, 대체로 필자가 직접 본 책에 대해 그 내용과 판본을 대략적으로 기술해 놓았으며, 이와 더불어 약간의 비평을 덧붙여 문자학 연구자가 편리하게 요령을 터득할 수 있도록 하였다.

　졸저『문자학』은 비록 신기하여 좋아할 만한 내용은 없으나 문자를 연구하는 사람들의 입문서로는 가치가 있다고 자신한다.

　민국民國 18년 2월 5일 경현涇縣의 호박안 기록하다.

『문자학상식』 서문

호박안(胡朴安. 1878~1947) 선생은 근대의 저명한 학
자로써 경학과 주역학, 그리고 문자훈고학 연구 방면
에 깊은 조예를 가지고 있었다. 선생의 원래 이름은
온옥韞玉이며, 자는 박안朴安으로 안휘성 경현涇縣사
람이다. 선생은 문자와 훈고학 교육, 그리고 수십 연
간 연구 활동을 하면서 상해대학, 지지持志대학, 국민
대학, 군치群治대학 등의 학교에서 교편을 잡고 학생들을 교육하였다. 또한
선생은 적극적으로 사회활동에 참여하여 일찍이 『민국일보民國日報』사 사
장, 교통부 비서, 복건성순열사서비서福建省巡閱使署秘書 겸 교육과장 및 편
집부 주임, 복건성도서관 관장, 상해통지관上海通志館 관장, 상해문헌위원회
주임, 강소성국술관江蘇省國術館 관장 등의 직을 역임하였다.

호박안 선생은 일생 동안 많은 저작을 남겼는데, 저서로는 『문자학ABC』,
『중국문자학사』, 『중국훈고학사』, 『문자학총론』, 『중국학술사』, 『주역고사관周易
古史觀』 등이 있으며, 또 한편으로 『속어전俗語典』, 『중화전국풍속지中華全國風
俗志』 등을 편찬하였다. 이 가운데서도 『중국문자학사』와 『중국훈고학사』 두
권은 소학사小學史의 개산지작開山之學으로서 그 영향이 워낙 크기 때문에 지
금까지도 대학의 중문학과 학생들이 주요 참고서적으로 사용해 오고 있다.

『문자학ABC』는 호박안 선생이 지지대학, 국민대학, 상해대학, 군치대학에서 강의했던 문자학 관련 지식을 모아 책으로 엮은 것으로 상·중·하 3편으로 구성되어 있다. 상편은 문자의 기원으로부터 문자의 변천, 폐기, 증가 등에 관하여 언급하면서 갑골문, 고문古文, 전문篆文, 예서 등에 대해 상당히 상세하게 설명해 놓았다. 중편은 육서의 차례와 기능을 설명하면서 이와 함께 각 육서의 실례를 들어 그 내용을 분명하게 밝혀 놓았다. 하편은 문자학 관련 도서를 연구하여 각 도서의 장단점을 밝혀 사람들이 참고할 수 있게 하였다. 본서는 간단명료하게 요점을 밝혀 알기 쉽도록 하였기 때문에 문자학 초보자들이 쉽게 입문할 수 있는 기본적인 참고서라고 할 수 있다. 그렇기 때문에 호박안 선생 본인 역시 서언에서 "나의 졸저『문자학』은 비록 신기하여 좋아할 만한 내용은 없으나 문자를 연구하는 사람들의 입문서로는 가치가 있다고 자신한다."고 솔직하게 인정하고 있다.

『문자학ABC』은 1949년 이전에 여러 번 재판을 인쇄하였으나 그 후에는 다시 인쇄가 되지 못했다. 이번 재판에서는 세계서국에서 출간한 1929년 "ABC총서"의 판본을 저본으로 삼아 다시 세밀하게 자구와 표점 부호를 교정하여『문자학상식』이라는 이름으로 출간하게 되었다. 중국문자학의 원류와 발전, 그리고 그 한자에 흥미를 가지고 있는 젊은 모든 분들에게 하나의 훌륭한 참고 서적이 되었으면 하는 바람을 가져본다.

차례

하편 연구서적

역자 보충

문자의 원류

제 **1** 장
문자통론

1. 문자의 시원

문자는 언어를 대체하는 부호인 까닭에 문자의 창조는 언어로부터 생성
되었다. 그러나 문자가 창제되기 이전에 언어를 대체하는 부호로써 이미 괘
卦를 그려 나타낸 화괘畵卦와 새끼줄을 매듭지어 표시한 결승結繩 두 가지
유형이 있었다.

허신許愼[1]은 『설문해자說文解字』[2](이하 『설문』으로 간칭한다.) 서문에서
"옛날에 복희씨伏義氏(중국 고대 전설상의 삼황三皇의 첫머리에 꼽는 제왕
또는 신)가 천하를 통치할 때, 위로는 하늘의 현상을 관찰하고, 아래로는
땅의 모양을 살폈다. 새와 짐승의 문채와 땅의 생김새를 보고, 가까이로는

---

1) 허신(58경~147경)의 자는 숙중叔重이고, 동한東漢(후한後漢) 시기의 경학자이자
   문자학자이다. 명제明帝부터 화제和帝 때까지 관직에 있었다. 그는 박학했으며,
   경학經學을 연구하고 육서六書의 의의를 구명했다. 한자의 구조와 의미에 대하여
   저술한 『설문해자說文解字』는 중국 문자학의 선구이다. 그 밖의 저서로는 5경의
   해석을 기술한 『오경이의五經異義』가 있다.
2) 허신이 편찬하였고 본문은 14권이고 서목敍目 1권이 추가되어 총 15권이다. 처음
   으로 540개 부수를 설정하여 9,353개의 글자를 수록하였고, 중문重文(고문古文,
   주문籀文의 이체자異體字)이 1,163자이며 해설한 글자는 13만 3,441자이다.

설문해자說文解字

허신許愼   복희씨가 그린 팔괘

신체에서 취하고, 멀리는 사물에서 형상을 취하여 처음으로 『주역周易』의 팔괘八卦를 만들어서 그 이치를 후세에 전하였다. 신농씨神農氏(중국 고대 전설상의 삼황三皇 중의 한 제왕 또는 신)에 이르러서는 결승結繩으로 나라를 다스려 그 일을 기록하였는데, 일이 매우 복잡해지고 꾸미고 거짓됨이 많이 생겨났다. 황제黃帝(중국 고대 전설상의 삼황오제三皇五帝 중의 한 제왕 또는 신)의 사관인 창힐倉頡이 새와 짐승의 발자국을 보고 무늬가 서로 구별됨을 깨닫고 처음으로 서계書契를 만들어 모든 관리들을 이 서계로써 다스리고 만물을 이로써 관찰하였다.”3)고 밝혔는데, 여기서 문자 창제 이

---

3) 『설문』서문: "古者庖犧氏之王天下也, 仰則觀象於天, 俯則觀法於地; 觀鳥獸之文與地之宜; 近取諸身, 遠取諸物; 於是始作易八卦, 以垂憲象. 及神農氏, 結繩爲治, 而統其事. 庶業其繁, 飾僞萌生; 黃帝史官倉頡, 見鳥獸蹄远之跡, 知分理可相別異也; 初造書契, 百工以乂, 萬品以察."

전에 이미 화괘와 결승과 같은 부호가 있었음을 알 수 있다. 이러한 허신의
말을 따르자면, 대략 복희씨 시대에 화괘가 있었고, 신농씨 시대에 결승이
있었으며, 황제시대에 문자가 창제되었다고 할 수 있는데, 이러한 고증은
『역경易經・계사전繫辭傳』을 근거해보면 비교적 신빙성이 있어 보인다.

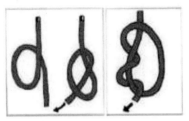 

결승의 방법

창힐

　그러나 황제의 사관 창힐이 비록 문자를 창조했다고는 하지만 사실상 문
자를 만든 사람은 반드시 창힐 한 사람만은 아니었을 것이다. 위항衛恒[4]은

---

4) 위관衛恒(220~291)은 동한시대 하동안읍河東安邑(지금의 산서성山西省 하현夏

『사체서세四體書勢』에서 "옛날에 황제가 만물을 창조하였으며, 저송沮誦과 창힐倉頡 두 사람이 서계를 처음 만들었다."5)고 기술하였는데, 여기서 황제시대에 서계가 만들어졌으며, 이미 저송과 창힐 두 사람이 있었다는 사실을 알 수 있다. 사실상 문자가 정리되기 이전에 매우 혼잡했다는 사실로 미루어 볼 때, 창제했다고 하는 말은 결코 성인聖人 한 두 사람이 만든 것을 의미하는 것은 아니라고 생각된다. 간단한 형태에서 복잡한 형태로, 그리고 서로 차이가 나는 형태에서 통일된 형태로 정리되는 것은 사실상 자연적인 추세라고 할 수 있기 때문에 그 시원을 거슬러 올라가 봐야 대략 황제시대에 지나지 않는다고 하겠다.

2. 문자의 명칭

"문文"이란 무엇인가? 『설문』에서는 "'문文'은 엇갈려 그린 것으로 엇갈린 무늬를 본뜬 것이다."6)고 하였고, 『고공기考工記』7)에서는 "청색과 적색

縣 서북쪽에 위치한 우왕성禹王城) 사람으로 자는 백옥伯玉이며 위기衛覬의 아들이다. 위항衛恒은 위관의 아들이며 자는 거산巨山이고 생졸연대는 자세하지 않다. 그는 진나라 혜제 원강원년元康元年(291)에 아버지와 함께 가후賈后에게 죽임을 당했다. 위관의 부친인 위기衛覬는 삼국시대 위나라의 서예가였다. 금침팔분서金針八分書로 쓴 『위수선표魏受禪表』는 바로 위기가 쓴 것이다. 위관은 어려서 가학을 이었고 뒤에 장지에게 글씨를 배웠으며 독자적인 품격을 이뤄서 삭정索靖과 이름을 나란히 했다. 그는 초서와 예서로써 당시에 이름을 날렸다. 그의 서예작품의 기조는 결체가 청아하고 준일하며 점과 획은 흐르는 듯 아름다우며 생동적이다. 그가 쓴 『사체서세四體書勢』는 전문적으로 고문, 전서, 예서, 초서를 논한 것으로 지금까지 전해져 후대 서예에 지대한 영향을 끼쳤으며 지금도 자주 인용되고 있다.

5) 『사체서세』: "昔在黃帝, 創製造物; 有沮誦, 倉頡者, 始作書契."
6) 『설문』: "文, 錯畵也, 象交文."
7) 중국 최초의 과학기술 전문서적으로, 일반적으로 춘추春秋시대 말기 제齊나라

을 조화시킨 것을 일러 '문文'이라 한다."8)고 하였으며, 『역경·계사전』에서는 "사물이 서로 섞여 있는 까닭에 '문文'이라 한다."9)고 하였는데, 이러한 내용을 종합해보면 모두 '뒤섞여 있다'는 의미를 지니고 있음을 알 수 있다. 그렇기 때문에 사물이 서로 뒤섞이지 않으면 '문文'이 될 수가 없는 것이다. '문文'의 모양은 '𠬝'로 표시하는데, 서로 뒤섞여 있는 형상을 보여준다. '문文'에 대한 정의는 바로 허신이 말한 바처럼 "사물의 종류에 따라 형체를 본뜨는 것을 일러 '문文'이라 한다."10)는 것을 의미한다. 이것은 바로 송대宋代의 정초鄭樵11)가 말한 "두 개 이상의 문자로 나눌 수 없는 독체자獨體字를 '문文'이라 한다."12)는 말과 같은 의미이다.

정초鄭樵

'자字'란 무엇인가? 『설문』에서는 "'자字'는 아들을 낳는다는 뜻으로 '자子'가 '면宀'(집) 아래에 있는 형태이다."13)라고 하였다. '자字'의 본의本義(본래의 의미, 본뜻)는 '아이를 낳다'이다. 그로부터

수공업 기술의 규범을 기록한 관서官書로 알려져 있다. 대략 BC 5세기에 만들어진 책으로 『주례』 가운데 한 편이다. 이 책에는 도성이나 궁전, 관개의 구축, 차량이나 무기, 농기구, 옥기 따위의 제작에 관한 내용이 실려 있다. 뿐만 아니라 공인을 목공 7직職, 금공 6직, 피혁공 5직, 염색공 5직, 연마공 5직, 도공 2직 등 6분야 30종으로 분류하여 기술하였다.

8) 『고공기』: "靑與赤謂之文."
9) 『역경·계사』: "物相雜故曰文."
10) 『설문』: "依類象形謂之文."
11) 정초(1104~1162)의 자는 어중漁仲이고, 남송南宋의 흥화군興化軍 보전莆田(복건성福建省에 위치) 사람이다. 그는 평생 과거시험에 응하지 않았고 30년 동안 각고의 노력을 거쳐 고금서古今書를 통독하였다. 그리하여 마침내 경학經學, 예악학禮樂學, 언어학, 자연과학, 문헌학, 사학史學 등의 방면에서 탁월한 성과를 거두었다. 1157년에 『통지通志』 초고初稿를 완성하였다.
12) 정초: "獨體爲文."
13) 『설문』: "字, 乳也, 從子在宀下."

'어루만지다'는 뜻으로 파생되었고, 더 나아가 여기에서 다시 파생되어 '문자文字'라는 의미가 되었다. 따라서 본의가 확대되어 '문자'라는 의미가 된 이유는 두 개의 '문文' 혹은 세 개의 '문文', 심지어 여러 개의 '문文'이 합쳐져 하나의 '자字'가 되기 때문이다. 그리하여 "불어나서 점점 많아지다."14)라는 의미가 된 것이다. '자字'의 정의는 바로 허신이 말한 것처럼 "뜻을 나타내는 문자를 더하거나 혹은 소리를 나타내는 문자를 더한 것을 '자字'라 한다."15)는 것을 의미한다. 즉, 다시 말해서 정초가 말한 "두 개 혹은 그 이상의 문자가 결합한 합체자合體字를 '자字'라고 한다."16)는 말과 같은 의미이다.

'문文'과 '자字'의 명칭은 제대로 통일된 것이 없어서 옛날에는 '문자'를 '명名'이라고 하였다. 예를 들면,『의례儀禮』17)에 "백자를 넘는 문자는 간책簡策(종이대신 글자를 적는 데 사용한 길고 가는 대쪽)에 쓰고, 백자가 못되는 문자는 판독版牘(목간)에 쓴다. 百 '名' 以上書於策, 不及百 '名' 書於方."라는 문장이 있는데, 이 문장에서 '명名'은 '문자'라는 의미로 쓰인 경우이다. 또한 '문자'를 '문文'으로 통칭하였는데, 예를 들면『예기禮記 · 중용中庸』의 "같은 문자로 기록하다.(書同 '文'.)"라는 문장에서의 '문文'이 그것이다. 그리고 한대漢代에는 '문자文字'를 '자字'라 일컫기도 하였고, 혹은 '문文'과 '자字'를 병칭하여 '문자文字'로 쓰기도 하였다. 뿐만 아니라 '문文'자 한 글자로 간칭簡稱하여 부르기도 했는데, 이러한 예들은『설문』

---

14)『설문』: "字者, 言孶乳而浸多也."
15)『설문』: "形聲相益謂之字."
16) 정초: "合體爲字."
17) 이 책은 전한前漢 시대(B.C. 206~A.D. 8)에 편찬된 것으로 추정된다. 예禮에 관한 다른 두 고전인『예기禮記』,『주례周禮』와 함께 유교의 9경經, 12경, 13경에 들어간다. 이 책은 위 두 경전과는 달리 주로 혼례, 장례, 제례祭禮 등을 다루고 있다.

을 살펴보면 잘 알 수 있을 것이다. 『자림字林』18)이라는 이름의 서적이 세상에 나온 이후로 '자字'가 곧 '문자'를 일컫는 명칭이 되었다.

3. 문자의 기능

문자는 지식의 진보에 따라 만들어지고 지식의 발전에 따라 진보한다. 문자의 기능은 대체로 세 가지로 나누어 볼 수 있다.

(1) 사물의 기록: 고대의 사물을 지금 시대에 볼 수 있으며, 지금 시대의 사물을 후대에 물려 줄 수 있으니 이것이 바로 역사의 시작이다.

(2) 감정의 묘사: 희노애락의 감정에 의해 웃고 울고 고함치며 슬퍼하는 소리를 내게 된다. 그러므로 자연의 소리가 의식적인 소리가 되면 이것을 언어라고 부르며, 언어의 소리가 형태가 있는 부호가 되면 이것을 문자라고 부른다. 문자로 감정을 묘사한 후에 사람과 사람의 감정이 비로소 소통되는데, 이것이 바로 문예文藝의 시작이다.

(3) 생각의 기술: 과거의 관념에 의해 미래의 생각이 만들어지고, 경험으로부터 귀납, 연역, 유추할 수 있는 생각이 만들어진다. 그러므로 이러한 생각을 문자로 기술하는 것이 바로 모든 학술의 시작이다.

이 세 가지 기능을 놓고 볼 때, 문자의 발명은 모든 문화의 시원始原이라고 말할 수 있을 것이다.

---

18) 이 책은 진晉나라 여침呂忱이 쓴 책으로 『설문』의 540개 부수의 배열 순서에 따라 12,824개의 문자를 나열하였으나 지금은 전하지 않는다.

4. 형形·음音·의義의 변천

문자는 형·음·의 세 가지 요소가 결합한 것이다. 우리가 글자를 안다는 것은 모양에서 음을 구분하고, 음에서 뜻을 분석할 수 있다는 의미이다. 옛사람들은 문자를 만들면서 확실히 음에서 뜻을 정하고, 뜻에서 모양을 정했다. 이제 형·음·의의 변천을 서술하면 아래와 같다.

1) 형: 형의 변천은 일반적인 변천과 특별한 변천 두 가지로 나누어 볼 수 있다.

(1) 일반적인 변천: 이것은 세 가지, 고문古文에서 변하여 전문篆文이 된 것, 전문이 변하여 예서隷書가 된 것, 예서가 변하여 초서草書와 진서眞書(해서楷書)가 된 것 등이 있는데, 이것은 대부분의 사람들이 모두 알고 있는 내용이다.

(2) 특별한 변천: 이것은 다음과 같이 두 가지로 나누어 볼 수 있다.

(가) 예전에 없던 것을 후인들이 점차적으로 증가시킨 것인데, 이렇게 증가된 문자를 학자들은 속자俗字라고 여기지만 사실은 문자발달의 자연적인 변천이다. 가령 예전에는 '부夫'와 '용容'으로 쓰였던 두 글자가 지금은 '부芙'와 '용蓉'으로 쓰고 있다. 또 예전에는 '곤昆'과 '륜侖'으로 쓰였던 두 글자가 지금은 '곤崑'과 '륜崙'으로 쓰고 있다. 그런데 이 '부芙', '용蓉', '곤崑', '륜崙' 네 글자는 사실상 속자라고 부를 수는 없고, 단지 예전에 글자가 적어 때때로 글자를 가차假借하여 사용하다가 후대에 이르러 '초艸'와 '산山'을 덧붙여 구분하고자 한 것이다. 송돈頌敦[19]의 '녹祿'자, 부신작父辛爵[20]의 '복福'자는

---

19) 이 청동기 금문金文은 완원阮元의 『적고재관식積古齋款識』에 실려 있는 송정頌鼎, 송호頌壺, 송돈頌敦을 말한다. 여기에서 돈敦이란 청동기로 만든 식기食器를

모두 편방(偏旁21) '시示'가 없는 '녹彔'과 '복畐'으로 썼는데, 이것은 바로 앞의 예와 같은 경우이다.

(나) 예전에 사용되던 것을 후대인들이 이미 폐기한 것으로, 가령 '심深' 자로 '窬'를 대체하여 사용하면서 '窬'를 폐기하게 되자 '심深'자의 의미도 폐기되고 말았다. '솔率'자로 '達'를 대체하여 사용하면서 '達'를 폐기하게 되자 '솔率'자의 의미 역시 폐기되고 말았다. 이렇게 가차로 인해 폐기된 문자는 상당히 많기 때문에 여기서 더 이상 언급할 필요는 없을 것 같다.

위 내용을 종합해 볼 때, 위에서 언급한 (1), (2)는 후학들의 문자학 연구에 제공하는 바가 크다고 하겠다.

2) 음: 음의 변천은 대체로 다섯 시기로 구분해 볼 수 있다. 즉, (1) 삼대三代, (2) 한漢·위魏·육조六朝, (3) 수隋·당唐·송宋, (4) 원元·명明·청淸, (5) 현대로 나눌 수 있다. 다시 개괄하자면, 수당 시대 이전의 음을 고음古音이라 하고, 수당 시대 이후를 금음今音이라고 부른다. 다시 말해서 운서韻書22)가 없던 시대의 음을 고음이라 부르고, 운서가 출현한 이후의 음을 금

말한다.

20) 부신작父辛爵은 은상殷商 시대의 '부신작'과 서주西周 시대의 '부신작'이 있다. 여기에서 말하는 '부신작'은 서주 시대의 부신작을 말한다. 이 청동기는 1976년 12월에 섬서성陝西省 부풍현扶風縣 장백촌莊白村 1호一號 서주 청동기 도요지에서 출토되었다. 그리고 지금은 섬서성 주원周原 박물관에 소장되어 있다.

21) 편방이란 한자의 구성상構成上 왼쪽 부분인 편偏과 오른쪽 부분인 방旁을 아울러 이르는 말이다. 일반적으로 편방과 부수部首를 동일시하고 있지만 같은 편방을 가지고 있는 글자들을 모아 나누고 그 글자들이 공통으로 가지고 있는 편방을 부수로 보는 것이 타당할 것이다.

22) 운서란 한시를 지을 때 서로 압운押韻이 가능한 한자들을 한데 묶은 책들을 말한다. 한자들을 사성四聲에 의해 넷으로 분류하고 운이 같은 글자들끼리 모은 뒤, 다시 성모聲母가 같은 글자끼리 모아서 배열한다. 각 운마다 대표하는 운자

음이라고 부른다는 말이다. 『절운切韻』23)은 수대의 육법언陸法言이 편찬한 것으로 현재의 『광운廣韻』24)의 원본이다. 그래서 고금음古今音의 경계를 수당 시대로 경계를 삼는 것이다.

일반인들이 책을 읽을 때는 고음으로 읽지만 말을 할 때는 금음을 사용한다. 그러나 사실 이와 반대로 적용되는 경우도 있다. 가령 책에 쓰인 '경庚'자를 우리 고향에서 읽을 때는 '근根'으로 읽지만 말 할 때는 '강岡'으로 말하고, 책에 쓰인 '문蚊'자를 읽을 때는 '문文'으로 읽지만 말할 때는 '문門'으로 말한다. '강岡'과 '문門'은 고음이고, '근根'과 '문文'은 금음이다. 이것은 책을 읽을 때는 운서에 따라 읽고, 말을 할 때는 고음을 따라 말하게 되므로 변경이 없는 것이다. 대체로 남방의 말은 변경된 음이 많지 않기 때문에 우리가 문자의 음을 연구하고자 할 때는 역대의 운서를 근거로 하는 것도 중요하지만 현대의 말을 연구하는 것이 가장 중요하다고 할 수 있다.

3) 의: 뜻의 변천 역시 두 가지 종류가 있다. (1) 역사적인 것으로 가령, 육경六經(춘추春秋 시대의 여섯 가지 경서經書로, 『역경易經』, 『서경書經』, 『시경詩經』, 『춘추春秋』, 『악기樂記』, 『예기禮記』)에 보이는 문자의 뜻, 주周

하나를 택하여 '운목韻目'으로 정한다. 『절운切韻』, 『광운廣韻』, 『예부운략禮部韻略』, 『홍무정운洪武正韻』 등이 유명하다.
23) 수隋나라 때인 601년에 육법언陸法言이 편찬한 운서韻書이다. 시부詩賦의 압운押韻 기준을 제시하기 위한 일종의 발음 사전으로, 193개의 운목韻目을 사성四聲으로 나누고, 각 운 중에서 동음同音에 속하는 글자를 한데 모아 반절反切에 의한 발음의 표시와 글자의 뜻을 달아 놓았다.
24) 송宋나라 진팽년陳彭年과 구옹邱雍 등이 한자를 206운으로 나누어 배열하고 글자마다 소리와 뜻을 풀이하여 1008년에 엮은 운서이다. 수隋나라 육법언陸法言이 지은 『절운切韻』의 마지막 증정본增訂本이며, 중고음中古音 연구의 기본 자료가 된다. 정식 명칭은 '대송중수광운大宋重修廣韻'이다.

나라와 진秦나라의 수많은 학자들이 언급한 문자의 뜻, 한대漢代 육경 주석서註釋書에 보이는 문자의 뜻, 송대宋代 육경 주석서에 보이는 문자의 뜻, 원대元代 사곡詞曲(송宋나라 때에 성행한 운문의 한 체인 사詞와 원元나라 때에 성행한 운문의 한 체인 곡曲)과 소설에 보이는 문자의 뜻 등이다. (2) 글자 자체적인 것으로 이것은 바로 중국문자의 가차假借(빌려 사용함) 작용이라고 할 수 있다. 중국의 문자는 한 글자가 하나의 뜻을 가지는 경우는 극히 드물고, 많은 경우는 한 글자에 십여 가지의 뜻을 가지고 있는 경우도 있으며, 적은 경우에도 두세 가지 뜻을 가지고 있다. 본래의 뜻을 쓰는 경우가 있고, 뜻을 빌려 쓰는 경우가 있으며, 이리저리 뜻을 서로 빌려 쓰는 경우가 있다. 또한 옛것을 따라 잘못 쓰는 경우도 있다. 우리가 문자의 뜻을 연구하는데 있어 본래 있던 글자를 빌려 사용할 경우에는 당연히 본자本字[25]와 차자借字(빌려서 사용한 글자)를 식별할 줄 알아야 한다. 본래 글자가 없는 경우에 글자를 빌려 사용할 경우에는 당연히 차의借義(빌려 사용한 의미)는 본의本義에서 파생된 인신의引申義임을 알아야 한다. 옛것을 따라 잘못 쓴 경우에도 역시 잘못을 초래한 원인을 찾아낼 수 있어야 한다. 이것이 바로 우리가 문자의 의미를 연구하는 방법 가운데 가장 주의해야 할 점이다.

---

25) 본자本字를 정자正字라고 칭하기도 한다. 본자란 직접적으로 어떠한 글자의 뜻을 나타내기 위하여 만들어진 문자를 가리킨다. 즉, 본의本義를 나타내는 글자를 본자라고 한다.

제**2**장
자음의 기원

1. 자연적인 소리

문자 이전에 먼저 언어가 있었으며, 언어 이전에는 먼저 소리가 있었다. 모든 소리는 공기가 목구멍을 통해서 나오고 목구멍으로 공기를 들여 마셔 차단하여 나오는 것으로 본래 지극히 간단하다고 할 수 있다. 하지만 소리의 진보는 목구멍 깊은 곳에서 얕은 곳으로 도달하면서 그리고 혀, 치아, 입술에 이르면서 그 변화가 많아진다. 또한 발성發聲, 송기送氣, 수성收聲의 구분[1]과 청성淸聲, 탁성濁聲의 구분[2]이 있어 소리의 변화가 더욱 많아진다.

---

[1] 성모聲母의 발음방법을 분석할 때, 음운학音韻學에는 발성發聲, 송기送氣, 수성收聲이라는 또 다른 명칭이 있다. 진례陳澧의 해석에 따르면, '발성'이란 힘을 들이지 않고 나오는 소리를 말하고(發聲者, 不用力而出者也), '송기'란 힘을 들여 내는 소리를 말하며(送氣者, 用力出者也), '수성'이란 공기를 거두어 소리를 약하게 하는 것을 말한다(收聲者, 其氣收斂者也).

[2] 진례陳澧는 『광운廣韻』 452개의 반절反切 상자上字를 40개의 성류聲類로 나누었다. 전청全淸과 차청次淸을 포함한 청성淸聲은 견見, 계溪, 효曉, 영影, 단端, 투透, 지知, 철徹, 조照, 천穿, 심審, 장莊, 초初, 산山, 정精, 청淸, 심心, 방幫, 방滂, 비非, 부敷 등 21개 성류이고, 전탁全濁과 차탁次濁을 포함한 탁성濁聲은 군群, 갑匣, 어於, 유喩, 의疑, 정定, 래來, 이泥, 징澄, 낭娘, 상床, 선禪, 일日, 신神, 종從, 사邪, 병並, 봉奉, 명明 등 19개 성류이다.

공기를 밖으로 나오게 한 후 다시 들여 마시면 하나의 운韻을 발음하는 것이지만, 이 운을 평平·상上·거去·입入으로 전화하게 되면 운의 변화가 많아진다. 여기에 다시 개구開口, 합구合口, 제치齊齒, 촬구撮口3) 등을 더하면 운의 변화가 더욱 많아진다. 간단한 소리에서 복잡한 소리로 변하면 바로 언어가 되고, 복잡한 소리(언어)에서 형태가 있는 문자로 변하게 된다. 그러한 까닭에 지금 문자의 복잡한 소리는 모두 언어의 복잡한 소리에서 나온 것이다. 언어의 복잡한 소리는 모두 자연적인 간단한 소리에서 온 것이다.

어린아이를 통해 이를 증명해 보면, 어린아이가 막 출생했을 때는 단지 울음소리만 낼 줄 아는데, 우는 소리는 가장 자연적이며 가장 간단한 것이다. 그 소리는 순전히 목에서 나는 소리이다. 『설문』에서 '황喤(응애)'은 어린애의 울음소리이며, '고呱(으앙)' 역시 어린애가 우는 소리라고 했는데, '황喤'은 깊은 목에서 나는 소리로 '갑모자匣母字'이고, '고呱'는 얕은 목에서 나는 '견모자見母字'이다. 울다가 웃을 때 웃는 소리 역시 목에서 난다. 『설문』에서 '해咳'는 어린애가 웃는 소리라고 했는데, '해咳'는 깊은 목에서 나는 소리로 '갑모자匣母字'이다. 목소리가 입술을 통과해 나오게 되면 빠바(爸爸, 아빠)와 마마(媽媽, 엄마)와 같은 종류의 호칭을 발음할 수 있으며, 목소리를 혀로 조절하여 발음하게 되면 꺼거(哥哥, 형)와 띠디(弟弟, 동생)와 같은 호칭을 발음할 수 있다.('꺼哥'는 원래 얕은 목에서 나는 소리로 '견모자見母字'이다. 혀로 조절하면 뚜어(多, 많다)와 같은 혓소리가 되는데, 이는 '단모자端母字'이다. '띠弟'는 원래 혓소리로 '정모자定母字'이지만 요

---

3) 개구호開口呼, 합구호合口呼, 제치호齊齒呼, 촬구호撮口呼를 '사호四呼'라고 한다. '사호'는 근현대 중국음운학의 개념이다. 이는 근현대 중국어 개음介音 체계라고 칭하기도 한다. 근현대 중국어 '사호'는 중고시대 중국어의 '등호等呼'와 관계가 밀접하다. 대체적으로 말하자면 개구호는 중고시대 개구의 1,2등에 상응하고, 합구호는 중고시대 합구의 1, 2등에 상응한다. 제치오는 개구 2, 3, 4등에 상응하고, 촬구호는 합구 3, 4등에 상응한다.

즘 사람들이 읽을 때 상성上聲으로 읽기 때문에 독음이 변한 것이다.) 이러한 자음은 완전히 자연적인 것이다.『설문』에는 자연음에 관한 글자가 대단히 많이 수록되어 있는데, 대체로 호흡, 구토, 울음과 웃음, 노랫소리와 놀라움, 두려움, 근심, 노여움 등과 같이 감정을 표현하는 글자들이다. 여기에서 다음과 같이 그 예를 몇 가지 들어보고자 한다.

아啞: 웃는 소리이다. '구口'는 뜻을 나타내고, '아亞'는 소리를 나타내는 형성문자이다. 발음은 어혁절於革切[4])로 한다. 웃음소리에 속한다.

분噴: 꾸짖는 소리이다. '구口'는 뜻을 나타내고, '분賁'은 소리를 나타내는 형성문자이다. 발음은 보혼普魂절로 한다. 성내는 소리에 속한다.

우吁: 놀라는 소리이다. '구口'는 뜻을 나타내고, '우于'는 소리를 나타내는 형성문자이다. 발음은 황우況于절로 한다. 놀라는 소리에 속한다.

효嘵: 두려워하는 소리이다. '구口'는 뜻을 나타내고, '요堯'는 소리를 나타내는 형성문자이다. 발음은 허요許幺절로 한다. 두려워하는 소리에 속한다.

개嘅: 탄식하는 소리이다. '구口'는 뜻을 나타내고, '기旣'는 소리를 나타내는 형성문자이다. 발음은 고개苦蓋절로 한다. 탄식하는 소리에 속한다.

---

4) 어혁절於革切에서 '절切'은 '반절反切'을 나타낸다. '반절'은 '반절상자反切上字'와 '반절하자反切下字'로 이루어지는데, 이 경우 '반절상자'에서는 '성모聲母'를 취하고 '반절하자'에서는 '운모韻母'를 취하여 발음한다. 예를 들면, '於革切'에서의 '반절상자'는 '於'이고, '於'의 성모는 'ㅇ'이다. 그리고 '반절하자'는 '革'이고, '革'의 운모는 '역'이다. 따라서 'ㅇ'과 '역'이 결합하여 '역'으로 발음한다. 이후 출현하는 'ㅇㅇ절'은 모두 반절을 나타낸다.

교警: 울부짖는 소리이다. '언言'은 뜻을 나타내고, '교敫'는 소리를 나타
내는 형성문자이다. 발음은 고조古弔절로 한다. 통곡하는 소리에 속
한다.

호嘷: 부르짖는 소리이다. '구口'는 뜻을 나타내고, '호摩'는 소리를 나타
내는 형성문자이다. 발음은 황오荒烏절로 한다. 통곡하는 소리에 속
한다.

학嚛: 매워서 내는 소리이다. '구口'는 뜻을 나타내고, '악樂'는 소리를
나타내는 형성문자이다. 발음은 화옥火沃절로 한다. 음식을 먹을
때 내는 소리에 속한다.

절嚽: 입속에 음식이 가득차서 내는 소리이다. '구口'는 뜻을 나타내고,
'철叕'은 소리를 나타내는 형성문자이다. 발음은 정활丁滑절로 한
다. 음식을 먹을 때 내는 소리에 속한다.

구謳: 읊조리는 소리이다. '언言'은 뜻을 나타내고, '구區'는 소리를 나타
내는 형성문자이다. 발음은 오후烏侯절로 한다. 노래하는 소리에 속
한다.

영詠: 노래하는 소리이다. '언言'은 뜻을 나타내고, '영永'은 소리를 나타
내는 형성문자이다. 발음은 위명爲命절로 한다. 노래를 부르는 소리
에 속한다.

호呼: 밖으로 숨을 내쉬는 소리이다. '구口'는 뜻을 나타내고, '호乎'는 소
리를 나타내는 형성문자이다. 발음은 황오荒烏절로 한다. 호흡하는
소리에 속한다.

흡吸: 숨을 들여 마시는 소리이다. '구口'는 뜻을 나타내고, '급及'은 소리
를 나타내는 형성문자이다. 발음은 허급許及절로 한다. 호흡하는 소
리에 속한다.

구歐: 토하는 소리이다. '흠欠'은 뜻을 나타내고, '구區'는 소리를 나타내

는 형성문자이다. 발음은 오후烏後절로 한다. 토하는 소리에 속한다.

토吐: 토하는 소리이다. '구口'는 뜻을 나타내고, '토土'는 소리를 나타내
는 형성문자이다. 발음은 타토他土절로 한다. 토하는 소리에 속한다.

이상에서 열거한 예들은 모두 인류가 생리적으로 혹은 심리적으로 자연
스럽게 내뱉는 소리를 표현한 것이다. 이러한 자연적인 음이 언어의 음으로
변하고, 다시 문자의 음으로 변한다. 그래서 자연의 음을 자음字音의 기원이
라고 하는 것이다.

2. 사물을 모방한 소리

언어의 소리는 자연적인 소리로 이름을 짓는 경우 이외에도 사물을 모방
한 소리로 사물의 이름을 짓는 경우가 있다. 안길安吉의 장행부張行孚5)는
"옛사람이 글자를 처음 창제할 때 자형은 사물의 형태를 본떠 만들었으며,
자음은 사물의 소리를 본떠 만들었다."6)고 하였는데, 이 말의 의미는 옛사
람이 글자를 창제하고 이름을 짓는 원칙을 밝혀 놓은 것이다. 여기에서 다
음과 같이 대략적으로 몇 가지 예를 들어 보겠다.

마馬: 화내다, 씩씩하다는 의미이다. 말의 머리, 갈기털, 꼬리, 네개의 다
리 모양을 그렸다. 발음은 막하莫下절로 한다. 동물을 나타내는 명
사에 속한다.

오烏: 효성스런 새다. 상형이다. 발음은 애도哀都절로 한다. 동물을 나타

---

5) 장행부는 청대淸代 절강성浙江省 안길安吉 사람이다. 자는 자중子中이고, 호는 유
백乳伯이다. 광서光緖(1875~1908) 시대의 진사進士였던 그는 육서六書에 정통하
였다. 『설문』에서 의심스러운 부분을 골라서 원문을 제시하기도 하였다.
6) 장행부: "古人造字之始, 旣以字形象物之形; 卽以字音象物之聲."

내는 명사에 속한다.

목木: 뚫고 나온다는 뜻이다. 땅을 머리로 밀면서 뚫고 나온다. '철屮'은 뜻을 나타내고, 아랫부분은 뿌리를 상형하였다. 발음은 막복莫卜절로 한다. 식물을 나타내는 명사에 속한다.

금金: 다섯 가지 색을 지닌 쇠를 뜻한다. '토土'는 뜻을 나타내고, 좌우에서 붓는 것은 쇠가 흙속에 있는 모양을 상형한 것이다. '금今'은 발음을 나타낸다. 발음은 거음居音절로 한다. 광물을 나타내는 명사에 속한다.

종鐘: 즐겁다는 뜻이다. '금金'은 뜻을 나타내고, '동童'은 소리를 나타내는 형성문자이다. 발음은 직용職容절로 한다. 사람이 만든 기구를 나타내는 명사에 속한다.

모牟: 소가 우는 소리다. '우牛'는 뜻을 나타내고, 소리가 입에서 나오는 것을 형상화하였다. 발음은 막모莫牟절로 한다. 동물을 나타내는 명사에 속한다.

악喔: 닭소리이다. '구口'는 뜻을 나타내고, '옥屋'은 소리를 나타내는 형성문자이다. 발음은 어각於角절로 한다. 동물의 소리를 묘사한 부사에 속한다.

발米: 풀이 무성하게 자란 모양이다. 상형문자이다. '팔八'은 소리를 나타낸다. 발음은 보활普活절로 한다. 식물을 나타내는 형용사에 속한다.

낭硠: 돌 부딪히는 소리이다. '석石'은 뜻을 나타내고, '양良'은 소리를 나타낸다. 발음은 노당魯當절로 한다. 광물의 소리를 묘사한 말에 속한다.

팽彭: 북소리이다. '주壴'와 '삼彡'이 결합하여 뜻을 나타내는 회의문자이다. 발음은 박경薄庚절로 한다. 기구의 소리를 묘사한 부사에 속한다.

위에서 언급한 예들은 모두 사물의 소리를 모방한 것들이다. 사물의 소리를 모방하는 규칙은 대체로 세 가지가 있다. (1) 사물의 소리를 모방하는 경우이다. 이는 위에서 예로 든 경우와 같은 것이다. (2) 사물의 모양을 모방하는 경우이다. 예를 들어, '일日'은 '가득 차 있다(實)'는 뜻이다. 해의 형태는 둥글고 가득 차 있기 때문에 '가득 차 있다'는 것을 나타내는 음인 '실實'을 취하여 '日'을 '일'로 발음하는 것이다. 따라서 '일日'은 '실實'과 음이 같다. 또한 '천川'은 '뚫어서 통한다(穿)'는 뜻이다. 물이 흘러가서 통하게 하는 모양을 형상화한 까닭에 '통과하다'는 뜻을 나타낸 음인 '천穿'을 취하여 '川'을 '천'으로 발음하는 것이다. 따라서 '천川'은 '천穿'과 음이 같다. (3) 사물의 의미를 모방하는 경우이다. 예를 들어, '장葬'은 '감추다(臧)'는 뜻이다. 시체를 풀 속에 감추기 때문에 '감추다'는 것을 나타내는 음인 '장臧'을 취하여 '葬'을 '장'으로 발음하는 것이다. 따라서 '장葬'은 '장臧'과 음이 같다. '호戶'는 '보호한다(護)'는 뜻이다. 외짝 문(戶)은 집을 보호한다는 것을 의미하기 때문에 '보호한다'는 것을 나타내는 음인 '호護'에서 음을 취하여 '戶'를 '호'로 발음하는 것이다. 따라서 '호戶'는 '호護'와 음이 같다. 이러한 예들을 근거로 해 볼 때, 옛사람들이 글자를 창제할 때 모두 근거가 있었다는 사실을 알 수 있다. 뜻이 같은 동의자同義字가 종종 소리가 같은 동음同音일 경우가 있는데, 이것은 바로 이러한 원인 때문이다.

제 **3** 장

자의字義의 기원

1. 자의는 자음에 기원한다.

문자는 이미 언어를 대체한 것이기 때문에 자의의 기원은 당연히 음운音韻과 관계가 있다. 그래서 옛날에는 글자를 쓸 때는 단지 문자의 오른쪽에 있는 편방偏旁의 음만을 사용하였을 뿐, 반드시 문자의 왼쪽에 뜻을 나타내는 형방形旁을 사용한 것은 아니었다. 예를 들면, 『시경詩經·토치兔置』의 "공후의 훌륭한 방패 역할을 하는 성(公侯干城)"에서 보이는 '간干'자는 '막는다'는 뜻을 지닌 '한扞'자이며, 『시경·환란芃蘭』의 "능하 나만큼 굳세지 못하네(能不我甲)."에서 '갑甲'자는 '업신여긴다'는 뜻을 지닌 '압狎'자이다. 또한 『설문』에서 '간臤'자의 해석1)을 보면 "고문은 '현賢'자를 빌려 썼다."는 설명을, '고丂'자의 해석2)을 보면 "고문은 '교巧'자를 빌려 썼다."

---

1) 『설문』: "臤, 堅也. 從又臣聲. 凡臤之屬皆從臤. 讀若鏗鏘之鏗. 古文以爲賢字. 苦閑切."('간臤'은 견고하다는 뜻이다. '又'는 뜻을 나타내고, '臣'은 소리를 나타내는 형성문자이다. '臤' 부수에 속하는 글자는 '臤'의 뜻을 취한다. 음은 '갱장鏗鏘'의 '갱鏗'처럼 발음한다. 고문은 '賢'자를 빌려 썼다. 발음은 고한절苦閑切로 한다.)
2) 『설문』: "丂, 氣欲舒出. 勹上礙於一也. 丂, 古文以爲亏字, 又以爲巧字. 凡丂之屬皆從丂. 苦浩切."('고丂'는 목구멍을 통하여 공기가 밖으로 나오려고 하는 것이다. '勹'은 공기가 목구멍을 통하여 밖으로 나오는 형상이고 그 위에 '一'은

는 설명을 붙여 놓았다. 후에 지식이 진보함에 따라 비로소 오른쪽에 형방을 덧붙여 구분하기 시작하였다. 예를 들면,

‘한扞’에서 ‘수手(扌)’는 뜻을 나타내고, ‘간干’은 소리를 나타낸다.
‘압狎’에서 ‘견犬(犭)’은 뜻을 나타내고, ‘갑甲’은 소리를 나타낸다.
‘현賢’에서 ‘패貝’는 뜻을 나타내고, ‘간臤’은 소리를 나타낸다.
‘교巧’에서 ‘공工’은 뜻을 나타내고, ‘고丂’는 소리를 나타낸다.

비록 한자의 모양으로 구별되지만 "자의"의 유래로 보면 여전히 음과 관련이 있다. 예를 들면, ‘중仲’, ‘충衷’, ‘충忠’ 등 세 자 모두 ‘중中’이 소리를 나타내고는 있지만, ‘가운데(中)’라는 의미도 가지고 있다. ‘譐’, ‘憞’, ‘醇’, ‘敦’ 등 네 자는 모두 ‘순羣’이 소리를 나타내고는 있지만, ‘익다(羣)’[3]는 의미도 가지고 있다. 특히 명백히 알 수 있는 것은 "류禷"자[4]는 "‘류禷’는 제사를 지내야만 하는 구체적인 일이 발생하였을 때 지내는 제사이다. ‘시示’는 뜻을 나타내고, ‘류類’는 소리를 나타내는 형성문자이다. 발음은 력수力遂절로 한다"라고 해석하였지만, 여기서 ‘류類’는 자의도 나타낸다. "사祀"자[5]는 "‘사祀’는 ‘끊임없이 제사를 지내다.’는 뜻이다. ‘시示’는 뜻을 나타내고, ‘사巳’는 소리를 나타내는 형성문자이다"라고 해석하였지만, 여기서 ‘사巳’는 자의도 나타낸다. 자음이 존재한다는 것은 바로 자의가 존재한다는 것을 의미한다. 따라서 어떤 글자를 막론하고 일단 오른쪽 편방의 음

그것을 막는 것을 나타낸다. ‘丂’의 고문은 ‘亏’자, ‘巧’자를 빌려 썼다. ‘丂’ 부수에 속하는 글자는 모두 ‘丂’의 뜻을 취한다. 발음은 고호절苦浩切로 한다.)
3) 『설문』: "羣, 埶也. 從眡從羊. 讀若純. 一曰鬻也. 常倫切."(‘순羣’은 ‘익다’는 뜻이다. ‘향眡’과 ‘양羊’이 결합한 회의문자이다. ‘순純’과 비슷하게 읽는다. 또 다른 뜻은 ‘죽鬻’이다. 발음은 상륜常倫절로 한다.)
4) 『설문』: "禷, 以事類祭天神. 從示類聲. 力遂切."
5) 『설문』: "祀, 祭無已也. 從示巳聲."

을 알고 있으면 다시 왼쪽의 형방을 거론할 필요가 없다. 음운학을 이해하는 사람은 소리를 가지고 자의를 알 수 있는데, 그것은 소리가 자의의 근본이기 때문이다. 지금 아래에 몇 가지 예를 들어 보고자 한다.

'륜侖'이 소리를 나타내는 형성문자들은 모두 '체계적으로 분석하다.'는 의미를 가지고 있다.

'요堯'가 소리를 나타내는 형성문자들은 모두 '숭고하고 크다.'는 의미를 가지고 있다.

'소小'가 소리를 나타내는 형성문자들은 모두 '작고 미세하다.'는 의미를 가지고 있다.

'음音'이 소리를 나타내는 형성문자들은 모두 '깊숙하고 그윽하다.'는 의미를 가지고 있다.

'흉凶'이 소리를 나타내는 형성문자들은 모두 '흉악하고 용맹하다.'는 의미를 가지고 있다.

'유尤'가 소리를 나타내는 형성문자들은 모두 '무겁고 음험하다.'는 의미를 가지고 있다.

'제齊'가 소리를 나타내는 형성문자들은 모두 '가지런하게 정돈되어 있다.'는 의미를 가지고 있다.

'포勹'가 소리를 나타내는 형성문자들은 모두 '가득 포함한다.'는 의미를 지니고 있다.

'구句'가 소리를 나타내는 형성문자들은 모두 '구부러지고 마디가 꺾여있다.'는 의미를 지니고 있다.

이제 다음과 같이 '륜侖'자 하나만 예로 들어 설명하고 나머지는 생략하겠다.

'륜侖'자는 『설문』에서 "'륜侖'은 '생각하다'는 뜻이다. '집스'과 '책冊'이 결합하여 이루어진 회의문자이다."6)라고 해석하였다. '책冊'과 '전典'은 같은 의미이다. 생각을 모아 책에 기록했다함은 바로 생각이 체계적으로 분석되어 있다는 의미를 가지고 있다.

'론論'자는『논어집해論語集解』에서 "'론論'은 모든 이치를 내포하고 있기 때문에 '리理'라고 하고, 또한 편장에는 순서가 있기 때문에 '차次'라고 한다."7)라고 설명하였다. 이것은 언어가 체계적으로 분석되어 있다는 의미를 가지고 있다.

'륜倫'자는『맹자』에서 "인륜을 살피다."8)고 하였는데, 여기서 주석에 '질서 또는 차례가 있다.'는 의미의 "서序"자로 풀이해 놓았다.9) 이것은 인사人事를 체계적으로 분석하여 말한 것이다.

'륜棆'자는『이아爾雅·석목釋木』10)에서 "'륜棆'은 흠이 없는 느릅나무이다."11)고 풀이하고 있는데, 이것은 나무를 체계적으로 분석해 말한 것이다.

'륜淪'자는『설문』에서 "'륜淪'이란 작은 물결을 뜻한다."12)고 하였으며,『시경·벌단伐檀』에서 "황하의 물은 맑고 또한 잔잔히 물결치는 것이 아름답다."13)고 하였는데,『모씨전毛氏傳』에서는 "물위에 바람이 솔솔 불면 무늬가 생기는데, 마치 굴러가는 바퀴와 같다."14)고 설명하였다. 이것은 물을

---

6)『설문』: "侖, 思也. 從人從冊."
7)『논어집해』: "論, 理也. 次也."
8)『맹자』: "倫, 察於人倫."
9)『주』: "倫, 序也."
10) '이爾'는 '가깝다'는 뜻인 '근近', '아雅'는 '바르다'는 뜻인 '정正'에 해당하여, 가까이 많이 쓰이는 말을 바로잡는다는 뜻으로 기원전 2세기경에 쓰여진 가장 오래된 자전字典이다.『시경』과『서경』에서 글자를 뽑아 고어古語를 용법과 종목별로 19편으로 나누고, 글자의 뜻을 전국戰國 시대와 진秦나라, 한漢나라 때의 말로 풀이하였다. 모두 3권이다.
11)『이아·석목』: "棆無疵."
12)『설문』: "小波爲淪."
13)『시경·벌단』: "河水淸且淪猗."

체계적으로 분석해 말한 것이다.

'륜侖'자는『설문』에서 "가려 선택한다."[15]고 하였고,『광아廣雅』[16]에서는 "가려서 차례대로 꿴다."[17]고 하였다. 이것 역시 인사를 체계적으로 분석하여 말한 것이다.

'륜綸'자는『설문』에서 "푸른 실을 매는 끈이다."[18]고 하였는데, 이것은 끈을 체계적으로 분석해 말한 것이다.

'륜輪'자는『설문』에서 "수레바퀴이다. 바퀴살이 있는 것을 '륜輪'이라 하고, 바퀴살이 없는 것을 '전輇'이라 한다."[19]고 하였다. 즉 바퀴살의 배열에 순서가 있는 것을 '륜輪'이라 한다. 이것은 수레를 체계적으로 분석하여 말한 것이다.

위에서 소개한 '륜侖'자의 예를 통해 우리는 자음과 자의의 관계를 명백하게 알 수 있을 것이다. 더욱이 위에서 열거한 각 예들을 통해 보면, 최초의 문자는 형태로 구분한 것이 아니라 소리로 구분했다는 사실을 증명할 수 있다. 예전에는 글자 수가 적어 모든 사물을 문자로 표현하기 어려웠기 때문에 발음이 같은 글자를 전의하여 차용하여 사용하였다. 후에 비록 편방을 덧붙여 문자의 형태로 자의의 표준을 삼았지만 발음과 뜻의 관계를 여전히 규명해 볼 수 있다.

---

14)『모씨전』: "小風水成文, 轉如輪也."
15)『설문』: "侖, 擇也."
16) 위魏나라 때 장읍張揖이 지은 자전字典이다.『이아爾雅』와 같이 고서古書의 자구字句를 해석하였고, 경서經書의 고증 및 주석 등을 해 놓았다.
17)『광아』: "侖, 貫也."
18)『설문』: "綸, 靑絲綬也."
19)『설문』: "輪, 車輪也. 有輻曰輪, 無輻曰輇."

2. 자의字義는 자형字形에 기원한다.

문화가 발달함에 따라 사물 역시 다양해졌으며, 발음만을 가지고는 구별할 수 없게 되었다. 그렇기 때문에 오른쪽 편방의 음에 왼쪽 편방의 형을 덧붙여 형태를 구별함으로써 음으로 구별하는 것을 대체하였다. 예를 들어, 위의 절에서 언급한 '중仲', '충衷', '충忠' 등 세 자 모두 '중中'의 의미를 가지고 있다고는 하지만 '중仲'은 '사람(人)' 가운데, '충衷'은 '옷(衣)' 가운데, '충忠'은 '마음(心)' 가운데를 나타낸다. 따라서 자음이 비록 자의의 근간이라고는 하지만 형상이 자의를 확실하게 구별하기 때문에 만일 형상을 표시하지 않으면 '중中'이 어떤 '중中'인지 확실히 밝힐 수가 없다. 옛사람들 가운데는 자의가 형상에서 기원한다고 말하는 이들이 많기 때문에 여기서 잠시 아래와 같이 예를 들어 살펴보고자 한다.

심괄沈括은 『몽계필담夢溪筆談』[20]에서 "송대 왕자소王子韶는 문자학을 연구하면서 형성자의 성부聲符, 즉 자의가 오른쪽에 있다는 우문설右文說을 제창하였다. 예전의 자서는 모두 좌문左文으로 구성되어 있는 까닭에 무릇 글자의 음을 나타내는 성부聲符가 왼쪽에 있어 자의 역시 왼쪽에 있었다. 예를 들어, 목류木類와 같은 경우로 왼쪽이 모두 '목木'자로 구성되어 있다. 그런데 이른바 우문右文이라는 것은 예를 들어, '전戔'과 같이 작다는 의미를 지니고 있는 경우로 물의 작음을 말할 때는 '천淺'이라고 하며, 금의 작

---

20) 이 책은 북송北宋의 학자였던 심괄沈括이 평생동안 보고 듣고 알게 된 것을 저술한 수필 형식의 저작물이다. 대략 1086년에서 1093년 사이에 완성되었다고 알려진다. 그는 관직에서 물러나 몽계夢溪라는 곳에서 살았는데, 이 이름을 따서 책 이름을 지었다고 한다. 현존하는 『몽계필담』은 총 26권으로 나뉜다. 내용은 천문학, 수학, 지리, 지질, 물리, 생물, 의학, 약학, 군사, 문학, 역사학, 고고학, 음악 등에 관한 것이다. 이 책은 백과사전식 저작이며, 중국 과학사科學史 상 중요한 문헌이다.

음을 말할 때는 '전錢'이라고 말한다. 그리고 잘게 부서진 작은 뼈를 말할 때는 '잔殘'이라 말하고, 조개가 작은 것을 말할 때는 '천賤'이라고 말하는 것처럼 모두 '전戔'자를 자의로 삼았다."21)고 하였다.

이 단락의 말에서 비록 자음을 자의의 근본으로 삼는다고 말하고 있으나 우리는 이 단락의 말 속에서 또한 자형과 자의의 관계를 엿 볼 수 있다. 세상의 모든 사물을 소리로 포괄할 수 있다고 한다면 성동이의聲同義異(자음은 같으나 자의가 다른 것)한 문자는 언어를 대체할 만한 가치를 잃고 말기 때문에 반드시 형상으로 구별해야 하는 것이다. 왼쪽 편방에 형상을 덧붙일 경우 언어적으로는 쉽게 구별할 수 없지만 문자상으로는 모두 구별할 수 있다. 지금 아래에 하나의 예를 들어 설명해 보고자 한다.

과果는 『설문』에서 "나무 열매를 뜻한다. '목木'은 뜻을 나타내고, 여기에서 '⊕'는 과일의 형상을 상형화한 것으로, 나무 위에 과일이 있음을 나타내었다."22)라고 풀이하였다. '과果'자를 소리를 나타내는 성부로 삼는 글자는 열 세자가 있는데, 자의는 모두 왼쪽의 형상을 따른다.

관祼은 『설문』에서 "강에 술을 뿌리는 제사이다. '시示'는 뜻을 나타내고, '과果'는 소리를 나타낸다."23)라고 풀이하였다. 자의는 왼쪽의 "시示"의 형상을 따른다.

과踝는 『설문』에서 "발의 복사뼈이다. '족足'은 뜻을 나타내고, '과果'는 소리를 나타낸다."24)라고 풀이하였다. 발 좌우에 둥글게 불룩 올라온 것을 '과踝'라고 부른다. 자의는 왼쪽의 '족足'의 형상을 따른다.

---

21) 『몽계필담』: "王聖美治字學, 演其義爲右文; 古之字書, 皆從左文, 凡字其類在左, 其義亦在左; 如木類其左皆從'木'. 所謂右文者, 如'戔'小也; 水之小者曰'淺'; 金之小者曰'錢'; 歹之小者曰'殘'; 貝之小者曰'賤'; 皆以'戔'字爲義."
22) 『설문』: "木實也. 從木, ⊕象果形, 在木之上."
23) 『설문』: "灌祭也. 從示, 果聲."
24) 『설문』: "踝, 足踝也. 從足, 果聲."

과課는 『설문』에서 "시험해 보다는 뜻이다. '언言'은 뜻을 나타내고, '과果'는 소리를 나타낸다."[25]라고 풀이하였다. 자의는 왼쪽의 '언言'의 형상을 따른다.

과髁는 『설문』에서 "넓적다리뼈를 뜻한다. '골骨'은 뜻을 나타내고, '과果'는 소리를 나타낸다."[26]라고 풀이하였다. 자의는 왼쪽의 '골骨'의 형상을 따른다.

과敤는 『설문』에서 "다스린다는 뜻이다. '복攴'은 뜻을 나타내고, '과果'는 소리를 나타낸다."[27]고 풀이하였고, 『광아廣雅』에서는 "치다, 두드리다는 뜻이다."[28]고 풀이하였다. 자의는 오른쪽의 '복攴'의 형상을 따른다.

과䒩는 『설문』에서 "원래 제나라 사람들은 많다고 하는 말을 '과䒩'라고 한다. '다多'는 뜻을 나타내고, '과果'는 소리를 나타낸다."[29]라고 풀이하였다. 자의는 오른쪽의 '다多'의 형상을 따른다.

과稞는 『설문』에서 "곡식이 잘 여문 것을 뜻한다. '화禾'는 뜻을 나타내고, '과果'는 소리를 나타낸다. 일설에는 껍질 없는 알곡식을 말한다고 한다."[30]라고 풀이하였다. 자의는 왼쪽의 '화禾'의 형상을 따른다.

과窠는 『설문』에서 "텅 비어 있다는 뜻으로, 둥지 가운데가 비어 있는 것을 '과窠'라고 한다. 나무 위에 있는 것을 둥지라고 한다. '혈穴'은 뜻을 나타내고, '과果'는 소리를 나타낸다."[31]라고 풀이하였다. 자의는 왼쪽의 '혈穴'의 형상을 따른다.

과裹는 『설문』에서 "싸매다는 뜻이다. '의衣'는 뜻을 나타내고, '과果'는 소

---

25) 『설문』: "課, 試也. 從言, 果聲."
26) 『설문』: "髀骨也. 從骨, 果聲."
27) 『설문』: "硏治也. 從攴, 果聲."
28) 『광아』: "椎也. 擊也."
29) 『설문』: "齊謂多爲䒩. 從多, 果聲."
30) 『설문』: "穀之善也. 從禾, 果聲, 一曰無皮穀."
31) 『설문』: "空也. 穴中曰窠, 樹上曰巢. 從穴, 果聲."

리를 나타낸다."[32]라고 풀이하였다. 자의는 왼쪽의 '의衣'의 형상을 따른다.

과顆는 『설문』에서 "작은 머리를 뜻한다. '혈頁'은 뜻을 나타내고, '과果'는 소리를 나타낸다."[33]라고 풀이하였다. 자의는 왼쪽의 '혈頁'의 형상을 따른다.

과淉는 『설문』에서 "물의 이름을 뜻한다. '수水'는 뜻을 나타내고, '과果'는 소리를 나타낸다."[34]라고 풀이하였다. 자의는 왼쪽의 '수水'의 형상을 따른다.

과鰈는 『설문』에서 "가물치이다. '수水'는 뜻을 나타내고, '과果'는 소리를 나타낸다."[35]라고 풀이하였다. 자의는 왼쪽의 '어魚'의 형상을 따른다.

와婐는 『설문』에서 "날씬하고 아름답다는 뜻이다. 일설에는 하녀를 '과果'라고 한다. '여女'는 뜻을 나타내고, '과果'는 소리를 나타낸다."[36]라고 풀이하였다. 자의는 왼쪽의 '여女'의 형상을 따른다.

필자가 보기에 이른바 왼쪽이 뜻을 나타내는 형상이 된다는 말이 있지만 형상이 반드시 왼쪽에만 있는 것은 아니기 때문에 "좌방위형左旁爲形"(문자의 왼쪽은 뜻을 나타내는 형상이다.)이라는 말은 문자학상의 명칭일 뿐이라고 생각한다.

위에서 언급한 열 세 개의 문자에 만일 오른쪽에만 소리를 나타내는 부분이 있고 왼쪽에 뜻을 나타내는 부분이 없다면 의미를 명확하게 알 수가 없지만, 왼쪽에 뜻을 나타내는 부분을 덧붙이면 동성이의同聲異義(자음은 같지만 자의가 다른 것)자와 구별할 수 있다. 허신이 왼쪽에 부수를 세운 이유가 바로 이러한 원인 때문이 아닐까 한다.

---

32) 『설문』: "纏也. 從衣, 果聲."
33) 『설문』: "小斗也. 從頁, 果聲."
34) 『설문』: "淉水也. 從水, 果聲."
35) 『설문』: "鱧也. 從水, 果聲."
36) 『설문』: "姬也. 一曰女侍曰婐. 從女, 果聲."

제**4**장

자형의 기원

1. 팔괘八卦의 모양

말이 진화하여 문자가 되는데, 자음, 자의의 기원에 대해서는 이미 위에서 설명하였다. 그렇다면 문자의 형상은 어떻게 기원했는가? 우리가 한대漢代 허신의 『설문』 서문(문자의 기원에 관해 언급한 부분은 여기에서 다시 언급하지 않겠다.)을 읽어보면 문자가 창제되기 이전에 이미 팔괘八卦와 결승結繩 같은 방법이 있었는데, 이를 근거로 해 볼 때, 팔괘가 바로 자형의 기원이라는 것을 알 수 있다. 『건곤착도乾坤鑿度』1)에서 "팔괘 '건☰'은 고문 천天자이고, '곤☷'은 고문 지地자, '간☶'은 고문 산山자, '태☱'는 고문 택澤자, '감☵'은 고문 수水자, '리☲'는 고문 화火자, '손☴'은 고문 풍風자, '진☳'은 고문 뇌雷자를 가리킨다."2)고 하였는데, 이 기록은 비록 믿을 만

---

1) 이 책은 상하 2권으로 나뉘어져 있다. 상권을 건착도乾鑿度, 하권을 곤착도坤鑿度라 한다. 이 책에 주석을 단 학자에 대하여 영락대전永樂大典본이나 사고전서四庫全書본에는 분명히 밝히지 않고 있으나, 황씨일서고黃氏逸書考본에서는 정현鄭玄 주注로 나타나 있다. 상하권의 책머리에는 "복희씨가 옛날에 나타냈고, 공손헌원씨가 고주문으로 뜻을 넓혀 풀이하고, 창힐은 상하 2편으로 다듬어 정리하다(犧氏先文, 公孫軒轅氏演古籀文, 蒼頡修爲上下二篇)."라고 기술되어 있다.
2) 『건곤착도』: "八卦☰ 古文天字, ☷古文地字, ☶古文山字, ☱古文澤字, ☵古文

하지는 못하지만 이러한 구별은 오히려 믿을 만하다.

문자는 황제시대에 기원을 두고 있는데, 이 시기에 포희庖犧(복희씨)가 팔괘를 그렸다. 비록 문자라고 부르지는 않았지만 사실상 문자의 선도적인 역할을 하였으며, 아울러 문자의 가치도 지니고 있었다. 아마도 옛사람들은 사물과 오랫동안 접촉하면서 자연스럽게 부호를 그려 사물을 구분하고자 하는 필요성을 느꼈을 것이다. 그러나 생각이 단순하고 기예 역시 거칠어 직선으로 평행선만 그릴 줄 알았지 곡선이나 선을 서로 교차시켜 그릴 줄 몰랐던 것 같다. 그들은 하늘의 평형하면서도 한없이 아득한 현상을 보고 "━"를 그려 하늘을 나타내는 부호로 삼았고, 땅의 평평하면서도 울퉁불퉁한 모양을 보고 "━━"을 그려 땅의 부호로 삼았다. 그렇기 때문에 평행선을 겹쳐 "건☰", "곤☷"처럼 만들고 다시 십자로 교차시키면 팔괘가 되어 하늘天, 땅地, 산山, 못澤, 물水, 불火, 바람風, 우레雷를 나타내는 부호가 되며, 이를 확대하면 모든 사상과 만물을 나타내는 부호가 된다.

이제 『역경易經·설괘전說卦傳』에 언급된 부호를 아래와 같이 기술해 보고자 한다.

☰, 건乾은 하늘이 되고, 머리가 되고, 말馬이 되고, 둥근 것이 되고, 군주가 되고, 아버지가 되고, 옥玉이 되고, 쇠金가 되고, 추위가 되고, 얼음이 되고, 큰 적색이 되고, 좋은 말이 되고, 늙은 말이 되고, 수척한 말이 되고, 얼룩말이 되고, 나무의 과일이 되는 괘이다.

☷, 곤坤은 땅이 되고, 배腹가 되고, 소가 되고, 어머니가 되고, 삼베가 되고, 가마솥이 되고, 인색함이 되고, 균등함이 되고, 새끼를 많이 기른 어미소가 되고, 큰 수레가 되고, 문文이 되고, 무리가 되고, 자루가 되며, 흑색이 되는 괘이다.

水字, ☲古文火字, ☴古文風字, ☳古文雷字."

☳, 진震은 우레가 되고, 얼굴이 흰 검은말이 되고, 검고 누런 황색이 되고, 펴는 것이 되고, 큰 길이 되고, 장자長子가 되고, 푸른 대나무가 되고, 갈대가 되며, 잘 우는 말이 되고, 발이 흰 말이 되고, 발이 빠른 말이 되고, 이마가 흰 말이 되며, 싹이 거꾸로 흙에 뿌리를 내리고 잎사귀를 뻗는 식물이 되며, 궁극에는 튼튼하여 초목이 우거져 색깔이 선명하게 되는 괘이다.

☴, 손巽은 바람이 되고, 정강이가 되고, 닭이 되고, 나무가 되고, 장녀長女가 되고, 먹줄이 곧게 그어지고, 목수가 되고, 흰색이 되고, 길이가 길어지고, 높이가 높아지고, 나아가고 물러나게 되고, 과단성이 부족하게 되고, 냄새가 나게 되고, 머리털이 적어지고, 이마가 넓어지고, 눈에 흰자위가 많아지고, 이익을 탐해 세 배의 폭리를 남기게 되어 궁극적으로 조급함을 의미하는 괘이다.

☵, 감坎은 물이 되고, 귀가 되고, 돼지가 되고, 중년 남자가 되고, 봇도랑이 되고, 몸을 엎드려 숨어 있게 되고, 바로잡거나 휘어지고, 활과 수레바퀴가 되고, 근심이 되고, 마음의 병이 되고, 귀에 통증이 생기고, 피가 되고, 적색이 되고, 등이 아름다운 말이 되고, 조급한 마음이 되고, 머리를 아래로 떨어뜨리게 되고, 말굽이 얇아진 말이 되고, 끄는 것이 되고, 재앙이 많은 수레가 되고, 통하게 되고, 달이 되고, 도둑질하게 되고, 단단하고 속이 많은 나무가 되는 괘이다.

☲, 리離는 불이 되고, 눈이 되고, 어린 벼가 되고, 번개가 되고, 중년 여자가 되고, 갑옷과 투구가 되고, 창과 병사가 되며, 배가 큰 사람이 되고, 건괘乾卦가 되고, 자라가 되고, 게가 되고, 소라가 되고, 조개가 되고, 거북이 되며, 속이 비고 위가 마르는 나무가 되는 괘이다.

☶, 간艮은 산이 되고, 손이 되고, 개가 되고, 젊은 남자가 되고, 지름길이 되고, 작은 돌이 되고, 대문이 되고, 과일과 열매가 되고, 문지기나 내시가 되고, 손가락이 되고, 쥐가 되고, 검은 부리를 가진 짐승이 되고, 옹이가

많고 단단한 나무가 되는 괘이다.

☱, 태兌는 못이 되고, 입이 되고, 양羊이 되고, 젊은 여자가 되고, 무당이 되고, 입과 혀가 되고, 줄기는 부러지고, 열매는 결실을 맺으며, 짠 소금이 되고, 첩이 되고, 양이 되는 괘이다.

옛사람들이 온갖 종류의 일을 팔괘에 덧붙여 놓은 것을 보면, 팔괘가 바로 사물을 대체하는 부호라는 것을 알 수 있다. 팔괘만 이러한 것이 아니라 64괘와 384효爻 역시 모두 이와 같다. 방신方申3)이 수집하여 간행한 총 1,471개의 도형을 근거로 해 보면, 64괘와 384효는 바로 이 1,471개 사물의 부호이거나, 혹은 일괘一卦 일효一爻로 여러 가지 사물을 대체할 수 있는데, 이러한 경우는 문자를 가차假借하여 사용하였다. 또 혹은 몇 개의 괘와 효로 하나의 사물을 대체할 수도 있는데, 이러한 경우는 문자를 전주轉注하여 사용하였다. 대체로 문자가 발명되기 전에는 괘를 사용해 사물을 기록하고 생각을 기록하였으나 구별이 분명하지 않아 후에 이르러 폐기되고 사용되지 않게 되었다.

2. 결승의 모양

『역경·계사』편에서 "아주 옛날에는 끈을 매듭으로 엮어 만든 결승문자를 이용해 천하를 다스렸으나 후대 성인이 서계書契로 이것을 바꾸었다."4)고 하였으며, 『구가역九家易』에서는 "옛날 문자가 없었던 시절에 약속이나

---

3) 방신의 자는 단재端齋이고, 강소성江蘇省 의정儀征 사람이다. 원래는 신申씨 였으나 구舅씨가 방신을 아들로 삼았기 때문에 구舅씨가 되었고, 이름을 신申으로 삼았다.
4) 『역경·계사』: "上古結繩而治, 後世聖人易之以書契."

맹서를 기록할 경우 일이 크면 그 끈을 크게 하고, 일이 작으면 그 끈을 작게 하였다. 매듭의 많고 적음에 따라 사물의 많고 적음을 헤아렸다."5)고 하였다. 『설문』 서문에서 "복희씨가 팔괘를 만들었고, 신농씨가 결승을 만들었으며, 황제씨가 서계를 만들었다고 한다."6)고 하였는데, 이 말에 근거하면, 결승은 팔괘 이후, 서계 이전에 등장했으며 또한 결승은 팔괘와 마찬가지로 비록 문자는 아니지만 문자의 성질을 지니고 있다는 사실을 알 수 있다. 그렇지만 그 형태는 팔괘가 직선모양의 평행선으로 이루어져 있는 반면, 결승은 곡선이 서로 교차되어 있다. 결승의 형태는 지금 이미 알아볼 수가 없게 되었지만, 유사배劉師培7)의 주장에 의하면 "'일一', '이二', '삼三'을 고문古文에서는 '일弌', '이弍', '삼弎'으로 쓰는데, 이것이 바로 결승의 형태이다."8)고 하였다. 이 말을 비록 표면 그대로 믿을 수는 없다 하더라도 의미로 추측해 볼 때 어쩌면 상고시대의 습관이 위의 글자 속에 남아 있는 것인지 모른다. 유목생활을 하던 시대는 대체로 사냥을 위주로 생활을 영위했기 때문에 짐승을 잡으면 끈으로 창에 묶어 놓음으로써 사냥에서 잡은 짐승의 숫자를 표시하기도 하였다. 그렇기 때문에 결승으로 숫자를 기록하

---

5) 『구가역』: "古者無文字, 其有約誓之事, 事大大其繩, 事小小其繩. 結之多少, 隨物多寡."

6) 『설문』: "伏犧畫卦, 神農結繩, 黃帝造書契."

7) 유사배(1884~1919)의 자는 신숙申叔, 호는 좌암左盦이고, 강소성江蘇省 의정儀征 사람이다. 그는 유귀증劉貴曾의 자식이자 유문기劉文淇의 증손이다. 1917년 채원배蔡元培의 추천으로 북경대학교 교수가 되어 고문학, '삼례三禮', 『상서尚書』 및 훈고학을 강의하였다. 그리고 북경대학교 부설 국사편찬처의 직무도 겸직하였다. 1919년 1월 황간黃侃, 주희조朱希祖, 마서륜馬敍倫, 양수명梁漱溟 등과 함께 "국고월간사國故月刊社"를 세워 국수파國粹派가 되었다. 1919년 11월 20일 폐결핵으로 인하여 북경에서 향년 36세의 나이로 생을 마감하였다. 주요 저작으로는 남계형南桂馨, 전현동錢玄同 등과 함께 경학經學 및 소학小學 등 다방면의 관련 내용 74종을 수집 정리하였는데, 이를 『유신숙선생유서劉申叔先生遺書』라 칭하였다.

8) 유사배: "'一', '二', '三'古文作'弌', '弍', '弎', 卽爲結繩之形."

는 습관이 한 걸음 더 발전되어 모든 사물을 기록하는 것으로 응용되었다고 볼 수 있다. 『설문』서문에서 이른바 "결승으로 다스리고 그 일을 통솔하였다."[9]고 한 말이 바로 이러한 의미이다. 이것을 보면 결승이 문자 형상의 기원이라는 사실을 알 수 있을 것이다. 정초鄭樵[10]가 기록한 "기일성문도起一成文圖"[11]가 혹시 결승의 흔적이 아닌가 싶다. 우리가 지금 비록 결승의 형태를 볼 수는 없지만 문자의 형상으로 관찰해 보면 아마 어쩌면 수많은 글자들이 결승에서 왔다는 것을 발견할 수 있을지도 모르겠다. 여기에서 대략적으로 몇 개의 글자를 예로 들어보고자 한다.

독체자獨體字(두 개 이상의 문자로 나눌 수 없는 문자)의 예

'일一'은 바로 팔괘의 '━'를 모방하여 쓴 것이다. 어쩌면 결승하는 것도 이와 같을지 모르겠다. 그래서 『설문』에서는 '길道'이라고 해설하였다.

'이二'는 바로 팔괘의 '⚎'를 모방하여 쓴 것이다. 어쩌면 결승이 '이二'로 변한 것인지도 모르겠다. 그래서 『설문』에서는 '땅의 수'라고 해설하였다.

'ㄹ'는 고문 '회回'자로 이것은 '기운이 회전하는 모양'을 그린 것으로, 끈을 구부리면 'ㄹ' 형상으로 변화시킬 수 있기 때문에, 이는 결승에서는 가능한 일이다.

'𝒱'는 고문 "굉厷"자의 상형자이다. 끈을 구부리면 '𝒱' 형상으로 변화시킬 수 있기 때문에, 이 역시 결승에서 가능한 일이다.

합체자合體字(두 개 혹은 그 이상의 문자가 결합하여 이루어진 문자)의 예

---

9) 『설문』: "結繩爲治, 而統其事."
10) p.19, 주석 11) 참조.
11) 송대 정초의 『통지通志』 34권 『육서략六書略』에 보인다.

‘二’는 고문 ‘상上’자, ‘二’는 고문 ‘하下’자이다. 이것은 ‘위’와 ‘아래’에 두 선을 합쳐 문자가 된 것으로 결승에서는 가능한 일이다.

‘☉’는 태양의 정수이다. 끈을 에워싸면 ‘○’이 되고, 끈을 구부리면 ‘〜’이 되는데, 이 두 가지가 결합하여 문자가 되었다. 이 역시 결승에서는 가능한 일이다.

‘⊕’는 벌린다는 뜻이다. 끈을 에워싸면 ‘○’이 되고, 끈을 교차하면 ‘十’이 되는데, 이 둘을 결합하여 문자를 이루었다. 이 또한 결승에서는 가능한 일이다.

이상에서 언급한 글자가 비록 결승은 아니라고 하지만 그 형체를 보면 모두 결승에서 가능한 일이다. 어쩌면 결승에서 그 형태가 변화되어 나온 것이 아닌가 싶다. 왜냐하면 팔괘로부터 문자가 나왔다고 한다면, 중간에 결승의 과정을 거치기 때문에 그 결승의 형태는 당연히 이러한 형식을 취하게 된다. 그러므로 결코 일이 크면 끈을 크게 하고, 일이 작으면 끈을 작게 한다는 것과 같이 간단하지 않다. 팔괘, 결승, 문자가 모두 언어를 나타내는 부호이지만 결승의 부호는 팔괘보다 분명 진화된 부호이다. 그러므로 후대와 가까운 육서六書의 지사자指事字는 모두 부호적인 작용을 하는데, 어쩌면 이것은 결승으로부터 변화 발전된 것인지 모르겠다. 어떤 이가 "육서 가운데 당연히 지사指事가 가장 먼저이다."는 말을 남겼는데, 이러한 주장 역시 일리가 있다고 여겨진다.

제**5**장
갑골문甲骨文

1. 갑골문의 발견과 명칭

청대淸代 광서光緖(1875~1908) 25년인 기해년己亥年에 하남성河南省 안양현安陽縣 서오리西五里의 작은 마을에서 귀갑龜甲과 수골獸骨이 발견되었는데, 그 위에 글자가 새겨져 있었다. 이 마을은 원수洹水 남쪽에 위치하고 있으며, 은상殷商 시대 무을武乙의 도성이었다. 『사기史記·항우본기項羽本紀』에서 이른바 "원수洹水 남쪽에 은허殷墟가 있다."[1]는 말이 바로 이것이다. 갑골에 새겨진 각사刻辭 내용 중에는 은대殷代 제왕의 명칭이 많이 등장하는 까닭에 어떤 사람은 은대의 유물이라고 단정하여 "은허서계殷墟書契"라고도 일컫는다. '계契'는 새긴다는 '각刻'의 뜻을 가지고 있기 때문에 바로 귀갑 위에 문자를 새기는 것을 말한다. 그래서 혹은 '계문契文'이라고 일컫기도 하며, 혹은 '은계殷契'라고도 부른다. 이외에 각사가 모두 점을 치는 말로 되어 있는 까닭에 '은상정복문자殷商貞卜文字'라고도 부르지만, 일반적으로는 '귀갑문龜甲文' 혹은 '귀갑수골문자龜甲獸骨文字'라고 부른다. 여기서 일컫고 있는 '갑골문'은 일종의 약칭으로써 『설문해자』를 약칭하여 『설문』

---

1) 『사기·항우본기』: "洹水南, 殷墟者."

이라고 하는 것과 같은 것이다.

2. 갑골문 연구자

갑골문이 출토 되었을 때, 이를 수집했던 복산福山의 왕의영王懿榮[2]이 경자난庚子難[3]으로 순국하게 되자 그동안 그가 수집했던 갑골문은 모두 단도丹徒의 유악劉鶚[4]에게 양도되었고, 유악은 자신이 소장한 갑골문의 탁본을 모아 1903년에 『철운장귀鐵雲藏龜』[5]라는 책을 출간하였는데, 그 책에 대한

---

2) 왕의영(1845~1900)의 자는 정유正儒, 산동성山東省 복산福山(지금의 연태시煙台市 개발구開發區) 사람이다. 그는 근대 금석학자金石學者이자 갑골문을 발견한 학자이며 애국지사이기도 하다. 『청사고淸史稿』에는 1880년에 진사進士가 되었고, 후에는 제주관祭酒官에 이르렀다고 한다. 그는 일찍이 당시에 저명한 소장학자와 금석학자인 반조음潘祖蔭, 오대안吳大澂 등을 자주 찾아 다녔다. 뿐만 아니라 그들과 함께 부단히 연구하여 『한석존문漢石存目』, 『고천선古泉選』, 『남북조존석목南北朝存石目』, 『복산금석지福山金石志』 등을 저술하여 당시에 유명한 금석학자가 되었다. 1899년에 처음으로 갑골문을 발견하였으며 당시에 갑골문은 상대商代의 문자임을 단정하였다. 그리하여 한자의 역사를 기원전 1,700년으로 끌어 올렸으며 문자학과 역사학 연구의 새로운 국면을 열어주었다.
3) 광서 26년인 1900年(경자년)에 외국의 침략에 대항하여 '부청멸양扶淸滅洋'의 기치를 들고 의화단義和團이 북경으로 진격하여 각국의 대사관을 공격하였다. 얼마 지나지 않아, 8개국 연합군이 북경을 장악하자 자희慈禧 태후는 수도인 북경을 버리고 도망갔다. 이를 역사서에서는 "경자지란庚子之亂"이라 일컫는다.
4) 유악(1857~1909)은 청말淸末 소설가이다. 족보에는 진원震遠이라 쓰여 있지만, 원명原名은 맹붕孟鵬이고 자는 운단雲摶, 공약公約이다. 후에 이름을 악鶚이라 바꾸고 자를 철운鐵雲, 공약公約이라 하였으며, 호는 노잔老殘이다. 그는 강소성江蘇省 단도丹徒(지금의 진강시鎭江市) 사람이다. 그가 소장했던 것들을 『철운장귀鐵雲藏龜』6책, 『철운장인鐵雲藏印』4책, 『철운장도鐵雲藏陶』, 『포잔수결재장기목抱殘守缺齋藏器目』1권, 『철운장천鐵雲藏泉』 등으로 편찬하였다.
5) 이 책은 유악이 1903년에 쓴 은허殷墟 갑골문 역사상 첫 번째 저록서이다. 유악은 1903년에 그가 소장했던 5,000여 편의 갑골문 탁본 가운데 상당히 세련되고

철운장귀鐵雲藏龜

유악劉鶚

고증과 해석이 미처 끝나기도 전에 이미 세상 사람들의 주의를 끌게 되었다. 후에 유악은 죄를 뒤집어쓰고 변방으로 추방되었으며, 그가 소장했던 갑골편은 모두 흩어졌다. 당시 일본의 고고학자들이 서로 다투어 사들였으며,

---

뛰어난 1058편을 골라 『철운장귀』 6책을 엮었다. 원본에는 나진옥羅振玉의 서문, 오창수吳昌綬의 서문, 그리고 유악 자신의 서문이 들어 있다. 자신의 서문에서 갑골문의 발견과 왕의영王懿榮이 갑골문을 수집하는 과정을 기술하였고, 문자는 갑골문에서부터 시작된다고 언급하였다. 그는 처음으로 갑골문을 "은인도필문자殷人刀筆文字"라고 명명하였다.

그 가운데 임태보林泰輔[6]는 문장을 써서 사학史學 잡지에 게재 하였다.

손이양孫詒讓

갑골문을 연구하는 중국학자 가운데는 가장 먼저 서안瑞安의 손이양孫詒讓[7]을 꼽을 수 있을 것이다. 그는 『계문거례契文擧例』[8] 한 권을 지었으나 그 갑골문의 감춰진 내용을 모두 밝혀내지는 못했다. 후에 상오上虞의 나진옥羅振玉[9]은 많은 귀갑을 수집하였으며, 그

---

6) 임태보는 중요한 일본의 갑골학자이다. 일본 이름은 하야시이다. 1903년 『철운장귀鐵雲藏龜』가 출판되자 일본에서 이 책을 구하여 이 책에 수록된 갑골편이 위조물이 아닌가 의심하였으나, 1905년 골동품 가게에서 100편의 갑골문을 연구한 결과 이것이 진정한 고대 문자임을 확신하였다. 그는 1909년에 「청국하남탕음현발현지귀갑수골淸國河南湯陰縣發現之龜甲獸骨」이라는 문장을 발표하여 갑골문이 새로 출토된 문물임을 선포하였다.

7) 손이양(1848~1908)은 청말淸末 경학가經學家이다. 어렸을 적 이름은 효수效洙, 덕함德涵이고, 자는 중송仲頌(혹은 충용沖容)이며, 별호別號는 주경籀廎이고, 절강성浙江省 서안瑞安 사람이다. 그는 옛 학설을 종합적으로 정리하는 일에 능통하였으며 고적古籍을 교정하고 주석을 달았다. 그의 저서는 30여 종에 달한다. 그는 평생의 노력과 심혈을 기울여 쓴 『주례정의周禮正義』를 저술하였다. 그리하여 청대 경전 주석 가운데 걸작이 되었다. 『묵자한고墨子閑詁』 역시 묵자의 권위에 대하여 주석을 가한 작품이다. 『계문거례契文擧例』는 갑골문을 고석考釋한 최초의 저서이다.

8) 이 책은 손이양이 1904년에 쓴 것으로, 1903년에 출간된 유악의 『철운장귀鐵雲藏龜』 6책에 실려있는 갑골문의 자형과 자의에 대하여 전문적으로 연구한 책이다. 그는 분류법을 응용하여 갑골문자의 내용을 구분하였고, 내용 대부분은 갑골문 각각의 문자에 대하여 분석하였다. 이 책은 갑골문 연구에 대한 새로운 길을 열어 주었기 때문에 갑골학 연구의 시조가 되었다.

9) 나진옥(1866~1940)은 청말淸末~민국초民國初의 고증학자이자 역사학자이다. 나진옥의 자는 수언叔言이고 호는 설당雪堂이다. 그는 1909년, 장지동張之洞의 추천으로 경사대학당京師大學堂 농과대학 감독에 취임했지만 1911년 신해혁명으로 왕국유王國維와 함께 일본으로 망명하여 동경에 7년 동안 체류했다. 20세기 초에 은허殷墟와 돈황敦煌에서 발굴된 새로운 자료의 가치를 일찍부터 인식하여

의 고증과 해석을 통해 갑골문을 점차 읽을 수 있게 되었다.

나진옥羅振玉

나진옥에 이어 해녕海寧의 왕국유王國維[10)를 들 수 있는데, 그는 갑골문을

그 수집과 정리에 노력했는데, 망명 중에 『명사석실일서鳴沙石室佚書』, 『유사추간流沙墜簡』을 비롯하여 다수의 자료집을 출판했다. 특히 전·후·속 3편의 『은허서계殷墟書契』는 근대적인 인쇄로 간행된 최초의 갑골문자 도록집圖錄集인데, 그 해설인 『은허서계고석殷墟書契考釋』과 함께 갑골학 연구의 기초를 닦았다. 1919년 귀국한 후 폐위당한 황제 부의溥儀의 스승으로 있으면서 폐기될 위기에 처한 명·청시대의 공문서를 보존하는 데 공헌했다. 1932년 만주국 성립 후 참정원참의·감찰원장을 역임했다. 1937년에 퇴직하여 75세로 죽을 때까지 저술활동으로 여생을 보냈다. 그의 중요한 저서를 모은 저서로는 『나설당선생전집羅雪堂先生全集』 7편이 있다.

10) 왕국유(1877~1927)는 청대 말기 사상가, 문학자, 역사학자이다. 자는 정안靜安, 호는 관당觀堂, 절강성浙江省 해녕海寧에서 출생하였다. 그는 근대 중국의 저명한 학자로 문학, 희곡, 미학, 사학, 갑골학, 돈황학, 금석학, 역사, 지리학, 판본, 목록학 등의 여러 방면에서 뛰어난 업적을 남겼다. 1911년 신해혁명 후, 일본 동경에 머물면서 고문자학, 음운학, 고기물학古器物學, 갑골문, 사학 등의 연구에 몰두했다. 1916년에 귀국해 상하이에 거주했는데, 유태인 하둔(Silas Aaron Hardoon)의 초빙을 받아 그가 설립한 창성명지대학倉聖明智大學의 교수를 겸했다. 이 시기 갑골문, 고고학에 대한 연구를 계속하였다. 1923년 청대의 마지막

고대사에 운용함으로써 갑골문의 가치가 점차 높아
지게 되었다.

　이외에 단도丹徒의 섭옥삼葉玉森[11]), 천진天津의
왕양王襄[12]), 단도丹徒의 진방회陳邦懷[13]), 번우番禺의
상승조商承祚[14]) 등을 들 수 있으며, 이 가운데 유독
엽옥삼의 『설계說契』, 『연계지담研契枝譚』, 『은계구
침殷契鉤沈』 등만이 나진옥의 착오를 상당 부분 바
로잡았을 뿐, 그 밖에 저술은 나진옥이나 왕국유의 범위를 벗어나지 못했
다. 송강松江의 문유聞宥[15])는 갑골문을 연구하여 탁월한 견해를 바탕으로

황제 부의溥儀의 문학 시종이 되었는데, 다음 해 풍옥상馮玉祥이 베이징정변을
일으켜 부의를 출궁시키고 황제의 존호를 폐하자, 비분강개하여 금수하金水河에
투신해 청을 위해 순국하려 했다. 1927년 6월 2일 이화원頤和園의 곤명호昆明湖
에 몸을 던졌다.
11) 섭옥삼(1880~1933)의 자는 홍어荭漁이고, 호는 중냉中冷, 강소성江蘇省 진강鎮
江 사람이다. 그는 어려서부터 시문과 경사, 수학과 음악에 대하여 학습하였다.
후에 외국 문헌을 번역하여 중국에 소개하였고, 갑골문 고석에도 뛰어났을 뿐만
아니라 시사詩詞에도 탁월한 성과를 나타내었다.
12) 왕양(1876~1965)은 현대 금석학자金石學者이자 갑골학자이다. 자는 윤각綸閣,
호는 보실簠室이다. 그는 금석학과 갑골학에 상당한 공헌을 한 결과 갑골문 연
구의 선구로 거론된다. 그리하여 1953년 천진天津 문사연구관文史研究館 관장직
을 역임하였다.
13) 진방회(1897~1986)의 자는 보지保之, 강소성江蘇省 동태현東台縣(지금의 동태시
東台市)에서 태어났다. 그는 고문학과 고고학에 통달하였으며 고문자와 고고학
연구에 평생동안 조금도 게을리하지 않았다. 특히 『설문』 연구에 심혈을 기울여
많은 업적을 남겼다.
14) 상승조(1902~1991)는 고문자학자, 금석전각金石篆刻학자, 서예가이다. 자는 석
영錫永, 호는 노강駑剛, 확공蠖公, 계재契齋, 광동성廣東省 번우현番禺縣 사람이
다. 어렸을 적부터 나진옥으로부터 갑골문자 연구에 대하여 학습하였고, 후에 북
경대학교 국학전문대학원에 입학하였다. 그는 『은허문자류편殷虛文字類編』과
『상승조전예책商承祚篆隸冊』 등을 남겼다.
15) 문유(1901~1985)의 자는 재유在宥, 호는 야학野鶴, 강소성江蘇省 누현婁縣(지금

하나의 체계를 완성하고자 하였지만, 끝내 완성을 보지 못했다. 물론 중국 내에서 갑골문을 연구하는 학자들이 상당히 많지만 여기서는 다만 필자가 알고 있는 사람만을 언급하였을 뿐이다.

3. 갑골문의 진위와 가치

갑골문 발견이후 갑골문을 은대의 문자로 믿는 사람들은 지극히 많은 반면, 이를 거짓이라고 믿는 사람들은 극히 적은 편이다. 비록 여항余杭의 장병린章炳麟16)은 갑골문을 믿지 않았지만, 그 이유에 대해서 자신의 견해를

의 상해시上海市 송강현松江縣) 사경진泗涇鎭 사람이다. 처음에는 상해 신보관申報館, 후에는 상무인서관商務印書館 편집부에서 일을 하였고, 그 후 여러 대학교에서 교수직을 수행하였다. 그는 시사詩詞, 서예 등의 작품을 계속하여 작업하였고 그것들을 엮어 책으로 출판하였다.

16) 장병린(1868~1936)은 중국의 민족주의적 혁명지도자 겸 20세기 초의 저명한 유학자이다. 그는 어렸을 적부터 전통적인 교육을 받았으며, 이때 만주족이 세운 이민족 국가인 청淸(1644~1911. 12))의 치하에서 벼슬하기를 거부하고, 명明(1368~1644)에 충성을 바친 명말청초明末淸初의 학자들에게 깊은 감명을 받았다. 그는 신문을 편집하면서 중국의 문제들이 만주족의 중국 지배에서 생긴다는 자신의 견해를 밝혔다. 반청적反淸的인 논조로 인해 1903년 투옥되었다가 3년 후 석방되자 일본으로 건너갔다. 일본에서 동맹회同盟會를 대변하는 글을 쓰는 중요한 논객이 되었다. 동맹회는 1905년 중국혁명의 지도자 손문孫文이 동경東京에서 결성한 혁명조직이었다. 그러나 그는 1911년의 신해혁명 이후 가장 먼저 동맹회와 관계를 끊었다. 중화민국의 총통 원세계袁世凱는 자신의 정권에 대해 저항운동을 벌일 것을 두려워하여 그를 가택연금 시켰다. 1916년 원세계가 죽자 석방되었고, 다음해 손문이 중국 남부 광주廣州에 새로 수립한 혁명정부에 가담했다. 1918년 이후에 정계에서 은퇴했다. 그는 혁명가로서의 활동보다는 학문적 업적으로 더 잘 알려져 있다. 중국의 윤리적 · 문화적 유산을 고집했고, 2,000년 이상 사용되어 온 문어체 문장 대신 구어체에 가까운 백화문白話文을 사용하자는 운동에 맹렬히 반대했다. 그의 산문과 시는 고전적인 문체의 모범으로 꼽히고 있다. 그의 저서로는 『문시文始』, 『신방언新方言』, 『소학문답小學問答』, 『검

강력하게 밝힌 적은 없다. 필자 역시 확실한 증거가 없어 갑골문이 가짜라고 증명할 수는 없는 까닭에 감히 성급하게 가짜라고 단언하지는 못하지만, 개인적으로는 갑골문이 진짜라고 믿을만한 확신을 가지기 위해서는 반드시 두 가지 검증을 거쳐야 한다고 생각한다.

(1) 지질학자의 검증으로 귀갑이 매장된 깊이를 따져 연대의 멀고 가까움을 검증해야 한다.
(2) 화학자의 검증으로 귀갑수골을 하나하나 분석하여 그 변화된 기간을 따져 보아야 한다. 지금 이 두 가지 검증을 거치지 않은 상태에서 단지 문자의 고증만을 가지고 판단하는 데는 어느 정도 의심의 여지가 있을 수밖에 없다. 필자는 지질학과 화학을 모르기 때문에 위에서 언급한 두 가지 검증을 하지 못하므로 갑골문을 의심할 수도 의심하지 않을 수도 없는 태도를 취할 수밖에 없다. 필자는 갑골문을 확신하는 사람들의 주장을 근거로 문자 고증을 통해 얻은 갑골문의 가치를 아래와 같이 열거해 보고자 한다.

1) 은대 도읍 고증
2) 은대 제왕 고증
3) 은대 인명 고증
4) 은대 지명 고증
5) 문자 고증
6) 문장 고증
7) 예제禮制 고증
8) 복법卜法(귀갑과 수골을 이용하여 점을 치는 방법) 고증

론檢論』,『국고론형國故論衡』 등 대단히 많다. 이것들은 대체로 『장씨총서章氏叢書』,『동속편同續編』,『태염문록太炎文錄』,『동속편同續編』에 수록되어 있다.

위의 여덟 가지 항목은 대략 세 가지 항목으로 다시 구분할 수 있다. (1) 역사상의 가치, (2) 문장상의 가치, (3) 문자상의 가치 등이다. (1)과 (2) 두 가치는 문자학과 상관이 없기 때문에 여기서 논할 필요가 없고, 문자학상에서 연구되어야 할 것은 바로 세 번째 가치이다. 따라서 지금 세 번째 가치를 아래와 같이 네 가지 항목으로 나누어 설명하고자 한다.

(1) 주문籒文[17] 즉 고문은 결코 별도로 창제나 개혁한 것은 아니다. 예를 들면, 『설문』의 '사四'자는 주문에서 '사三'로 쓰며, 갑골문에서는 '사四'자도 '사三'로 쓴다.

(2) 고대 상형문자는 사물의 형상을 위주로 하기 때문에 필획이 번잡하거나 간단하며 혹은 다르거나 같은 것에 구애받을 필요가 없었다. 아래의 예를 살펴보자

羊 - 𦍒, 𦎧, 𦎧, 𦎤

馬 - 𢒉, 𢒉, 𢒉, 𢒉

豕 - 𢒉, 𢒉, 𢒉, 𢒉

犬 - 𢒉, 𢒉, 𢒉, 𢒉

이상에서 예로 든 글자의 이체자異體字[18]가 필획이 번잡하거나 간단하며, 혹은 다르거나 같지만 양, 말, 돼지, 개의 형상과 닮아 있다. 필획을 제

---

17) 전서篆書는 고문古文의 자체字體와 서풍書風이 정리된 것으로서 대전大篆과 소전小篆 두 종류가 있다. 여기에서 대전은 주周나라의 태사太史 주籒가 만들었다고 해서 주문籒文이라고도 한다.

18) 이체자異體字란 글자의 형체는 다르지만 발음과 의미가 완전히 같아서 어떠한 경우에라도 서로 대체할 수 있는 글자들을 말한다. 이체자는 정자正字 또는 통용자通用字와 비교하는 의미로 혹체或體니 중문重文이니 하기도 하고 또는 속체俗體라고도 한다.

한하고 정리를 거치고 나면 문자가 된다.

(3) 금문과 서로 대조하여 밝힐 수 있다. 갑골문을 이용해 증명할 수 있는 금문 가운데 자주 볼 수 있는 글자로 서로 일치되는 것은 16~17자 정도 된다. 예를 들면, 모공정毛公鼎[19])에서는 '여余'자를 'ᅀ'로 썼으며, 우정盂鼎[20])에서는 '우盂'자를 '盂'로 썼는데 이는 갑골문과 서로 일치한다.

모공정毛公鼎

---

19) 모공정毛公鼎은 서주 말기의 청동기이다. 도광道光(1821~1850) 말년에 섬서성 보계시 기산현에서 출토되었다. 이 청동기를 만든 사람이 모공毛公이기 때문에 이렇게 명명한 것이다. 이 청동기에는 32행 499자의 금문이 새겨져 있다. 현존하는 금문 가운데 글자 수가 가장 많은 금문이다. 모공정은 5부분으로 된 완전한 책명冊命을 기록하였다. 제1부분은 당시 형세가 불안정함을 언급하였고, 제2부분은 선왕宣王께서 '모공'에게 명하여 봉읍 주변을 다스리도록 한 내용을 언급하였다. 제3부분은 '모공'에게 왕명을 내릴 수 있는 전권專權을 주었으나 그 책임이 막중하여 감히 왕명을 받들 수 없는 내용을 기록하였고, 제4부분은 열심히 힘쓰고자 하는 내용을 기록하였으며, 제5부분은 상을 하사 받아 이를 널리 알린다는 내용을 기록하였다. '모공정'은 서주 말기의 정치사를 연구하는데 없어서는 안 될 상당히 중요한 사료史料라고 할 만 하다.
20) 우정盂鼎을 대우정大盂鼎이라고 하기도 한다. 이것은 서주西周 조기早期의 청동기에 속한다. 이 청동기는 강왕康王 시대에 귀족인 우盂를 위하여 만든 제기祭器로 현재 중국역사박물관에 소장되어 있다. 이 청동기에는 모두 291개의 금문이 새겨져 있다.

(4) 『설문』의 착오를 바로잡았다. 『설문』 가운 데 많은 문자가 해석이 되지 않거나 혹은 해석이 되어도 통하지 않는 글자를 갑골문 으로 교정할 수 있다. 예를 들어, '뢰牢'자 는 『설문』에서 '牢'로, 이것은 '우牛'와 '동 冬'에서 생략된 자형이 결합하여 이루어졌 다. 그러나 갑골문의 '뢰牢'자는 '牢', '牢',

우정盂鼎

'牢', '牢', '牢', '牢' 등의 여러 형태가 있는데, 모두 울타리의 형상 을 상형화하고 있을 뿐, 결코 '동冬'의 생략된 형태와 결합하지는 않 았다.

　문자학사에 있어서 갑골문의 가치는 이상과 같이 크다고 할 수 있다. 물론 다른 문장이나 역사적으로도 상당한 공헌을 하였다는 점을 부인할 수 없다. 필 자는 갑골문을 연구하는 학자들이 우선적으로 귀갑龜甲 자체에 대해 정밀하게 검증을 했으면 하는 큰 바람을 가지고 있다. 만약 귀갑 자체에 문제가 없다고 한다면 학술상의 공헌은 말로 형용할 수 없을 정도로 크다고 하겠다.

제6장
고문古文

1. 금문金文의 고문과 『설문』에 보이는 고문의 상이점

허신은 『설문』 서문에서 "이체자가 1,163자이다."[1]라고 하였다(모씨毛氏(모진毛晉과 그의 자식인 모획毛獲)의 초인본初印本과 손씨孫氏와 포씨鮑氏두 본은 모두 1,280자이고, 모씨毛氏 수정본은 1,279자이다.). 이른바 이체자異體字는 바로 고문古文, 주문籀文, 혹체或體 등의 세 종류가 있다. 혹체를 제외한 고문과 주문을 모두 고문으로 일컫는데, 후대에 출토된 금문을 가지고 비교해보면 대부분 서로 부합되지 않는다. 예를 들어 『설문』의 '시示'자는 고문에서 'ᄑ'로 쓰며, '옥玉'자는 고문에서 'ᅲ'로 쓴다. '중中'자는 고문에서 'ᄬ'로 쓰고, 주문에서는 'ᄬ'로 쓴다. '혁革'자는 고문에서 'ᄒ'로 쓰고, '화畫'자는 고문에서 'ᄒ' 혹은 'ᄒ'자로 쓴다. '감敢'자는 고문에서 'ᄒ'로 쓰고, 주문에서는 'ᄒ'로 쓰는데 모두 금문에서는 보이지 않는다. 금

---

1) 『설문』: "重文一千二百六十三." 여기에서 '重文'은 이체자異體字를 말한다. 허신은 『설문』에서 처음으로 '중문'이라는 개념을 도입하였다. 하지만 그는 이에 대한 구체적인 설명을 하지 않아 후학들은 '중문'이라는 개념에 매우 혼란스러워하였다. 그리하여 『설문』에서의 '중문'이라는 개념은 문자학 학습과 연구에 중요한 의의를 차지하게 되었다.

문 가운데 흔히 볼 수 있는 글자로는 예를 들어, '왕이 계시다.'는 의미인 '왕재王在'의 '재在'는 '￦'로 쓰며, '약왈若曰'의 '약若'은 '￦'로 쓰고, '황고皇考'의 '황皇'은 '￦'로 쓰며, '소백召伯'의 '소召'는 '￦'로 쓴다. 그리고 '주자邾子'의 '주邾'는 '￦'로 쓰고, '정백鄭伯'의 '정鄭'은 '￦'로 쓰는데 모두 『설문』에는 보이지 않는다. 또 예를 들어, 금문에서는 '羃'자를 '택擇'자로 보는데, 『설문』에서는 "羃는 실이 끊이지 않고 끝없이 이어지다.(羃, 引給也.)"라고 하였을 뿐 고문은 '택擇'자라고 언급하지는 않았다. 금문에서는 '사乍'자를 '작作'자로 보는데, 『설문』에서는 "사乍는 제지하다는 뜻이다. 다른 뜻으로는 도망치다는 의미다(乍, 止也. 一曰亡也.)."라고 하였을 뿐 고문은 '작作'자라고 말하지는 않았다. 요컨대 금문의 고문과 『설문』에 보이는 고문이 각자 다른데, 이러한 원인에 대해 다음과 같은 두 가지 주장이 있다.

(1) 오대징吳大澂[2])의 주장이다. 『설문』에 보이는 고문은 주대周代 말기의 문자이고, 금문에 보이는 고문은 주대 초기의 문자이다. 그리고 『설문』에 보이는 고문은 발음이 서로 다르고 문자의 자형이 서로 다른

---

2) 오대징(1835~1902)은 청나라 때의 정치가이자 외교관이다. 1868년 진사에 합격한 후 호남순무湖南巡撫가 되었다. 1884년 당시 우리나라에서는 김옥균金玉均을 중심으로 한 개화파가 일본의 무력지원 아래 급진적 근대화개혁을 단행하기 위한 갑신정변을 일으켰다. 갑신정변이 일어나자 민씨정권은 청나라에 원조를 요청했고 청나라는 이홍장李鴻章 등을 파견했다. 오대징은 이홍장 휘하의 회판북양사의 會辦北洋事宜로서 500명의 군사를 이끌고 마산포馬山浦에 들어왔으며, 당시 우리나라와 일본정부 사이에 진행 중이던 한성조약漢城條約 회담장소에 뛰어들어 소란을 일으켰다. 이듬해 일본과의 톈진조약天津條約 체결에 참여했으며, 이홍장에게 우리나라와 청나라 사이에 전선電線을 가설할 것을 건의하여 인천·의주 간 전선가설을 위한 한청전선조약韓淸電線條約을 체결하도록 했다. 1894년 청일전쟁이 일어나자 산해관山海關에서 벌어진 전투에 참가했으나 크게 패했다. 시문에 능했으며 금석학金石學에도 조예가 깊었다.

고문으로 진정한 의미의 고문이 아니다.

(2) 왕국유王國維[3])의 주장이다. 『설문』 중의 소전小
篆[4])은 원래 대전大篆[5])에서 나온 것이다. 『설문』
중의 고문은 전국戰國시대 육국六國의 문자[6])이
며, 이를 육예六藝[7]) 가운데 하나로 사용하였다.
『설문』 중의 고문은 육국문자이고, 금문 중의
고문은 대전大篆이다.

오대징吳大澂

이 두 학자의 주장이 옳은지 그른지는 더 많은 연구를 기다려 봐야 할

---

3) p.53, 주석 10) 참조.

4) 소전은 고대 문자인 대전大篆을 규격화, 단순화시킨 형식이다. 이 서체는 모든 선
의 굵기가 고르고 곡선과 원이 상대적으로 두드러진다. 이 서체는 진秦(B.C.
221~206) 나라의 승상이었던 이사李斯(B.C. 280?~208)가 발전시킨 것으로 알려
져 있다. 진은 최초의 중앙집권 제국을 세우고 부세賦稅·법률·도량형을 표준화
시켰다. 동시에 문자를 표준문자체로 개정함으로써 지식의 보급이 더욱 광범위해
지고 손쉬워졌다. 규격에 맞지 않는 자체는 제거되고 각각의 문자는 구조상으로
가상의 정사각형 안에 꼭 들어맞게끔 개정되었다. 소전으로 쓴 문구는 같은 크기
의 정사각형들을 행과 열을 맞추어 균형 있고 짜임새 있게 배치해놓은 모양으로
보인다. 이 문자를 쓸 때는 털이 긴 붓의 끝부분만을 사용했다.

5) 서주西周 후기에 한자는 대전大篆으로 발전하였다. 대전은 후에 진시황의 문자개
혁에 의하여 만들어진 소전에 상대적인 개념이다. 광의의 대전은 이전의 갑골문
과 금문 그리고 육국문자六國文字를 포괄하는데, 여기에서 말하는 대전은 춘추전
국 시대의 진秦나라에서 사용되었던 문자를 가리킨다. 대전은 주문籀文으로도 불
린다. 주문이란 자서字書 『사주편史籀篇』에서 얻은 이름이다.

6) 육국문자란 전국戰國 시대 진秦나라를 제외한 나머지 중국의 동부 지역에서 각국
이 사용하였던 문자를 말한다. 즉, 제齊나라, 초楚나라, 연燕나라, 한韓나라, 조趙
나라, 위魏나라 등 육국六國이다. 육국문자를 다른 말로는 '동방육국문자'라고 칭
하기도 한다.

7) 육예六藝는 『주례周禮』에서 이르는 여섯 가지 기예技藝를 가리키는 말이다. 육예
는 예禮, 악樂, 사射, 어御, 서書, 수數이며, 이는 각각 예학(예의범절), 악학(음악),
궁시(활쏘기), 마술(말타기 또는 마차몰기), 서예(붓글씨), 산학(수학)에 해당한다.

것이다. 그러나 근래 새로 출토된 『삼체석경三體石經』8)은 모두 『설문』 중의 고문과 서로 부합되며, 또한 『설문』 중의 고문은 금문 중의 고문과 역시 서로 부합된다. 『설문』 중의 고문은 사실상 두 가지 종류가 있는데, 하나는 청동기에 새겨진 금문 중의 문자이고 또 하나는 육국에서 사용된 육예 중의 문자이다. 그러나 육국문자 중의 고문이 많고, 금문 중의 고문은 적은 편이다. 오대징의 불찰은 허신이 고문과 주문의 진적眞迹을 보지 않았다고 한 말에 있는데, 이 말은 너무 지나친 속단이라 할 수 있다.

삼체석경三體石經 탁본

2. 고문의 자형字形과 자의字義는 최초의 자형과 자의이다.

『설문』 중의 문자는 모두 자형으로부터 자의가 생겨났고, 자의로부터 자형이 만들어졌다. 따라서 『설문』에 쓰인 문자는 모두 처음의 형태와 처음의 의미를 지니고 있다고 볼 수 있다. 그러나 고문을 고증해보면, 『설문』

---

8) 『삼체석경』은 241년에 쓰여졌다. 비문碑文의 모든 글자가 고문과 소전 그리고 한 예漢隸 등 세 개의 서체로 새겨졌기 때문에 이렇게 이름한 것이다. 석경石經에는 『상서尙書』와 『춘추春秋』 그리고 『좌전左傳』의 일부분이 새겨져 있기도 하다. 『삼체석경』은 중국 서예사와 한자의 변천 발전사에 있어서 상당히 중요한 의의를 차지한다.

중의 문자가 이미 변화되었음을 알 수 있다. 예를 들어, '천天'자는『설문』에서 "정수리의 뜻이다."9)고 하는 것이 최초의 뜻이다. 옛사람들은 정수리가 있는 것만을 알았지 하늘이 있는지는 알지 못했다. 하늘이라는 말은 정수리의 의미가 전의되어 나온 것이다.『설문』에서 '천天'자의 구성은 '일一'과 '대大'로 구성되어 있으며, '전顚'의 의미와 합치되지 않는 것을 볼 때, 최초의 형태가 아니라는 것을 알 수 있다. 고문에서 '천天'은 '大'로 쓰는데, 여기에서 '大'은 사람의 형태이다. 그리고 '●'는 바로 '정수리'의 형태이다. 그러므로 자형과 자의가 서로 상응한다. 고문의 자형과 자의는 문자학에서 지극히 커다란 연구 가치를 지니고 있다. 하지만 고문의 번간繁簡이 일치하지 않고 이형異形이 대단히 많을 뿐만 아니라 각 학자들의 해석또한 의견이 분분하여 일치하지 않는다. 오대징吳大徵10)이 저술한『자설字說』32편은 고문의 자형과 자의에 관해 매우 상세하게 밝혀 놓았다. 여기에서 '출出'자와 '반反'자에 관한 해석을 아래와 같이 예를 들어 고문의 자형과 자의를 연구하는 사람들을 위해 소개하고자 한다.

'출出'자와 '반反'자의 해석은 "옛날에 '출出'자는 '지止'와 '亅'로 구성되어 있고, '반反'자는 '출出'자를 거꾸로 한 형태이다. 따라서 두 개의 글자는 원래 반대되는 말이다. 고문에서 '지止'자는 족적의 형상을 상형화한 것으로 왼쪽과 오른쪽 발의 차이가 있으며, 앞으로 가느냐 뒤로 가느냐에 대한 구별이 있다. 오른쪽 발일 경우는 '〰'로 즉 '止'이며, 왼쪽일 경우는 '〰'로 즉 '屮'이다. 독음은 '달撻'과 비슷하다. 오른쪽일 경우는 '〰'로 즉 '〰'이다. 소전으로는 '〰'로 쓰며, 발음은 '고와苦瓦절'이다. 왼쪽일 경우는 '〰'로 즉 '尹'라 쓰며, 소전으로는 '〰'으로 쓴다. 그리고 독음은 '치蠆'와

---

9)『설문』: "天, 顚也."
10) p.61, 주석 2) 참조.

비슷하다. 두 발이 앞으로 갈 때는 '𣥂'로 쓰며, 소전에서는 '𣥂'로 쓰는데, '𦥑'를 덧붙이면 '𦥑'이 된다. 두 발이 뒤로 갈 때는 '𣥂'로 쓰며, 소전에서는 '𣥂'로 쓰는데, '𦥑'를 덧붙이면 '𦥑'이 된다. 두 발을 나란히 병행할 때는 '𣥂'로 쓰며, 소전에서는 '𣥂'로 쓴다. 그리고 독음은 '발拔'과 비슷하다. 두 발을 서로 배치시킬 때는 '𣥂'로 소전에서는 '𣥂'로 쓰며, 지금도 '𣥂'로 쓴다. 발에 신발을 신고 나가는 형태를 '𣥂'로 쓰는데, 글자가 변하여 '𣥂'이 되었다. '출屮'을 뒤집으면 '𣥂'인데, 이것을 '𣥂'라고 쓰며, 글자가 변하여 '𣥂'이 되었다. 고례古禮에 의하면 나갈 때는 신발을 신고, 돌아오면 신발을 벗는다고 했는데, '𠂆'는 신발이 발 뒤에 있는 형태를 형상화한 것이다. '출屮'과 '반反' 두 자는 상대적인 말로 '척陟'과 '강降' 두 자와 같은 경우이다. 『설문』에서 '출屮'은 나간다는 뜻이다. 초목이 번성하여 위로 자라나는 모양을 본 뜬 것이다. '반反'은 뒤집힌다는 뜻이다. '우又'자의 뒤집힌 형태를 형상화한 것이다. 문자가 여러 차례 변하면서 해석할 수 없게 됨으로써 고의古義가 폐기된 지 오래 되었다. 『시경』의 '조상이 남겨놓은 거룩한 업적을 계승하고(繩其祖武)'와 '제의 발자국을 밟고 기뻐한다(履帝武敏歆)', 그리고 『예기』의 '집 안에서는 두발이 앞뒤가 닿을 정도로 걸으며, 집 아래에서는 큰 걸음으로 걷는다.(當上接武, 當下布武)' 등에 보이는 '무武'자는 두 개의 '지止'자로 구성된 것이 아닌가 의심되는데, 이는 고문에서 쓰이는 '止'자는 바로 '보步'자를 뜻하기 때문에 후인들이 이를 '무武'자로 잘못 해석한 것이 아닌가 생각된다. '지止'와 '과戈'의 의미는 절대로 서로 부합되지 않기 때문이다."[11]라고 하였다.

---

11) 오대징, 『자설』, '出', '反'字說: "古'出'從'止'從'丿'; '反'爲'出'之倒文, 二字本相對也. 古文'止'字, 象足跡形, 有向左向右之異; 有前行倒行之別; 右爲 '𣥂'卽'止'. 左爲'𣥂'卽'𣥂'. 讀若撻. 向右爲'𣥂'卽'𣥂', 小篆作'𣥂', 苦瓦切. 向左爲'𣥂'卽'𣥂', 小篆作'𣥂', 讀若黹. 兩足前行'𣥂'小篆作'𣥂', 加'𦥑'爲 '𦥑'. 兩足倒行爲'𣥂', 小篆作'𣥂', 加'𦥑'爲'𦥑'. 兩足相幷爲'𣥂', 小篆作

'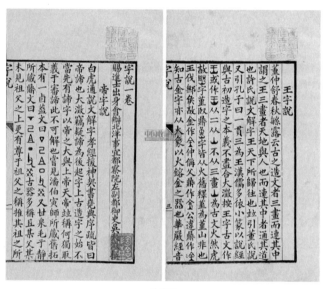'와 '' 두 자를 보면, 소전에서는 ''와 ''로 변하기 때문에 최초의 형태와 뜻과는 완전히 다르다. 그러므로 문자 최초의 형태와 의미를 살펴보기 위해서는 당연히 여러 고문을 기억해야 한다는 사실을 알 수 있다. 여기서는 '출出'자와 '반反'자 두 글자를 예로 든 것에 불과하지만 이를 연구하는 사람들이 오대징의『자설字說』을 전체적으로 훑어본다면 더욱 명백하게 이해할 수 있을 것이다.

자설字說

'艸艸', 讀若拔. 兩足相背爲'癶', 小篆當作'𣥠', 今作'拱'. 以足納履爲出, 當作 '屮', 變文爲'屮'. 倒'出'爲'帀', 當作'帀', 變文爲'反'. 古禮出則納履, 反則解 履, '厂'象履在足後形. '出''反'二字正相對; 與'陟''降'二字同. 『說文解字』 '出'進也; 象艸木益滋上出達也. '反'覆也; 從'又'反形. 蓋文字屢變而不得 解, 古義之廢久矣. 『詩』: '繩其祖武', '履帝武敏歆'; 『禮記』: '堂上接武, 堂 下布武'之武, 疑亦從兩'止', 古文作'止'卽步字, 後人誤釋爲武, 與'止''戈'之 義絶不相合也."

3. 고문古文과 주문籀文

『한서漢書·예문지藝文志』에서 사주史籀를 주나라 선왕宣王 때의 사관이라고 설명하였는데, 후에 허신 역시 『설문』에서 이와 같은 견해를 견지하였다. '주문籀文'은 고문古文이후 전문篆文 이전에 등장한 서체書體로 공인되어 지금까지 2천여 년 동안 아무도 이를 부인하는 사람이 없었다. 그런데 근래에 들어 해녕海寧의 왕국유[12)가 저술한 『사주편소증史籀篇疏證』에서 처음으로 사주는 책의 편명이지 서체의 명칭이 아니라는 주장을 제기하였는데, 실제로 『설문』 중의 주문籀文과 은주殷周시대의 고문古文이 상당 부분 같은 것들이 있기 때문에 지금 몇 자를 예로 들어 아래에 기술해 보고자 한다.

'豊'자, 이것은 주문 '豊'자이다. 우정盂鼎[13)의 '豊'자는 '豊'로 쓰는데, 이것은 '쌀(米)'이 '제기祭器(豆)' 가운데 있는 모양과 '양손(𦥑)'으로 제기를 바치는 모양을 그린 것이다. 따라서 제기 가운데 '쌀'이 들어있든 혹은 '고기(夕)'가 들어 있든 그것이 나타내는 의미는 같다고 볼 수 있을 것이다. '𧷏'은 바로 '豊'자에서 생략된 소리를 발음으로 한다. 또한 갑골문과 산씨반散氏盤[14)의 '등登'자는 모두 주문과 같다.

'㝵'자, 이것은 주문 '진秦'자이다. 생각건대, 조화종盄龢鐘과 허자보許子簠에서의 '秦'자 역시 이와 같이 쓴다.

---

12) p.53, 주석 10) 참조.
13) p.58, 주석 20) 참조.
14) 산씨반散氏盤이라는 명칭은 금문 가운데 '산씨散氏'라는 글자가 있기 때문에 그렇게 명명한 것이다. 혹자는 녈놋이 청동기를 만들었다고 주장하면서 이 청동기를 '녈인반놋人盤'이라 칭하기도 한다. '산씨반'은 청대 건륭(1736~1795) 연간에 섬서성 봉상현에서 출토되었다. 높이는 20.6cm, 구경口徑은 54.6cm이다. 원형이고, 복부는 엷으며, 양쪽에 귀가 달려 있고, 비교적 높은 권족圈足이 있다. 복부에 새겨진 문양은 기문夔紋이고, 권족圈足에 새겨진 문양은 동물 얼굴 문양이다. 청동기 안쪽에는 19행, 357자에 달하는 금문이 새겨져 있다.

산씨반散氏盤

'옹'자, 이것은 주문 '옹'자이다. 모공정毛公鼎[15]의 "옹離"자는 '離'로 쓰며, '옹'이 결합되어 있음을 엿볼 수 있다. '옹'은 주문의 '옹'와 마찬가지로 모두 성곽을 둘러싼 해자의 형상을 상형화한 것이다. 전문篆文에서 '옹'이 변하여 '읍邑'자가 됨으로써 결국 회의자가 되었다.

'사틑'자, 이것은 주문 '사四'자이다. 갑골문과 금문에서도 모두 주문과 마찬가지로 '사틑'자로 쓴다. 오직 금문 여종邾鐘[16]에서만 '사四'자를 '사'로 쓰고 있는데 전문篆文과 대략 같은 형태이다.

---

15) p.58, 주석 19) 참조.
16) 여종邾鐘은 청대 함풍鹹豐(1851~1861)과 동치同治(1862~1874) 연간에 산서성 영하현 후토사後土祠 부근에서 출토되었다. 지금까지 전하는 종은 13개인데, 상해박물관에 10개, 영국 런던의 대영박물관에 1개, 대만 중앙박물관에 1개가 보관되어 있고, 1개는 어느 곳에 있는지 알 수 없는 상태이다. '여종'은 가장 큰 것은 높이 44.3cm, 무게 9kg이고 가장 작은 것은 높이 24.5cm, 무게 2.590kg이다.

이상의 몇 글자를 근거로 해 볼 때, 『설문』 중의 주문은 반드시 『설문』 중의 고문에서 나왔다고 볼 수 없으며, 『설문』 중의 고문도 주대 고문과 같기 때문에 오히려 주문에 비해 적은 편이다. 허신이 일찍이 "주대 선왕의 사관이 대전 15편을 지었는데, 고문과 같기도 하고 다르기도 하다."[17]고 하였는데, 이 말은 상당히 의문점이 남는다.

왕국유王國維[18]가 주문이 서체의 명칭이 아니라고 주장하는 데는 두 가지 이유가 있다. (1) 사주는 태사太史가 책을 읽는다는 의미로 '주籒'는 '독讀'자와 같기 때문에 사람의 이름이 아니다. (2) 사주편의 문자는 주진周秦대의 서쪽 지역에 위치한 진秦나라에서 사용되었던 문자로써 동쪽 지역에 위치한 육국六國에 전해지지 않았기 때문에 육국문자六國文字와는 다르다. 이 두 가지 이유는 상당히 가치가 있으며, 특히 두 번째의 가치가 더 크다고 하겠다.

주문과 전문은 전국시대 진秦나라의 문자였는데, 진나라는 서주西周의 옛 도읍이었다. 원래 진나라는 자체 문화가 없었고 모두 서주 문화의 영향을 받았던 까닭에 서주의 문자와 유사하여 별다른 차이가 없다고 볼 수 있다. 주대에 동쪽으로 이주한 이후 문화는 섬서陝西에서 하남河南으로, 하남에서 다시 산동山東으로 전파되었다. 산동은 특히 문화의 중심지로써 문화가 발달함에 따라 문자 역시 변화 발전하면서 동방의 육국문자는 당연히 서방의 진秦나라 문자와 다르게 되었다. 육예六藝는 공자孔子가 산정刪定한 것이기 때문에 육예를 쓴 문자는 모두 육국문자였다. 이처럼 연구한다면 고주古籒의 문제는 완전히 해결될 수 있을 것이다.

---

17) 『설문』: "宣王大史籒著大篆十五篇, 與古文或異."
18) p.53, 주석 10) 참조.

제 **7** 장
전문篆文

1. 전문과 고문

문자의 발전 순서를 논하자면, 뒤에 만들어진 한자의 자형은 대부분 처음 만들어진 한자의 자형에서 변화 발전한 것이다. 예를 들면, 전문篆文은 진대秦代에 만들어지긴 하였지만, 고문古文에서 어떠한 변화를 거치지 않은 것들이 대부분이다. 장행부張行字1)는 『소전다고주고小篆多古籒考』에서 수많은 근거 자료를 제시하였고, 그가 제시한 자료는 상당히 설득력이 있다고 보여진다. 그는 다음과 같이 두 가지 예를 들어 설명하였다.

> (1) '어於'자의 고문은 '오烏'자이고, 소전은 '어菸'자, '어淤'자와 같은 글자이다. 이 글자들의 발음은 모두 '어於'자로부터 나온다. 전문의 '경磬'자, 소전의 '성聲'자와 '경磬'자 등에서 '성殸'은 발음을 나타낸다. 이는 설령 고문과 주문을 폐기하였다고는 하지만 소전의 편방偏旁에서 그 원형을 찾아 볼 수 있는 예에 속한다.
>
> (2) '珇'의 고문은 '모瑁'자인데, '옥玊'자와 '목目'자는 모두 소전이다.

---

1) p.30, 주석 5) 참조.

'怖'자의 전문은 '위驢'자이지만, '심忄'자와 '위韋'자는 모두 소전이다. 이는 설령 소전으로 쓰고 있지만, 고주古籒 편방에서 볼 수 있다.

장행부가 든 위의 두 가지 예로 볼 때, 지금의 『설문』에 수록된 9,353자 가운데의 고문과 같은 형태이다. 이사李斯[2]는 고주와 소전이 대략적으로 비슷한 것은 소전만을 기록하였고, 고주와 소전이 다른 것은 소전을 기록한 다음에 고문 혹은 주문을 기록하였다. 하지만 장행부가 예로든 고문은 모두 『설문』에 기록된 고문이다. 설문에 기록된 고문은 대다수가 육예六藝 중의 고문으로, 이것은 동방의 육국문자와 비슷하고, 진나라를 중심으로 하는 서쪽의 문자와는 상당한 거리에 있었다. 이로 인해 전문과 고문이 비슷한 것은 또 다른 문제를 야기시켰다. 하지만 사실 동방의 육국문자는 청동기에 새겨진 금문과는 다르다고 할지라도 이는 쓰는 방법과 글자체의 차이에 지나지 않는다. 그것은 육국문자가 서쪽 지방에서 사용하였던 문자로부터 변화 발전한 것이기 때문이다. 필자가 금문을 고증한 결과, 수많은 문자가 비록 소전과는 다르지만 의미는 여전히 비슷하다는 점을 분명하게 이해할 수 있었다. 예를 들면, '儆'자는 고문이고, '趞'자는 소전이다. 비록 자형이 서로 다르지만 이 두 개의 글자는 모두 '가다'는 의미인 '행行'과 '가다'는 의미를 나타내는 '착辵'이 뜻을 나타내고 있기 때문에 기본 의미가 같다고 할 수 있다. '㗊'자는 고문이고, '詟'자는 소전이다. 이 역시 비록 자형이 서로 다르지만 이 두 개의 글자가 '말하다'는 의미인 '구口'와 역시 '말하다'는 의미를 나타내는 '언言'이 뜻을 나타내고 있기 때문에 의미가 같다고 볼 수 있다. '王'자는 고문이고, '王'자는 소전이다. 고문의 '왕王'자는 '이二'와

---

2) 이사는 진秦나라(B.C. 221~206)의 승상으로서 B.C. 221년 이후 시행된 거의 모든 정치·문화의 급진적 개혁을 주도했다. 그 가운데 하나가 문자의 통일이다. 그는 천하의 모든 문자를 전문篆文으로 통일시키도록 하여 문자 개혁을 추진하였다.

'♔'가 결합하여 만들어진 한자이고, 전문의 '왕王'자는 '곤丨'이 '삼三'을 뚫은 형상을 그린 한자이기 때문에 자형이 서로 다르다. 또한 고문 '왕王'자는 '지상에 불이 있는 형상'이므로 불이 활활 타오르는 것을 '왕王'이라 하였고, 소전 '왕王'자는 하늘과 땅 그리고 사람(天地人)을 하나로 연결시킬 수 있는 사람을 일러 '왕王'이라 한 것이기 때문에 고문 '왕王'자의 의미와 소전 '왕王'자의 의미 역시 완전히 다르다. 우리들은 고문이 점차 소전으로 변했다는 견해를 염두해 두지 않더라도 한자 구성의 차이, 필획의 착오 등과 같은 고문과 소전의 다른 점을 지속적으로 연구해 나간다면 틀림없이 위와 같은 견해에 도달할 수 있을 것이다. 학자들이 이러한 방법을 통해 체계적으로 연구해 나간다면, 문자의 발전 순서를 분명하게 이해할 수 있을 것이라 생각된다.

2. 혹체或體와 속체俗體

『설문』의 중문重文에는 고문과 주문, 기자奇字[3] 이외에도 혹체와 속체 두 종류가 있다. 대서본大徐本[4]에서 '혹작모或作某(혹은 모某처럼 쓴다.)'라고 한 것과 소서본小徐本[5]에서 '속작모俗作某(세속적으로는 모某처럼 쓴다.)'라고 한 것을 학자들은 '혹체는 속자이다'라고 생각하였으나 필자는 '혹체는 혹체이고 속자는 속자다.'라고 생각한다. 특히 속체도 상당한 가치가 있

---

3) 기자奇字란 한나라 왕망王莽 시기의 서체 가운데 하나로 고문을 변화시켜 만든 것이다.

4) '대서본'이란 서현徐鉉이 송宋 태종太宗 옹희雍熙 연간에 교지를 받들어 『설문』을 교정한 것을 말한다. '대서본'은 현재 가장 널리 읽혀지는 책이다. 학계에서 말하는 『설문』이란 '대서본'을 가리킨다.

5) '대서본'을 지은 서현徐鉉과 '소서본'을 지은 서개徐鍇는 형제로 『설문』 연구에 정통하였다. '소서본'이란 서개徐鍇가 지은 『설문해자계전說文解字系傳』을 가리킨다.

음을 부인할 수 없다. 혹체와 속체는 모두 소전의 이체자이다. 한나라 때 통행되었던 문자는 육서의 규정에 조금도 위배되지 않았는데 이는 허신이 지은 『설문』은 원래가 문자를 해석하는 규정이었으므로 이를 통하여 당시에 사용되었던 속자를 바로잡았기 때문이다. 그렇기 때문에 허신 자신이 어찌하여 『설문』에 속체자를 기록하여 스스로 혼란을 초래할 수 있겠는가? 일반적으로 알려진 속자인 '말 위에 사람이 있는 모양(마두인馬頭人)'[6]이 '장長'자이고, '사람이 '십十'을 들고 있는 모양(인집십人執十)'이 '투鬥'자다고 설명한 것들이 바로 속자이다. 하지만 『설문』 본문에서는 이와 같은 것들을 하나도 찾아 볼 수 없고, 특별히 『설문』 서문에서 허신이 이 예문을 넣은 이유는 육서의 규정에 합치되지 않는 것들을 배척하기 위함이라 볼 수 있다. 대체로 『설문』에 기록된 속체는 모두 당시에 통용되었던 글자들이라 생각되며 이에 대한 근거도 충분하기 때문에 모두 육서의 규정에 합당하다고 할 수 있다. 지금 여기에서 장행부張行孚[7]와 허인림許印林[8] 두 사람의 주장을 다음과 같이 적어보았다.

---

6) '마두인'은 허신이 지은 『설문』 서문의 "乃猥曰馬頭人爲長, 人持十爲鬥, 蟲者屈中也."(말 위에 사람이 있는 모양을 나타내는 글자가 '장長'자이고, 사람이 '십十'을 든 모양을 나타내는 글자가 '투鬥'자이며, '충蟲'이라는 것은 가운데가 굽은 것을 말한다)라는 문장에 처음 보인다. 이 구절은 한나라 때 속유俗儒들이 문자의 구성에 대해 상당히 견강부회하게 해석하였음을 보여준다. 이 구절에 대하여 단옥재段玉裁는 『설문해자주』에서 "謂馬上加人, 便是長字會意. 曾不知古文小篆長字其形見於九篇, 明辨晢也. 今馬頭人之字罕見, 蓋漢字之尤俗者."(말 위에 사람이 있는 모양을 '장長'자로 해석한 것으로 보아 이는 분명 회의자會意字이다. 일찍이 고문과 소전의 '장長'자가 구편九篇에 들어 있음을 알지 못하였기 때문에 분명하게 해석할 수 없었다. 오늘날 '마두인馬頭人'을 나타낸 글자를 거의 찾아볼 수 없다. 이는 한자의 속자임에 틀림없다.)라고 설명을 달았다.
7) p.30, 주석 5) 참조.
8) 허인림(1797~1866)은 허한許瀚으로, 자는 인림印林이다. 그는 청대 걸출한 석학으로 특히 금석학과 서예에 뛰어난 업적을 남겼다.

(1) 장행부의 주장: "글자에는 정체와 혹체가 있다. 『시경』에도 제나라 시경, 노나라 시경, 한나라 시경이 있는데, 이들은 동시대에 존재하였으나 서로 어떠한 계승 관계가 있었던 것이 아니다. 그리하여 왕균王筠은 『설문』에 실려 있는 혹체는 정체의 특수한 형태에 불과할 뿐 그 사이에는 정속正俗의 구분이 없다고 하였다. 정체 중 대다수는 혹체를 편방으로 사용하기 때문에, 만일 혹체를 폐지해 버린다면 정체만으로는 해결할 수 없는 어려움이 상당히 많이 발생할텐데 이를 어찌해야 하는가?"9)

(2) 허인림의 주장: "혹체는 속체가 아니다. 속체는 혹체와 흡사할 뿐이다. '속'이란 지금 세간에 통용되는 것으로, 오직 『옥편玉篇』10)에서만 '지금은 어떻게 쓴다.'고 언급하였을 뿐이다. 따라서 이것은 '규범에 맞게 쓴다.'는 '아정雅正'과 대비되는 말은 아니다. 오히려 그 비천함을 배척하기 위함이다. 정현鄭玄11)이 『주례』에 대하여 "'권卷'은

---

9) 장행부의 주장: "字之有正體, 或體, 猶之詩之有齊, 魯, 韓, 雖在同時, 乃別有師承也. 而王氏筠則謂 『說文』之有或體也, 亦謂一字殊形而已; 非分正俗於其間也. 正體之字, 以或體爲偏旁甚多, 若以其或體而槪廢之, 則正文之難通者, 不旣多乎?"

10) 옥편이란 원래는 남북조南北朝 시대에 양梁나라 학자인 고야왕顧野王(519~581)이 543년에 편찬한 한자사전의 이름이다. 이 책은 총 30권으로 한漢나라 때 만든 『설문』의 체제를 본떠 편찬한 것이다. 일一 부部에서 해亥 부까지 부를 나누어 글자를 수록했다. 이와 같은 분류방식은 이후 한자사전의 원형이 되었고, 옥편은 곧 한자사전을 지칭하는 용어가 되었다. 송宋 나라 때 칙명勅命으로 진팽년陳彭年 등이 증수했는데, 이를 『대광익회옥편大廣益會玉篇』 혹은 『증수옥편增修玉篇』이라고 한다. 고야왕의 원본은 전하지 않고 『증수옥편』이 전한다. 이 가운데 송나라 때 장사준張士俊이 간행한 장본張本이 가장 유명한데, 『소학휘함小學彙函』에 실려 있다.

11) 정현(127~200)의 자는 강성康成이고 고밀시高密市 사람이다. 일찍이 태학太學에서 『경씨역京氏易』, 『공양춘추公羊春秋』, 『삼통력三統曆』, 『구장산술九章算術』을 학습하였고, 또한 장공조張恭祖로부터 『고문상서古文尙書』, 『주례周禮』, 『좌

속되게 읽는 발음이다. 그것이 의미가 통하면 '곤衮'이 된다."라고 주
석을 달았다. 오늘날의 발음으로 이를 분석해보면, '권卷'의 독음은
'곤衮'보다 더 속될 필요가 없다. 하지만 정현鄭玄은 예를 기록할 때
세간에서 '곤衮'을 '권卷'으로 읽기 때문에 '권卷'자로 기록한다고 하
였다. 게다가 의미가 통하면 '곤衮'이 된다고 하였을 뿐, '곤衮'은 정
아한 말이고 '권卷'이 비루한 말이라고 한 것은 아니다. 따라서 허신
이 말한 '속'은 바로 이와 같다."12)

위 두 주장으로부터, "혹체는 결코 속자가 아니다. 도리어 수많은 혹체자
는 정체자로부터 생략된 형태이다. 심지어 혹체는 정체의 초문初文(최초에
쓰인 문자)이다."는 점을 살펴볼 수 있다. 예를 들면, 혹체 '강康'자는 정체
'강穅'자의 생략된 형태로 정체 '강穅'자의 초문이라 할 수 있다. 혹체 '開'
자는 정체 '연淵'자의 생략된 형태로 정체 '연淵'자의 초문이라 할 수 있다.
하지만 허인림이 "혹체는 여러 종류가 있는데, 어떤 것은 의미를 넓힌 것,
어떤 것은 발음을 넓힌 것 등이다. 의미를 넓힌 것은 의논할 필요가 없고,
발음을 넓힌 것은 고금의 분별이 있다."13)라고 하였듯이, 혹체 역시 구분이

전左傳』 등을 학습하였다. 최후에는 마융馬融으로부터 고문경古文經을 배웠다.
그는 수천명에 달하는 많은 제자들에게 강술하였다. 그는 고문경학古文經學을
위주로 하였고 여기에 금문경설今文經說을 채택하여 많은 경서에 주석을 달았
다. 그의 저술 가운데 『천문칠정논天文七政論』, 『중후中侯』 등은 모두 백만여
자를 사용하였는데, 이에 대하여 세칭世稱 "정학鄭學"이라 한다. 그는 한대漢代
의 경학을 집대성하였다. 후인들은 그를 기념하기 위하여 정공사鄭公祠를 건립
하였다.

12) 허인림의 주장: "不惟或體非俗體, 卽俗體亦猶之或體也. 俗, 世俗所行, 猶
『玉篇』言'今作某'耳; 非對雅正言之, 而斥其陋也. 鄭康成之注 『周禮』也,
曰: "'卷', 俗讀也, 其通則曰'衮'." 以今考之, '卷'之讀不必俗於'衮', 而鄭雲
俗者, 謂記禮時世俗讀'衮'爲'卷', 故記作'卷'字; 而"其通則曰'衮'"者, 謂通
其義, 通, 猶解也; 非謂'衮'通雅而'卷'俗鄙也. 許君所謂俗, 亦猶是矣."

필요하다. 대체로 발음을 넓힌 혹체는 진전秦篆14)으로부터 나왔을 뿐만 아니라 한대漢代 사람들이 덧붙인 것도 있다. 예를 들면, 두림杜林15)은 '기芰'자를 '다芰'자로 쓴다고 하였다. 하지만 필자가 고음古音 분부分部로 고증해 보면, '기芰'자는 지성支聲이므로 '지支'부에 속하고 '다芰'자는 다성多聲이므로 '가歌'부에 속한다. 이는 주진周秦 시대의 음에 부합되지 않는다. 이로부터 속체는 후세 사람들에 의해서 불어난 문자이고 혹체는 이전에 통행되었던 문자라는 점을 알 수 있다. 속체와 혹체는 문자의 규정에 위배되지 않을 뿐만 아니라 그 자체로도 존재의 가치를 지니고 있다고 사료된다.

---

13) 허인림: "或體有數種, 或廣其義, 或廣其聲. 廣其義者無可議, 廣其聲則有今古之辨."
14) 진전秦篆이란 대전大篆을 말한다.
15) 두림은 동한東漢 시대 사람으로 소학에 정통하여 후에 "소학지종小學之宗"으로 칭해졌다.

제 **8** 장

예서隸書

『설문』과 『한서漢書·예문지藝文志』의 기록에 따르면, 예서는 진나라 시대에 감옥에 갇힌 사람들이 많아 옥리獄吏들은 이들에 대해 기록할 일이 산더미처럼 쌓였으므로, 조정에서는 옥리들에게 간단한 서체로 이들을 기록하도록 하면서부터 흥기하였다고 한다. 하지만 조정에서 사용하는 문서는 여전히 전서를 사용하였다. 한나라 시대로 접어들면서부터 예서의 용도가 점차 넓어져 경서經書 역시 예서로 쓰기 시작하였다. 게다가 진나라 때보다 서체가 좀 더 복잡해졌다. 하지만 예서는 비록 전서篆書체를 변경시켰지만 결국은 전서로부터 변화된 것이라 볼 수 있다. 게다가 한나라 사람들이 경서를 강독할 때 여전히 가차假借의 방법을 많이 사용하여 의성탁사依聲托事[1]의 규정이 여전히 유용하였다. 이로 비추어 보면, 예서 문자의 규정 역시 찾아 낼 수 있다고 본다. 당나라 사람이 예서를 진서眞書(해서楷書)로 바

---

1) 허신은 『설문』에서 '가차假借'에 대해 "假借者, 本無其字, 依聲托事, 令長是也。"라고 설명하였다. '본무기자本無其字'란 언어에는 그것을 나타내는 단어가 있지만 그것을 기록한 글자가 없는 것을 말하고, '의성탁사依聲托事'란 다른 문자를 만들지 않고 발음이 같거나 유사한 글자로 그 단어를 기록한 것을 말한다. 즉, 이미 있는 글자로 새로운 단어를 기록한 것을 가리킨다.

꾸면서부터 경서에 사용된 문자가 이전과 큰 차이가 있었다. 우리는 비석에 근거하여 예서를 연구해야만 한다. 하지만, 비석에는 통通과 이異의 구분이 있기 때문에 여기에서는 다음과 같이 나누어 살펴보고자 한다.

1. 예변隷變의 규정에 맞는 변화

'예변隷變'2)의 규정에 맞는 변화에 대하여 전경중錢慶曾3)은 『예통隷通』에서 다음과 같이 5종류의 예를 들었다.

(1) 통通: 이것은 의미가 같은 것을 말한다. 예를 들면, 일반적으로 '리吏' 자를 '리理'자로 썼다. 이는 육서에서의 가차에 합치된다. 이를 더욱 확대하여 '영靈'자를 '영零'자로 썼다. 오중산비吳仲山碑에 있는 "영우유지零雨有知"라는 문장에서 '영零'자는 '영靈'자의 가차자이다. 뿐만 아니라 '아莪'자를 '의儀'자로 썼다. 형재비衡才碑에 있는 "도료의지구로悼蓼儀之劬勞"라는 문장에서 '의儀'자는 '아莪'자의 가차자이다.

(2) 변變: 이것은 형체의 변화를 말한다. 예를 들면, '巽'자를 '훈薰'자로 썼는데, 형체상의 변화가 있지만 통용되었다. 이러한 예는 '上'자는 '상上'자로 '下'자는 '하下'자로의 형체상의 변화가 있지만 지금은

---

2) '예변隷變'은 중국문자발전사의 중대한 이정표라고 할 수 있다. 즉, 이는 고문자가 현대의 문자로 변화하는 기점이라고 볼 수 있다. 이것은 한대의 예서가 당대의 진서(해서)로 변화한 것을 말한다.

3) 전경중은 청대 강소성江蘇省 가정嘉定 사람이다. 자는 우기又沂로 전대흔錢大昕의 증손이다. 그는 언어문자학을 연구하였으며, 저서로는 『어의전수필魚衣廛隨筆』과 『어의전문고魚衣廛文稿』 2권, 『어의전시고魚衣廛詩稿』 2권, 『어의전사고魚衣廛詞稿』 1권, 『수세집酬世集』 2권, 『주갑시周甲詩』 1권, 『양아잡지養屙雜志』 2권, 『궤빈량饋貧糧』 1권, 『예통隷通』 등이 있다.

'상上'자와 '하下'자가 통용되고 있다. 하지만 형체상의 변화가 생겼기 때문에 통행되지 않는 경우도 있다. 이러한 예는 '禿'자는 '秃'자로 '神'자는 '神'자로의 형체상의 변화가 있기 때문에 이들 자형은 통용되지 않는다.

(3) 생省: 이것은 필획이 생략된 것을 말한다. 예를 들면 '태潳'자를 '태沓'자처럼 필획을 생략한 경우이다. 전경중은 '기气'자를 '걸乞'자처럼 필획을 생략하였는데, 이러한 예는 무극산비無極山碑에서 찾아 볼 수 있다. 만일 '걸乞'자가 '기气'자로부터 변화된 것임을 알지 못한다면 '걸乞'자의 유래를 찾아 볼 수 없을 것이다. 현재 통용되는 진서는 '皇'자를 '황皇'자처럼 생략하였고, '薯'자를 '서書'자처럼 생략한 예에서처럼 대부분 예서로부터 생략된 것들이다.

(4) 본本: 이것은 원래 그것을 나타내는 글자가 있었지만 진서로 변화하면서 그것을 나타내는 다른 글자가 생긴 것을 말한다. 예를 들면 '공珙'자는 원래 '강玒'자와 같은 경우이다. 전경중은 '기禨'자는 원래 '戭'라고 하였다. 『설문』에는 '기禨'자는 없고, '귀부鬼部'에 "戭는 귀신을 믿는 풍습이다.'4)라고 풀이하였다. 진서 '기禨'자는 『설문』의 '戭'자이다.

(5) 당當: 이것은 응당 이 글자를 써야 하지만, 진서로 변화하면서 편방偏旁으로 쓰인 것을 말한다. 하지만 사실 마땅히 그렇게 해야만 하는 것은 아니다. 예를 들면, '부용芙蓉'은 '부용夫容'으로 써야만 한다고 하지만 실상은 그렇지만은 않다. 전경중은 '질瘷'자는 '질疾'자로 써야만 하고, '녹麓'자는 '녹鹿'자로 써야한다고 하였다. 이것은 "깃털이 있으면 새가 되고, 물속에 있는 곤충은 물고기가 된다."5)라고 주

---

4) 『설문』: "戭, 鬼俗也."
5) "羽族安鳥, 水蟲着魚."

장하는 바와 같이 조금은 어설픈 바가 있다고 볼 수 있다.

2. 예변의 규정에 적합하지 않는 변화

'예변의 규정에 적합하지 않는 변화'는 문자학상에 있어서 비록 연구할
만한 가치가 없다고들 하지만, 속자체를 이해하지 못하면 정자체를 파악하
는데 어려움이 따른다. 예서가 변해서 된 속자체는 대부분 필획이 변경되어
만들어진 것으로 예를 들면, '용龍'은 '龍'로 쓰며, '호虎'는 '虎'로 쓰는 경
우이다. 이러한 종류의 글자들은 지금 통용되지 않는 것도 있고 여전히 통
용되는 것도 있다. '예변의 규정에 적합하지 않는 변화'에 관해서 아래와
같이 네 가지 예로 나누어 설명해 보고자 한다.

(1) 민간(위항委巷6))에서 멋대로 만들어진 속자: 예를 들면, 여러 방면으
로 생각한다는 것을 '우憂'라고 하는데, 말을 뒤집으면 '변變'이 된다.
이외에 무측천武則天이 만든 글자가 있는데, 가령 '천天'을 '丕'이라
쓰고, '지地'를 '지埊'이라 쓰며, '인人'을 '王'라고 쓰는 경우이다.

(2) 언행이 천박한 사람들이 억지로 견강부회한 속자: 예를 들면, '출出'
자를 '이산二山'이라 하고, '창昌'을 '양일兩日'이라 하는 경우이다.

(3) 글자를 잘못 베껴 써서 만들어진 속자: 예를 들면, '서筮'를 '무巫'로
쓰고, '수燮'를 '수叟'로 쓰는 경우이다.

---

6) '위항委巷'이란 후미지고 형편없는 꼬불꼬불한 뒷골목을 말한다. 『예기禮記 · 단
궁상檀弓上』에 "小功不爲位也者, 是委巷之禮也."라는 구절이 있는데, 이에 대
하여 정현鄭玄은 "委巷, 猶街裏, 委曲所爲也."(위항이란 길가 사이에 있는 꼬불
꼬불한 곳을 말한다.)라고 주석을 달았다.

(4) 멋대로 억측해 만든 속자: 예를 들어, 진나라 때 '죄辠'자를 '죄罪'자
로 고쳐 썼으며, 왕망王莽은 '첩疊'자를 '첩疊'자로 고쳐 썼다.

이외에 '유丣'와 '丣'가 다르고, '개丂'와 '면丏'이 다른 것처럼 이와 같은
종류 또한 '예변'을 연구하는 사람들이 소홀히 해서는 안 되는 부분이다.

제 9 장
문자의 폐기

1. 반드시 폐기할 필요가 있는 글자

문자는 시대의 산물로써 문자의 작용은 사물을 기록하고 언어를 대체하는데 있다. 시대는 끊임없이 발전하고, 사물과 언어 역시 시대의 발전에 따라 변화하게 된다. 문자는 또한 당연히 사물과 언어의 변화에 따라 폐기가 늘어난다. 이 세상에 없는 사물은 이에 관한 언어도 없기 때문에 문자도 있을 필요가 없다. 그래서 『설문』에 수록되어 있는 9,353자 가운데 지금 당연히 폐기되어야 할 자가 절반이상을 차지하고 있다. 이렇게 폐기되는 원인은 아래의 두 가지 경우를 벗어나지 않는다.

(1) 사물의 변경: 옛사람들은 천지귀신에 대한 관념이 매우 깊어 제사로 그들의 마음을 표현하였다. 그래서 『설문』에는 제사에 관련된 고유 명사들이 매우 많다. 현재 제사 의식 가운데 상당히 많은 부분이 이미 폐기되었다. 그렇기 때문에 제사에 관한 문자는 당연히 폐기되어야 하는데 그 수량은 절반정도이다.

(2) 언어의 변화: 옛사람들의 언어가 비록 발달하지 못했지만 사물에 관

한 고유명사는 오히려 상당히 많은 편이다. 후에 언어의 진화에 따라 언어를 간편하게 사용할 줄 알면서 대부분 하나의 형용사를 일반명사 위에 덧붙여 고유명사를 대체해 사용하였다. 예를 들면,『설문』에는 소(牛)와 관련된 고유명사가 열여덟 글자가 있는데, 그 중에 황소는 황소를 나타내는 고유명사가 있으며, 1) 흰 소는 흰 소를 나타내는 고유명사가 있다.2) 하지만 지금은 모두 황소나 흰 소로 고쳐 부르는데, 이는 사물은 변하지 않았으나 언어가 변한 것이다. 그렇기 때문에 소와 관련된 문자도 당연히 폐기되어야 하는 것으로 그 수량은 약 40% 정도이다.

위에서 언급한 두 가지 예는 문자 폐기의 잣대라고 말할 수 있을 것이다. 대개 문자는 죽은 문자와 살아 있는 문자 두 가지가 있다. 살아 있는 문자는 바로 일상에서 통용되는 것이고, 죽은 문자는 다만 전문 학자들이 참고용으로 연구하는 것이다. 살아 있는 문자는 다시 적용 가능한 것과 적용이 불가능한 것으로 나뉘는데, 적용이 가능한 것은 바로 일반적인 보통 문자이고, 적용이 불가능한 것은 예를 들어,『설문』,『이아爾雅』3)의 '초草', '목木', '충蟲', '어魚', '조鳥', '수獸' 등에 수록된 문자들이다. 비록 죽은 문자는 아니지만 그렇다고 사물을 나타내는 문자도 아닌 것은 대부분 적용이 불가능한 문자들이다. 요컨대 문자를 응용함에 있어 머리를 자전으로 여길 필요는 없다.

---

1)『설문』에서는 "㸹, 黃牛虎文."이라 하여 '㸹'는 호랑이 무늬가 있는 황소를 가리키며, "犉, 黃牛黑脣也."라 하여 '순犉'은 검은 입술을 가진 황소를 가리킨다.
2)『설문』에서는 "㹦, 白牛也."라 하여 '악㹦'은 흰 소를 가리킨다.
3) p.36, 주석 10) 참조.

2. 반드시 폐기할 필요가 없는 글자

위 절에서 언급한 내용에 비춰볼 때, 『설문』에 수록된 9,353자 가운데 폐기해야 하는 자가 절반이상을 차지한다고 하면, 반드시 폐기할 필요가 없는 자도 당연히 절반이하가 된다. 문자학을 연구하는 학자들은 반드시 폐기할 필요가 없는 문자에 관해 사회적으로 편리하게 응용하기 위해 당연히 각각 나누어 다루어야 한다. 반드시 폐기할 필요가 없는 글자는 아래와 같이 두 가지 종류가 있다.

(1) 현재 폐기되지 않은 글자: 시부示部와 우부牛部에 속하는 글자를 예로 들어 보겠다.
‘시示’, ‘호祜’, ‘예禮’, ‘희禧’, ‘녹祿’, ‘정禎’, ‘상祥’, ‘지祉’, ‘복福’, ‘우祐’, ‘기祺’, ‘기祇’, ‘신神’, ‘재齋’, ‘비祕’, ‘제祭’, ‘사祀’, ‘조祖’, ‘사祠’, ‘축祝’, ‘기祈’, ‘도禱’, ‘어禦’, ‘신祳’, ‘사社’, ‘침祲’, ‘화禍’, ‘수祟’, ‘祑’, ‘금禁’, ‘우牛’, ‘모牡’, ‘특特’, ‘빈牝’, ‘독犢’, ‘락犖’, ‘모牟’, ‘생牲’, ‘견牽’, ‘뢰牢’, ‘비犕’(이 글자는 책 속에서 ‘복服’자를 빌려 사용했음), ‘리犁’, ‘저牴’, ‘서犀’, ‘인牣’, ‘물物’, ‘희犧’ 등이다.

(2) 문자에는 쓰이지 않으나 언어상에는 사용하는 글자:
‘예勩’(수고롭다)[4], ‘뢰傫’(나태하다), ‘조傮’(마치다), ‘⿰亻對’(바꾸다), ‘붕倗’(배가되다), ‘현伭’(한이 맺히다), ‘자刺’(칼로 사람을 해치다), ‘학嚛’(입을 크게 벌리고 음식물을 먹다), ‘주喌’(닭을 부르는 소리), ‘집咠’(작은 소리), ‘譶’(재잘거리다) 등이다.

위의 (2) 항에서 예로 제시한 10가지는 대략적인 것에 지나지 않는다. 우리가 만일 각 지역의 사투리를 근거로 다시 문자를 찾는다면 분명히 많은

---

4) ( ) 안에는 현대 언어로 해석한 내용이다.

것들을 얻을 수 있을 것이다. 일반적으로 사람들이 항상 "입말은 있는데, 책 속에는 글자가 없다."는 말을 하는데, 사실은 이와 같은 것이다.

3. 가차假借로 인해 폐기된 글자

중국문자는 가차를 많이 사용하는데, 가차 방법은 아주 편리하지만 이로 인해 폐기된 문자 역시 적지 않다. 가차로 인해 폐기된 문자는 아래와 같이 두 가지 경우가 있다.

(1) 자형은 폐기되었으나 자의는 폐기되지 않은 것: 예를 들면, '趕'은 빠르고 느리다는 뜻의 '趕'자로써 현재 '만慢'자가 통용되고 있다. '趕'자의 자형은 폐기되었으나 자의는 폐기되지 않았다. '朽'는 썩고 부패했다는 뜻의 '朽'자이다. 현재 '후朽'자가 통용되고 있다. '朽'자의 자형은 폐기되었으나 자의는 폐기되지 않았다. 이러한 종류의 글자들이 상당히 많기 때문에 여기서는 더 이상 예를 들지 않겠다.

(2) 자의는 폐기되었으나 자형이 폐기되지 않은 것: 위에서 언급한 가차로 인해 자형은 폐기되고 자의는 폐기되지 않은 사례에 대해서는 일반인들도 대체로 알고 있지만, 자의는 폐기되고 자형은 폐기되지 않은 경우에 대해서 사람들은 그다지 주의를 기울이지 않았다. 예를 들면, '지之'의 본의本義는 나간다(出)는 뜻이지만 지금은 대명사나 개사介詞(전치사)로 쓰이고 있으므로, '지之'의 본의는 통용되지 않는다. 또 예를 들어, '이而'의 본의는 턱수염(협모頰毛)이지만 지금은 어기조사로 쓰이고 있으므로, '이而'의 본의는 폐기되어 버렸다. 이러한 글자는 『설문』에도 상당히 많이 보인다.

4. 폐기되었으나 편방에 쓰이고 있어 폐기할 수 없는 글자

위의 3절에서 언급한 내용에 비춰볼 때, 문자의 폐기는 당연히 폐기되어야 할 것도 있고, 반드시 폐기할 필요가 없는 것도 있다. 가차로 인해 어쩔 수 없이 폐기된 것은 세 종류가 있다. 그런데 문자학상의 연구를 근거로 해 보면 또 하나의 예외가 있다. 바로 문자는 비록 이미 폐기되었지만 잘못하여 편방으로 쓰이는 까닭에 문자를 폐기 할 수 없게 된 경우이다. 예를 들어 (1)의 예에 비춰 말하면, 들의 바깥을 일러 수풀(林)이라 하고 수풀 바깥을 일러 '朳'라고 하는데, 여기서 '朳'자는 원래 당연히 폐기되어야 할 것이지만 '禁'와 '棥' 등의 글자는 모두 '朳'를 편방으로 쓰고 있어 '朳'자를 폐기할 수가 없다. (2)의 예에 비춰 말하면, '眢'은 눈이 정상적이지 못하다는 뜻으로 지금은 이미 폐기되었다. 그러나 '몽瞢'과 '멸蔑' 등의 글자에서 모두 '眢'자를 편방으로 사용하고 있어 '眢'자가 비록 폐기되었음에도 불구하고 여전히 존재하고 있다. (3)의 예에 비춰 말하면, '타乑'는 위아래로 주고받는다는 뜻을 가지고 있지만 지금은 '표標'자에 차용되었다. '타乑'자는 이미 폐기되었으나 '수受'와 '쟁爭' 등의 자에서 '타乑'자를 편방으로 사용하고 있어 '타乑'자가 비록 폐기되었음에도 불구하고 여전히 존재하고 있다. 이러한 예는 대단히 많으며, 대략 두 가지 종류가 있다.

(1) 자형으로 쓰이는 경우: 『설문』의 540부수 가운데 폐기되지 않고 여전히 사용되는 것들이 상당히 많다. 폐기된 것도 적지 않지만 9,353자가 모두 이 540부수에서 파생되어 나왔기 때문에 만일 파생된 자를 폐기할 수 없다고 한다면, 파생되어 나온 부수 역시 폐기할 수 없는 것이다. 예를 들어, '곤丨'자는 위아래로 관통한다는 뜻이지만 지금은 이미 폐기되었다. 그러나 '중中'자는 '곤丨'으로 구성되어 있어 '곤丨'을 폐기할 수가 없다. '망茻'은 수풀을 뜻하지만 지금은 '망莽'

자에 차용되고 있다. 그러나 '舁'자와 '망舁'자가 모두 '망舁'자로 구성되어 있어 '망舁'자를 쉽게 폐기할 수 없다.

(2) 자음으로 쓰이는 경우:『설문』에 수록된 7,697개의 형성形聲문자는 모두 1,137개의 자음을 나타내는 문자의 자음과 모음에서 파생되어 나왔다. 그런데 이 파생된 문자를 만일 폐기하지 않는다면 자음을 나타내는 문자에서 파생된 문자의 자음과 모음 역시 폐기시켜서는 안 된다. 예를 들어, "竹盛丰丰"의 '丰'자는 지금 이미 폐기되었다. 그러나 '봉奉'자가 '丰'로 구성되어 있고 '丰'자는 발음을 나타내기 때문에 '丰'자를 폐기할 수 없다. 항복하다의 '강夆'자는 지금 이미 '항降'자로 차용되었다. 그러나 '강絳'자는 '강夆'자로 구성되어 있고, 이것은 발음을 나타내기 때문에 '강夆'자를 쉽게 폐기할 수 없는 것이다.

제 **10** 장
문자의 증가

1. 자연적인 증가

인류의 문명이 점차 복잡하고 정밀하게 발달하면서 문자 역시 이에 따라 점차 복잡해지고 그 수도 늘어나기 시작하였다. 옛사람들의 지식은 단조롭고 간단하여 사물을 구분할 능력이 없었다. 그래서 나무를 보면 단지 나무라는 것만 알았지 그것이 소나무인지 아니면 측백나무인지 구별할 수가 없었다. 한 줄기 풀을 보고 단지 풀이라는 것만 알았지, 그것이 해바라기인지 아니면 곽향인지 구별할 수가 없었다. 처음 문자를 만들 때 나무(木)와 관련된 것은 '목木'자만 있었고, 풀(艸)과 관련된 자는 단지 '초艸'자만 있었다. 그러나 후에 '목木'으로 구성된 글자는 400여 글자로 증가 하였고, '초艸'자로 구성된 글자 역시 400여 글자로 증가하였다. 옛사람들이 만든 물건은 거칠고 조잡하여 명칭도 많지 않았으며, 문자 역시 상당히 적었다. 처음에 수레를 만들 때 단지 '거車'자만 있었고, 처음 의복을 만들 때 단지 '의衣'자 하나만 있었으나, 현재는 수레(車)와 관련된 '헌軒', '온輼', '초軺', '지輊', '팽輣', '돈轐'……등의 글자가 있고, 의복(衣)과 관련된 '곤袞', '유襦', '구袧', '진袗', '표表', '과襄'…… 등의 글자 역시 모두 후대에 증가된

것이다. 이러한 증가는 자연적인 추세이다. 대개 문자는 때때로 폐기되기도
하고, 증가되기도 한다. 폐기되는 이유는 간편하기 위함이고, 증가되는 이유
는 당연히 필요한 것이기 때문이다. 지금 한대漢代이후 자서字書(자전)에 수
록된 문자의 숫자를 아래에 표로 만들어 놓았는데, 우리는 이 도표를 통해
중국문자의 증가 과정을 명백하게 이해할 수 있을 것이다.

서 명	시 대	자 수	증가수
『창힐편蒼頡篇』	한漢	3,300	
『훈찬편訓纂篇』	한漢	5,340	2,040
『속훈찬續訓篇』	한漢	6,180	840
『설문해자說文解字』	한漢	9,353	3,175
『성류聲類』	위魏	11,520	2,167
『광아廣雅』	위魏	18,150	6,630
『옥편玉篇』	양梁	22,726	4,576
『광운廣韻』	당唐	26,194	3,368
『운해경원韻海鏡源』		26,911	717
『류편類篇』	송宋	31,319	4,409
『집운集韻』	송宋	53,525	
『자회字匯』	송宋	33,179	1,860
『정자통正字通』	명明	33,440	261
『강희자전康熙字典』	청淸	47,035	3,595

2. 편방偏旁의 증가

새(鳥)에 속하는 글자는 '조鳥'자를 편방으로 사용한다. 물고기(魚)에 속

하는 글자는 '어魚'자를 편방으로 사용한다. 문자의
증가는 이러한 종류 또한 매우 많다. 서현徐鉉1)은
"『이아』에 기록된 초, 목, 어, 충, 조, 수의 명칭은
멋대로 붙여진 것이므로 볼만한 것이 아니다."2)고
하였고, 왕관산王貫山3)은 "채소의 명칭을 '동풍東
風'이라 하고, 새의 명칭을 '교부巧婦'라 하는데, 지
금은 '동풍菄風', '鷯婦'로 쓰고 있으니 어찌 다시

서현徐鉉

설명할 수 있단 말인가!"4)라고 하였다. 하지만 이러한 견해는 지금의 관점
으로 보면 너무 융통성이 없어 보일 것이다. 문자는 바로 사물의 부호이기
때문에 새, 동물, 벌레, 물고기를 나타내는 고유명사는 당연히 '조鳥', '수
獸', '충虫', '어魚'의 부호를 덧붙여 구별해야 하는데, 구태여 옛 글자에 얽
매여 그것을 계속 사용할 필요가 있겠는가? 그래서 편방의 증가 역시 자연
적인 추세라고 할 수 있다. 아래에서 대략 몇 가지 예를 들어 보고자 한다.

   '부용芙蓉'은 '부용夫容'의 증가자이다.

   '곤륜崑崙'은 '곤륜昆侖'의 증가자이다.

---

1) 서현(916~991)은 오대五代 송초宋初의 문학가이자 서예가이다. 자는 정신鼎臣이
   고, 강소성江蘇省 광릉廣陵(오늘날의 양주揚州) 사람이다. 오대에는 오교서랑吳校
   書郞, 남당南唐에는 지제고知制誥, 한림학사翰林學士, 이부상서吏部尙書 등을 역
   임하였고, 후에는 송의 산기상시散騎常侍가 되었다. 그는 일찍이 조서를 받들어
   『설문』을 교정하였다.
2) 서현의 설명: "『爾雅』所載艸, 木, 魚, 虫, 鳥, 獸之名, 肆意增益, 不可觀矣!"
3) 왕관산에 대하여 알려진 바는 거의 없다. 단지『양기손여요생서楊沂孫與瑤生書』
   (『소대명인척독속집昭代名人尺牘續集』권 18)에 약간의 설명이 있을 뿐이다. 이
   책에 따르면 왕관산은 허신의『설문』에 대하여 조예가 매우 깊었다. 뿐만 아니라
   글자를 만드는 원칙에 있어서 허신의 잘못을 바로잡았다. 게다가 그는 고문에 근
   거하여 허신의 잘못을 교정할 수 있었다.
4) 왕관산의 설명: "菜名'東風', 鳥名'巧婦'; 今作'菄風', '鷯婦', 豈復可解!"

'묘貓'는 '묘苗'의 증가자이다.

'융駥'은 '융戎'의 증가자이다.
'실蟋'은 '실悉'의 증가자이다.
'당蟷'은 '당堂'의 증가자이다.

이렇게 증가된 문자가 많기 때문에 『설문』에서도 적지 않게 찾을 수 있다. 예를 들면 다음과 같다.

'저貯'는 바로 '녕寧'의 증가자이다.
'陵'는 바로 '준陖'의 증가자이다.
'극極'은 바로 '극亟'의 증가자이다.
'파派'는 바로 '厎'의 증가자이다.

편방의 증가는 문자의 육서 규칙에 잘 부합된다. 예를 들면, 『설문』에서 '고告'자는 이미 '우牛'를 결합하여 만들었는데, 또한 여기에 '우牛'자를 결합하여 '곡牿'자를 만들었다. '익益'자는 이미 '수水'를 결합하여 만들었는데, 또한 여기에 '수水'자를 결합하여 '익溢'자를 만들었다. 이렇게 증가시키는 것을 보면 상당히 합리적이라 생각되는 반면, 증가된 문자에 관해서는 지금도 여전히 적용 가능한 것인지 각각 나누어 토론해 봐야 할 것이다.

이외에 또한 특별한 사투리의 증가가 있다. 예를 들면, 복건福建 지역의 '冇', '冇' 등

집운集韻

의 글자, 광동廣東 지역의 '門人'자, 광서廣西 지역의 '乔'자, 섬서陝西 지역의 '尖', '지坌' 등의 글자는 부분적으로 사회에 통용되고 있는데, 이러한 한자들을 보존해야 할 것인지 더 토론해 봐야 할 것이다. 하지만 '예변隸變'의 증가에 관해서는 『집운集韻』5)과 『강희자전康熙字典』6)의 고문과 같이 존재할 만한 가치가 없다고 생각된다.

---

5) 『집운』은 송대宋代에 편찬된 한자의 자음에 따라서 배열한 서적이다. 1037년, 송기宋祁, 정전鄭戩은 황제에게 송宋 진종眞宗 연간에 편찬된 『광운廣韻』에는 많은 부분 옛 문장을 인용하고 있다고 비판하였다. 이와 동시에 가창조賈昌朝 역시 송 진종과 경덕景德 연간에 편찬된 『운략韻略』에는 고석되지 않는 글자들이 많으며 소리의 배열도 혼란스럽고 중첩자도 많아 많은 사람들이 잘못 이용하고 있다고 비판하였다. 이에 송 인종仁宗은 정도丁度 등에게 명하여 이 두권의 운서를 재차 수정하도록 하였다. 그리하여 『집운』은 인종 보원寶元 2년(1039)에 완성되었다.

6) 『강희자전』은 청淸 강희제康熙帝의 칙령에 따라 진정경陣廷敬, 장옥서張玉書 등 30여 명의 학자가 5년 이상의 세월에 걸쳐 편찬한 책으로 강희 55년(1716)에 완성되었다. 명대明代 매응조梅膺祚의 『자휘字彙』, 장자열張自烈의 『정자통正字通』 등에서 그 구성방식을 따랐지만 내용은 더욱 충실하다. 12지支의 순서에 따라 12권으로 나누어져 있다. 214개의 부수가 획순으로 배열되어 있고 각 부수에 배속된 문자 역시 획순으로 배열되어 있다. 각 문자마다 반절反切에 의한 발음, 훈고訓詁 및 글자풀이가 나와 있으며 속자俗字와 통용자가 표시되어 있어 오늘날의 한자자전 체계의 기초라고 할 수 있다. 표제한자 4만 7,035자와 고대의 이체자異體字 1,995자를 수록하고 있어 중국의 여느 자전보다 규모가 크다. 그러나 오랜 세월 동안 여러 사람의 손을 거쳐 만들어져서 잘못된 부분이 많았기 때문에, 1827년 왕인지王引之가 도광제道光帝의 명을 받아 『자전고증字典考證』을 지어 2,588조항을 정정했다. 지금의 『강희자전』은 보통 이 『자전고증』을 부록으로 함께 싣고 있다.

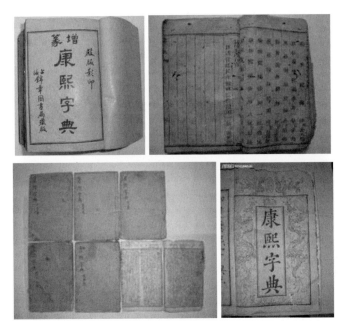

강희자전康熙字典

중편

육서의 규칙

제 *1* 장
육서 통론

1. 육서의 순서

육서의 순서에 관해서는 다음과 같이 서로 다른
여덟 가지 주장이 있다.

(1) 상형象形, 회의會意, 전주轉注, 처사處事, 가차假
借, 해성諧聲: 정현鄭玄[1]의 주장

(2) 상형, 상사象事, 상의象意, 상성象聲, 전주, 가차:
반고班固[2], 서개徐鍇[3], 주백기周伯琦[4]의 주장

서개徐鍇

---

1) p.74, 주석 11) 참조.
2) 반고(32(?)~92)는 후한後漢 시대의 문관이자 역사가이다. 그가 쓴 『한서漢書』는
이후 기전체紀傳體 역사서의 모범이 되었다. 아버지인 반표班彪(3~54)는 옛것을
좋아하는 취미가 강한 지식인으로 한 황실이 재건되었을 때 광무제光武帝에 의
해 서령徐令에 제수되었다. 그러나 건강상의 이유로 관직을 사퇴하고 독자적으
로 역사연구에 몰두했다. 3황5제三皇五帝로부터 시작하여 전한시대 중간에서 끝
을 맺은 사마천司馬遷의 『사기史記』를 계승할 역사서를 쓰기 위해 자료들을 수
집했다. 반표가 죽은 뒤 반고는 그의 뒤를 이어 역사편찬 작업을 계속했다. 그러
나 이 과정에서 국사國史를 함부로 개작했다는 이유로 옥에 갇히게 되었다. 그
에게는 반초班超라는 동생이 있었는데, 반초는 중국 서쪽 변경을 파미르 고원까
지 넓히는 데 공을 세운 뛰어난 무장이었다. 반고는 동생의 탄원으로 옥에서 풀
려났을 뿐만 아니라 명제明帝의 눈에 들어 난대령사蘭臺令史라는 관직까지 얻었

(3) 지사指事, 상형, 형성形聲, 회의, 전주, 가차: 허신許愼[5], 위항衛恒[6]의 주장

(4) 상형, 지사, 회의, 전주, 해성, 가차: 정초鄭樵[7]의 주장

(5) 상형, 지사, 회의, 해성, 가차, 전주: 오원만吳元滿[8], 장유張有[9], 조고 칙趙古則[10]의 주장

다. 그후 반고는 16년에 걸쳐 『한서』를 편찬했다. 『한서』는 후대에 각 조가 전 대前代의 정치를 기록하는 정사류正史類의 전형이 되었다. 이 책은 비록 『사기』 를 모범으로 삼았지만, 단순한 역사의 기록에서 벗어나 한 제국의 건립시기부터 왕망王莽이 AD 9년 신新나라를 세울 때까지 포괄적인 역사기록을 다룬 걸작품 이다.

3) 서개(920~974)는 남당南唐의 문자훈고학자로, 양주揚州 광릉廣陵(오늘날의 강소 성江蘇省 양주揚州) 사람이다. 그는 서현徐鉉의 동생으로 세칭世稱 "소서小徐" 라 칭해졌다. 자는 내신鼐臣, 초금楚金이다. 문자학에 정통하였고 평생 동안 수 많은 저술을 지었다. 오늘날에는 『설문해자계전說文解字系傳』 40권, 『설문해자 운보說文解字韻譜』 10권만이 전한다.

4) 주백기(1298~1369)의 자는 백온伯溫이고 호는 옥설玉雪, 요주饒州 사람이다. 문 장에 박학다식 하였으며 특히 전서篆書, 예서隷書, 초서草書에 상당히 뛰어났다. 서현徐玄의 학통으로부터 전서를 배웠고 장유로부터 서예를 학습하였다. 저서로 는 『육서정와六書正訛』, 『설문자원說文字原』 등이 있다.

5) p.15, 주석 1) 참조.

6) p.17, 주석 4) 참조.

7) p.19, 주석 11) 참조.

8) 오원만은 흡현歙縣 사람이다. 그는 명明 만력萬曆 시기에 수많은 학자들의 학설 을 모아 『육서정의六書正義』 12권을 지었다. 이 책은 육서, 소학과 경학과의 관 계를 정확하게 분석하였고 육서로 한자를 고증하였다. 그리하여 당시 한자의 규 범화에 상당한 영향을 끼쳤다.

9) 장유(1054~?)는 북송北宋시대 사람으로 자는 겸중謙中, 오흥吳興(오늘날의 절강 성浙江省 호주湖州) 사람이다. 어려서부터 전서篆書를 좋아하였고, 특히 석고문 石鼓文과 진한 시대의 금문金文에 상당한 능력을 겸비하였다. 그는 『복고편復古 編』을 저술하였는데, 이 책은 고문에 근거하여 『설문』을 증명하였다.

10) 조고칙(1351~1395)의 자는 위겸爲謙이었으나 후에 명겸名謙으로 바꾸었다. 그 는 여요餘姚(오늘날의 절강성浙江省 여요餘姚) 사람이다. 홍무洪武 초기에 『정 운正韻』을 수정하여 국자감國子監 전부典簿가 되었다. 그 직을 수행한 후 고향

(6) 상형, 회의, 지사, 전주, 해성, 가차: 양환楊桓[11])의 주장

(7) 상형, 회의, 지사, 해성, 전주, 가차: 왕응전王應電[12])의 주장

(8) 지사, 상형, 회의, 전주, 해성, 가차: 대동戴侗[13])의 주장

필자가 역사진화의 관점에 근거하여 위의 여덟 가지 주장에 대하여 판단
해보면, (2)의 반고의 주장이 기준이 된다고 할 수 있다. 일찍이 상편上篇에
서 "독체는 문이고, 합체는 자이다.(獨體爲文, 合體爲字.)"라고 설명한 바
있다. 상형과 지사는 독체인 '문文'이고, 회의와 형성은 합체인 '자字'이다.
문文과 자字의 순서는 문文이 자字에 앞선다. 따라서 회의와 형성은 결코 상
형과 지사보다 앞설 수 없다. 게다가 전주와 가차는 문자를 사용하는 용자
用字의 방법이므로, 문자를 만드는 조자造字의 방법보다 앞설 수가 없다.

육서는 또한 허虛와 실實로 나눌 수 있다. 상형은 실實이고, 지사는 허虛
이다. 물物은 실체적인 형상이 있고, 사事는 실체적인 형상이 없기 때문이

으로 돌아가 육서에 대하여 다양하게 학습하였다.

11) 양환(1234~1299)의 자는 무자武子이고 연주兗州 사람이다. 어렸을 적부터 웅대
　　한 뜻을 지녔으며 초년에는 제주교수濟州敎授가 되었고 후에는 조칙을 받들어
　　태사원太史院 교서랑校書郎이 되었다. 그리고 황제의 명령에 따라 『의표명력일
　　서儀表銘曆日序』를 지었다. 특히 그는 고문자에 정통하였으며 『육서통六書統』,
　　『서학정운書學正韻』, 『육서소원六書溯源』 등을 지었다.

12) 왕응전은 명明나라 사람으로 자는 소명昭明, 호는 명재明齋이다. 그는 『주례전周
　　禮傳』 10권, 『도설圖說』 2권, 『익전翼傳』 2권, 『동관보의冬官補義』, 『천왕회통
　　天王會通』, 『학주예법學周禮法』, 『육의음절관주도六義音切貫珠圖』, 『육의상관도
　　六義相關圖』, 『동문비고同文備考』 8권 등을 저술하였다.

13) 대동(1200~1285)의 자는 중달仲達이고 절강성浙江省 영가永嘉(오늘날의 절강성
　　浙江省 온주溫州) 사람으로 남송의 저명한 문학가이다. 그는 『주역가설周易家說
　　』을 지었으나 실전되었고, 『육서고六書故』는 지금까지 전해지고 있다. 아버지와
　　형의 유지를 받들어 지속적으로 육서를 연구하여 『육서고』 33권을 저술하였다.
　　이 책은 『설문』, 『옥편』의 체례에 반하였으며 또한 부수를 채용하지도 않았다.
　　기타 저서로는 『육서통석六書通釋』, 『역서가설易書家說』, 『사서가설四書家說』
　　등이 있다.

다. 회의는 실實이고, 형성은 허虛이다. 회의는 두 개 혹은 그 이상의 문文이 결합하여야만 뜻을 나타낼 수 있고, 형성은 뜻이 없어도 만들 수 있기 때문이다. 전주는 실實이고, 가차는 허虛이다. 전주는 각자 자의字義가 있지만, 가차는 하나의 문자가 가차인지 아닌지 판단하기 위해서는 반드시 앞뒤 문장의 근거에 따라야만 하기 때문이다. 옛 선인들의 사상의 진보는 분명 실實이 허虛보다 앞선다. 이러한 이유로 인하여 반고의 순서를 제외한 나머지 순서들은 모두 허虛와 실實의 뜻을 분명히 이해하지 못하였기 때문에 선인들의 사상진화의 원칙에 벗어난다고 할 수 있다.

위 내용에 대하여 다시 문자 자체를 이용하여 증명해 보자.

(1) 상형이 지사보다 앞선다는 증거

예를 들면, "인刃"은 지사자로, 반드시 상형자인 "도刀"가 선행되어야만 지사자인 "인刃"자가 있을 수 있다. 혹자는 문자를 만들 때 가장 먼저 '일一'이란 한자가 만들어졌다고 주장하면서, '일一'은 지사자이므로 그 순서는 지사자가 상형자의 뒤에 올 수 없다고 주장하기도 한다. 하지만 '일一'자가 지사자에 속하는지는 사실 의문이다. 『설문』에서는 "도道는 일一에서 나왔다.(道立於一.)"라고 해석하였지만, 이것은 결코 상고시대의 사상이라고 할 수 없다. '일一'은 수를 계산하는 부호이므로, 이 부호는 분명히 명물자名物字(사물을 나타내는 문자)보다 앞설 수는 없다.

(2) 회의가 형성보다 앞선다는 증거.

예를 들면, "참慙"은 형성자로, 반드시 회의자인 "참斬"자가 선행되어야만 형성자인 "참慙"자가 있을 수 있다. 비록 수많은 지사자와 회의자가 형성자로 결합되는 경우도 있지만, 이 모든 문자들은 하나로부터 불어난 문자들이기 때문에 증거로 삼기에는 부족하다.

이상의 이유에 근거하여 얻은 결론은 육서의 순서는 반고의 주장을 기준으로 삼아야 한다는 점이다.

2. 육서는 문자를 만드는 기본이자 문자를 사용하는 방법이다.

왕균王筠[14]은 "상형, 지사, 회의, 해성 등 네 가지가 중심이고, 이는 문자를 만드는 기본이다. 전주와 가차 두 가지는 보충이고, 이는 문자를 사용하는 방법이다."[15]라고 주장하였다. 옛 사람들이 문자를 만드는데, 먼저 사물이 있고 그 다음은 그 사물을 나타내는 명칭이 만들어진 이후에야 이것을 나타내는 문자가 만들어지게 되었다. 모든 사물 가운데 그것을 본뜰 수 있는 형상이 있으면 상형의 방법을

왕균王筠

이용하여 문자를 만들었고, 본뜰 형상이 없어 허사虛事에 속한다면 "上丁"(상하上下)처럼 지사의 방법을 이용하여 문자를 만들었다. 이렇게 만들어진 지사자는 자세히 살펴보면 쉽게 그 뜻을 유추할 수 있다. 물物과 사事에 속하지 않고 의意에 속하는 것들은 회의의 방법을 사용하여 문자를 만들었다.

---

14) 왕균(1784~1854)은 언어학자이자 문자학자이다. 왕균은 50여 종의 책을 저술하였고, 다른 학자들이 쓴 60여 부 이상의 서적들을 교정하였다. 그의 저서로는『설문석례說文釋例』,『문자몽구文字蒙求』,『설문구두說文句讀』,『설문운보교說文韻譜校』,『설문속說文屬』 등이 있다. 이 가운데『설문구두』와『설문석례』가 문자 훈고학적 방면에서 가장 뛰어나다고 할 수 있다.
15) 王筠: "象形, 指事, 會意, 諧聲, 四者爲經, 造字之本也. 轉注, 假借, 二者爲緯, 用字之法也."

두 개 혹은 두 개 이상의 문자를 결합하여 하나의 문자의 뜻을 나타낼 수 있는데, 예를 들면 '사람(人)'과 '말하다(言)'를 결합하여 "신信"자를 만든 것이 그것이다. 회의는 비록 상형과 지사보다는 사용하기가 편리하긴 하지만 여전히 이것으로 나타내기에는 역부족한 것들이 있다. 따라서 형성의 방법이 생겨나게 된 것이다. 형성의 방법은 하나는 뜻을 나타내는 형形과 다른 하나는 소리를 나타내는 성聲을 배합하는 것으로, 이러한 방법을 사용하면 문자를 무수하게 만들어낼 수 있다. 형形과 성聲을 배합하는 방법은 아래와 같이 여섯 가지가 있다.

(1) 왼쪽은 뜻, 오른쪽은 소리. 예를 들면, "강江", "하河"
(2) 오른쪽은 뜻, 왼쪽은 소리. 예를 들면, "구鳩", "합鴿"
(3) 위는 뜻, 아래는 소리. 예를 들면, "초草", "조藻"
(4) 아래는 뜻, 위는 소리. 예를 들면, "원黿", "별鼈"
(5) 바깥쪽은 뜻, 안쪽은 소리. 예를 들면, "포圃", "국國"
(6) 안쪽은 뜻, 바깥쪽은 소리. 예를 들면, "문聞", "문問"

위에서 예로 든 상형, 지사, 회의, 해성은 문자를 만드는 기본적인 방법이다.

전주와 가차는 이미 만들어진 문자를 이용하여 응용하는 방법이다. 전주의 작용은 자형은 다르지만 뜻이 같은 문자를 모아 통용하는 데 있다. 예를 들면, 고考가 로老이고, 로老가 곧 고考이다. 이것은 각 지방의 방언이 다름에 불과할 뿐 사실 그것이 나타내는 의미는 서로 같다. 가차의 작용은 문자의 부족함을 해결하는 데 있다. 이것은 하나의 문자가 몇 개의 문자로 사용할 수 있게 하는 것으로, 예를 들면 "자孶"자는 불어나다는 의미이지만, "무撫"자로 가차된다. 가차는 대략 두 종류로 나눌 수 있다.

(1) 본래 그것을 나타내는 문자가 없어서 가차하는 하는 방법.

(2) 본래 그것을 나타내는 문자가 있지만 가차하는 하는 방법.

이상에서 설명한 전주와 가차는 문자를 사용하는 방법이다.

3. 육서는 문자를 이해하는 간단한 방법이다.

최근 학자들이 중국문자(한자)는 복잡하고 어려워 문화의 발전에 장애가 된다고들 한다. 이렇게 말하는 것이 전혀 근거가 없다고 말할 수는 없지만, 최소한 그들이 한자의 체계를 이해하지 못하고 있음은 분명하다. 한자가 비록 몇 만자에 달하지만, 아래의 세 가지를 구분할 수 있다면 결코 어렵다고 할 수 없기 때문이다. 이에 대하여 아래와 같이 각각 나누어 살펴보고자 한다.

(1) 육서를 분명하게 이해해야 한다.

중국의 모든 문자는 육서로 포괄할 수 있다. 즉, 상형과 지사, 회의와 형성은 문자를 만드는 방법이고, 전주와 가차는 문자를 사용하는 방법이다. 문자를 만드는 네 가지 방법은 쉽게 이해할 수 있는데, 네 가지 방법 가운데 형성이 가장 많은 수를 차지한다.(『설문』에 수록된 9,353자 가운데 상형자 360자, 지사자 125자, 회의자 1,167자, 형성자 7,697자이다.) 형성자를 만드는 방법은 매우 간편하다. 예를 들면 어부魚部에 속한 문자들은 필연적으로 물고기(魚)와 관계가 있다. 게다가 어魚를 제외한 나머지가 소리를 나타내기 때문에 그것을 읽으면 된다. 조부鳥部, 금부金部, 수부水部, 화부火部 등도 모두 이와 같다. 문자를 사용하는 방법인 전주와 가차 중에서 가차가 조금 복잡하지만 소리를 가차하였는지 뜻을 가차하였는지를 구분할 수 있기 때문에 이 역시 어렵다고는 할 수 없다.

(2) 자음과 모음을 이해해야 한다.

한자는 병음자모拼音字母16)로 이루어진 것은 아니지만, 이 역시 소수의 자음과 모음이 결합하여 이루어진 문자이다. 『설문』중에서 540개 부수部首가 바로 한자의 자음과 모음이라고 볼 수 있다. 540개 문자를 익히는 것은 그리 어려운 일이 아니다. 이것을 익힌 후에 육서의 원칙을 바탕으로 중국의 모든 문자를 분석해보면 한자에 통달하게 된다.17)

(3) 문자 변천의 근원에 대하여 어느 정도 이해해야 한다.

한자는 자체上字體上 몇 차례 변천을 거쳤기 때문에, 수많은 문자가 그 문자의 원형을 잃어버렸다. 예를 들면, '조鳥'에는 네 개의 발이 들어 있고, '천千'과 '리里' 그리고 '초草'가 결합하여 '동董'자가 된 것이 그것이다. 만일 육서의 체계를 분명하게 이해하고, 여기에 문자 변천에 대한 지식을 약간 더하여 변천의 흔적을 이해할 수만 있다면 이러한 곤란도 어렵지 않게 해결할 수 있을 것이다.

위의 세 가지 원칙 가운데 (1)과 (2)는 문자 자체이고, (3)은 문자의 역사

---

16) '병음자모'란 한자의 발음을 로마자로 표기하는 발음부호를 말한다. 중국의 표준어인 북경어北京語 발음에 기초를 두었다. 중국에서 공식적인 발음기호로서 병음을 채택한 것은 표준국어로서의 북경어 사용을 장려하고, 중국 내 소수민족들의 발음을 표준화하고, 한자의 로마자 표기 및 알파벳화 방법 결정상의 논쟁을 끝맺겠다는 공약을 알리는 신호였다. 1913년 한자를 기초로 한 국음國音 자모가 제정되면서 문자개혁이 개시되었다. 1920, 1930년대에 중국어에 맞는 라틴 문자를 고안하여 장려하기 위한 여러 차례 시도가 있었지만 뚜렷한 성과는 없었다. 1949년 공산당이 중국의 패권을 차지한 뒤 전면적인 문자개혁작업이 시작되면서 한자나 키릴 문자 가운데 하나를 쓰자는 제안을 검토했으나 백지화하고, 라틴 문자를 사용하기로 결정했다. 결국 1956년 한어병음방안을 문자개혁위원회에서 채택해 사용하게 되었으며, 1958년 1차례 수정이 가해졌다.

17) 『설문』 540개 부수 가운데, 순수한 자음과 모음이 아닌 문자가 상당수 들어 있다. 장병린章炳麟 선생의 『문시文始』에 따르면, 준초문准初文은 510개라고 한다.

이다. 세 가지 원칙 가운데 육서의 원칙인 (1)이 가장 중요하다고 할 수 있다.

4. 결합하는 요소는 같지만 결합하는 체계가 다르면 뜻과 소리가 서로 다르다.

비록 같은 요소로 결합한 한자라 할지라도 결합하는 체계가 서로 다른 것들이 있다. 또한 이와는 달리 결합하는 체계는 같지만 자음과 자의가 서로 다른 것들이 있다. 우리들이 한자를 연구할 때 이러한 사례들을 간과해서는 안 된다. 예를 들면 다음과 같다.

(1) 어떤 것은 회의자이지만, 다른 것은 회의겸상형자會意兼象形字(회의자이면서 상형자인 문자)이다.
예를 들면, '천天', '립立', '부夫'는 모두 '일一'과 '대大'가 결합하여 이루어진 한자이지만, '천天'은 회의자, '립立'과 '부夫'는 회의겸상형자이다.

(2) 어떤 것은 회의겸상형자이지만, 다른 것은 회의겸형성자會意兼形聲字(회의자이면서 형성자인 문자)이다.
예를 들면, '술術', '시市'는 모두 '철屮'과 '팔八'이 결합하여 이루어진 한자이지만, '술術'은 회의겸상형자, '시市'는 회의겸형성자이다.

(3) 어떤 것은 상형자이지만, 다른 것은 형성자이다.
예를 들면, '역易', '물吻'은 모두 '일日'과 '물勿'이 결합하여 이루어진 한자이지만, '역易'은 상형자, '물吻'은 형성자이다.

(4) 모두 회의자이지만, 자음과 자의가 서로 다르다.
예를 들면, '屮', '둔屯'은 모두 '철屮'과 '일一'이 결합하여 이루어진 한자이지만, '屮'과 '둔屯'은 자음과 자의가 서로 다르다.

(5) 어떤 것은 회의자이지만, 다른 것은 형성자이다.

예를 들면, '선善', '상詳'은 모두 '양羊'과 '구口'가 결합하여 이루어진 한자이지만, '선善'은 회의자, '상詳'은 형성자이다.

(6) 모두 형성자이지만, 자음이 다르다.

예를 들면, '음吟', '함含'은 모두 '금今'과 '구口'가 결합하여 이루어진 한자이지만, 자음은 '음吟'과 '함含'으로 서로 다르다.

옛 선인들이 문자를 만들 때, 단지 소수의 초문初文(최초에 쓰인 문자)만을 상호 결합하여 만들면서 중복됨을 피하였다. 만일 중복됨을 피할 수 없었을 때에는 결합하는 위치를 달리하여 사물의 모양과 뜻을 분명하게 나타냈다. 이렇게 하면서도 그들은 육서의 원칙을 위배하지는 않았다. 지사와 회의는 각각 뜻이 있는 한자들의 결합이므로 위치를 변화시켜서 각각의 의미를 나타낼 수 있지만, 형성은 이와는 달랐다. 즉, 형성은 뜻을 나타내는 부분과 소리를 나타내는 부분이 있기 때문에 결합의 위치를 바꾸어도 그 나타내는 바는 같다. 예를 들면, '충忠'은 '충성'으로 해석하고, '충忡'은 '근심하다'라고 해석한다. 만일 문자를 만들 때, '충忡'을 '충실하다'라는 뜻으로 만들고, '충忠'을 '근심하다'라는 뜻으로 만들었어도 전혀 관계가 없다.

제 **2** 장
상형 석례

1. 상형 개설

팔괘八卦와 결승結繩 이후에야 상형자가 탄생하였다. 상형이란 물체의 형상을 그리는 것이므로 이것은 그림을 그릴 때의 선과 별다른 차이가 없다. 금문金文과 귀갑문龜甲文(갑골문)으로 이를 증명하면 더욱 분명해진다.

상형은 아래와 같은 여덟 가지 성질이 있다.

(1) 천상에 속하는 것. 예를 들면, '일日', '월月'

(2) 지리에 속하는 것. 예를 들면, '산山', '수水'

(3) 인체에 속하는 것. 예를 들면, '자子', '려呂'

(4) 식물에 속하는 것. 예를 들면, '초艸', '목木'

(5) 동물에 속하는 것. 예를 들면, '우牛', '양羊'

(6) 복식에 속하는 것. 예를 들면, '모冃', '건巾'

(7) 궁실에 속하는 것. 예를 들면, '문門', '호戶'

(8) 용도에 속하는 것. 예를 들면, '도刀', '궁弓'

상형은 아래와 같은 다섯 가지 방법이 있다.

(1) 앞에서 보는 것. 예를 들면, '일日', '산山'
(2) 뒤에서 보는 것.1) 예를 들면, '우牛', '양羊'
(3) 측면에서 보는 것. 예를 들면, '조鳥', '마馬'
(4) 가로로 된 모양을 변화시켜 세로로 된 모양이 된 것. 예를 들면, '수水'는 옆으로 보면 '〓'가 된다.
(5) 많은 부분을 생략한 것. 예를 들면 '여呂'는 척추를 그린 것으로, 두 개로 많은 것을 개괄한 것이다.

상형자는 한자의 근간이다. 비록 지사자 역시 독체獨體인 초문初文에 속하지만, 수많은 지사자는 상형자에 근거하여 만들어진 것들이다. 예를 들면 제1장 제1절에서 예로 든 '인刃'자가 그것이다. 『설문』 중에서 상형자는 364개이지만, 순수한 상형자는 242개이다. 다시 여기에서 중복된 것과 하나의 형체가 변화하여 만들어진 것을 제외하면 단지 백 몇 십 개에 불과할 뿐이다. 이것은 현재의 문자에서 1/100에도 미치지 못하는 숫자이다. 따라서 "한자는 상형자에서 변천한 것이다."라고 말할 수는 있지만, "한자는 모두 상형자이다."라고 말하는 것은 타당하지 않다고 사료된다.

2. 상형 분류

상형을 분류하는 방법은 아래와 같이 세 분 학자들의 분류 방법이 있다.

---

1) 이에 대한 역자譯者의 견해는 '앞에서 보는 것'으로 해야 옳다고 사료된다. 즉, 소의 머리를 정면에서 바라보고 그린 것이 '우牛'자이고, 양의 머리를 정면에서 바라보고 그린 것이 '양羊'자이다.

(1) 정초鄭樵2)의 분류 방법

　(가) 정생正生의 방법. 이것은 다시 천지, 산천, 정읍井邑(마을), 초목,
　　　인물, 조수鳥獸, 충어蟲魚, 귀물鬼物, 기용器用(그릇), 복식服飾 등
　　　열 가지로 세분된다.

　(나) 측생側生의 방법. 이것은 다시 상모象貌(모양을 그린 것), 상수象
　　　數(숫자를 그린 것), 상위象位(위치를 그린 것), 상기象氣(기운을
　　　그린 것), 상성象聲(소리를 그린 것), 상속象屬(소속됨을 그린 것)
　　　등 여섯 가지로 세분된다.

　(다) 겸생兼生의 방법. 이것은 다시 형겸성形兼聲(상형자에 소리를 나
　　　타내는 부분을 더한 것)과 형겸의形兼意(상형자에 뜻을 나타내는
　　　부분을 더한 것) 두 가지로 나뉜다.

(2) 정지동鄭知同3)의 분류 방법

　(가) 독체獨體 상형(그 자체가 상형자인 것)

　(나) 합체合體 상형(그 자체가 상형자를 나타내기에 부족하여 다른 문
　　　자를 더한 것)

　(다) 상형겸성象形兼聲(상형자에 소리를 나타내는 부분을 더한 것)

　(라) 상형에 편방偏旁을 더한 것

　(마) 같은 문자를 여러 개 중첩한 것

---

2) p.19, 주석 11) 참조.
3) 정지동(1831~1890)의 자는 백경伯更이고 귀주貴州 준의현遵義縣 사람이다. 그는
　유명한 시인인 정진독鄭珍獨의 자식으로, 장지동張之洞의 휘하에서 학습하였다.
　비록 장지동이 사천四川의 문자훈고학文字訓詁學을 창도하였지만 그것을 최대한
　확대시킨 사람은 바로 정지동이다. 저서로는 『설문본경답부說文本經答部』, 『육서
　천설六書淺說』, 『설문정이說文正異』, 『설문술허說文述許』, 『설문상의說文商議』,
　『설문위자說文僞字』, 『경의신사편經義愼思篇』, 『유우록愈愚錄』, 『예석정문隸釋訂
　文』, 『초사통석해고楚辭通釋解詁』, 『전주고轉注考』, 『수방재문고漱芳齋文稿』,
　『굴여시고屈廬詩稿』 등이 있다.

(바) 상형에 최초의 형태가 있는 것

(3) 왕관산王貫山4)의 분류 방법

(가) 정례正例

(나) 변례變例

위 세 분의 분류 방법 가운데 정초의 분류 방법이 가장 타당하지 않다고 사료된다. 왜냐하면 지사, 회의, 형성을 상형의 범위에 포함시킨 것은 정말로 변별력이 없다고 할 수 있기 때문이다. 정지동의 분류 방법은 비교적 분명하지만, 그가 『설문』의 일정한 형체를 준수할 필요가 없다고 주장한 것은 처음 문자를 배우는 사람들에 대하여 적합하지 않는 주장이라고 할 수 있다. 왕관산의 분류 방법에 대해서는 다음 절에서 상세하게 설명하고자 한다.

3. 상형 정례

상형 정례란 사물의 형태를 있는 그대로 본떠 그린 것으로, 이를 다시 아래와 같이 다섯 가지로 나눌 수 있다.

(1) 천지의 모양. 예를 들면, '일日'은 겉은 태양의 윤곽을, 안은 태양의 발광체로 인하여 만들어지는 검은 그림자를 그린 것이다. '월月'은 달의 이지러진 모양을 그린 것이다.

(2) 인체의 모양. 예를 들면, '구口'는 입 모양을, '목目'은 눈 모양을 그대로 본뜬 것이다.

(3) 동물의 모양. 예를 들면, '추隹'는 꼬리가 짧은 날짐승을, '조鳥'는 꼬리가 긴 날짐승을 그대로 그린 것이다. '추隹'는 물새이고, '조鳥'는

---

4) p.90, 주석 3) 참조.

산새이다. '우牛', '양羊'은 뒤에서부터 바라본 모양을 그린 것이다.

(4) 식물의 모양. 예를 들면, '초艸'는 풀이 빽빽하게 자란 모양을 그린 것이고, '목木'은 나무가 땅을 뚫고 올라와 자란 모양을 그린 것이다.

(5) 기물器物 및 도구의 모양. 예를 들면, '호戶'는 외짝 문을 그린 것이고, '문門'은 두 개의 '호戶'를 그린 것이다. '두豆'와 '명皿'은 식기食器를 그린 것이다.

위에 열거한 다섯 가지 방법은 사물의 모양을 있는 그대로 묘사한 것으로, 그 안에는 다른 의미가 숨겨져 있지 않다. 이것이 바로 상형의 정례이다.

4. 상형 변례

상형 변례란 자의字義를 더욱 분명하게 나타내기 위하여 상형에 사事, 의意, 성聲을 더하는 것을 말한다. 이러한 방법으로 만들어진 한자는 지사, 회의, 형성에 속하지 않는다. 이러한 방법으로 한자를 만들 때 여전히 상형이 주가 되기 때문에 상형 변례라고 하는 것이다. 상형 변례는 아래와 같이 여덟 가지로 나눌 수 있다.

(1) 하나의 문자가 두 개의 모양을 나타낸다. 예를 들면 '𠁥'은 초목이 깊이 숨겨진 모양을 그린 것이기도 하며, 꽃이 아직 피지 않은 모양을 그린 것이기도 하다.

(2) 문자를 생략하여 만든다. 예를 들면 '𠂠'은 양의 뿔을 그린 것으로, 이 한자는 '양羊'자에서 필획을 생략하였다.

(3) 결합하여 상형자를 만든다. 예를 들면 '구臼'자는 겉은 절구 모양을

그린 것이고, 가운데는 쌀 모양을 그린 것이다.

(4) 상형자에 실물 모양을 더하여 만든다. 예를 들면, '과果'자는 과일 모양을 나타내는 '⊕'과 나무를 그린 상형자인 '목木'이 결합하여 만든 자이다.

(5) 상형자에 뜻을 나타내는 부분을 첨가하여 만들지만 (4)와는 약간 다르다. 예를 들면, '위爲'는 어미 원숭이를 그린 것으로, 이것은 상형자에 뜻을 나타내는 부분을 첨가하여 만든 것이다. 하지만 원숭이로부터 손톱이 자란다는 것(위爲의 윗부분이 손(爪)임)은 나무로부터 과일이 자란다는 것(과果의 윗부분이 과일(⊕)임)과는 약간 다르다.

(6) 상형자에 뜻을 나타내는 문자를 더한 후에 다시 다른 문자를 덧붙여 만든다. 예를 들면, '𦣻'에서 '엄厂'은 눈썹 모양을 그린 것이고, '목目'은 눈 모양을 그린 것으로 두 개가 결합한 회의자이다. 여기에 '이마의 주름'이 난 모습인 '𡿧'을 덧붙였다.

(7) 상형자에 뜻을 나타내는 문자를 더한 후에 다시 소리를 나타내는 부분을 덧붙여 만든다. 예를 들면, '치齒'에서 '㸚'은 이빨 모양을 그린 것이고, '감凵'은 크게 벌린 입 모양을 그린 것이다. 여기에 다시 윗니와 아랫니 사이의 공간을 나타내는 '일一'을 더하였다. 여기까지는 회의자이다. 여기에 다시 소리를 나타내는 '지止'를 더하여 형성자가 되었다.

(8) 형태가 없는 것 같지만 여전히 형태를 나타낸다. 예를 들면, '의衣'에서 '두亠'는 전문篆文으로 '人'처럼 쓰는데 이것은 옷깃을 그린 것이다. 그리고 '𧘇'는 전문으로 '仌'처럼 쓰는데 이것은 옷섶을 그린 것이다.[5]

---

5) '의衣'자는 원래 옷 형태를 그린 것이다. 필자는 『설문』의 해석에 의문이 있어 여기에 다시 쓰는 것이다. 허신은 "사람(위에 있는 자형)이 두 사람(밑에 있는 자형)

위 여덟 가지 내용은 모두 상형 변례로, 상형자가 만들어진 후에 생긴 것
이다. 그리하여 상형 정례(독체인 초문)에 포함되지 않을 뿐만 아니라 다른
것의 도움이 필요하기 때문에 상형 변례로 삼은 것이다. 상형 정례와 상형
변례에 속하지 않는 상형자 역시 소리가 主가 아니라 형태가 主이다.

을 뒤덮은 모양을 그린 것이다.(象覆二人之形.)"라고 해석하였다. 왕관산은 "뜻
으로 형태를 삼은 것이다.(以意爲形.)"라고 풀이하였다. 필자는 이 두 가지 해석
은 잘못되었다고 사료된다.

제**3**장
지사 석례

1. 지사 개설

지사는 지금까지 이설異說이 매우 많기 때문에 우선 허신의 해석을 위주
로 살펴보아야 한다. 허신은 "살펴보면 알 수 있고, 자세히 관찰하면 그 뜻
이 드러난다. '상上'과 '하下'가 그것이다."[1]라고 해석하였다. 육서 중에서
지사자가 가장 적지만, 오히려 분별하기가 가장 어렵다. 허신이 예로 든
'상上'과 '하下' 두 개의 글자가 공교롭게도 가장 간단하기 때문에 수많은
이설을 낳게 만들었고, 이에 지사에 대하여 일치된 결론을 얻을 수 없게 되
었다. 예를 들면 단옥재段玉裁[2]와 같은 청대淸代의 소학小學 전문가들조차도

---

1) 허신의 주장: "視而可識, 察而見意, 上下是也."
2) 단옥재(1735~1815)는 청대淸代 중기의 학자이다. 자는 약응若膺, 호는 무당懋堂
   이다. 그는 대진戴震의 제자였다. 건륭乾隆(1736~1795) 25년에 향시鄕試에 급제
   하여 귀주貴州와 사천四川 지역의 현지사縣知事로 부임했다. 건륭(1736~1795) 47
   년에 관직을 사직하고 소주蘇州의 풍교楓橋로 낙향하여 일생을 학문 연구에 몰
   두했다. 고염무顧炎武와 강영江永 이래의 음운학을 연구하고『육서음균표六書音
   均表』를 완성하여 고음운학古音韻學 연구에 지대한 공헌을 했다. 또한 후한後漢
   때 허신이 지은『설문』의 주석서인『설문해자주說文解字注』30권을 저술하여,
   자음字音과 자의字義의 변화를 밝히고 실례를 들어 고전해석의 방법을 제시했

단옥재段玉裁

지사의 뜻을 마음 속으로만 알았을 뿐 지사에 대한 정의
를 구체적으로 말할 수는 없었다. 강성江聲3) 역시 심혈
을 기울여 육서를 연구하였지만 간혹 회의를 지사로 여
기기도 하였다. 기타 당唐·송宋·원元·명明 시대의 전
문가들, 예를 들면 가공언賈公彦4), 서개徐鍇5), 장유張

강성江聲

다. 이 책은 오늘날까지도 『설문』 연구에서 가장 기본적인 문헌이다. 저서로는
『고문상서찬이古文尙書撰異』 32권, 『모시고훈전毛詩故訓傳』 30권, 『주례한독고
周禮漢讀考』 6권, 시문집 『경운루집經韻樓集』 12권 등이 있다.
3) 강성(1721~1799)의 자는 도濤였으나 후에 숙영叔瀛으로 바꾸었고, 호는 간정艮
庭, 악도鱷濤이다. 원적原籍은 안휘성安徽省 휴녕休寧이나 임시로 강소성江蘇省
원화元和(지금의 오현吳縣)에 머물렀다. 중년에 "오파吳派"의 저명한 학자인 혜
동惠棟에게서 경학과 문자학을 학습하여 상당한 명성을 얻었다. 그의 저서로는
『상서집주음소尙書集注音疏』, 『논어질論語質』, 『항성설恒星說』, 『간정소혜艮庭
小慧』, 『육서설六書說』 등이 있다.
4) 가공언(?~?)은 당唐나라 하북성河北省 영년永年 사람이다. 고종高宗(650~665)
연간에 태학박사와 홍문관학사를 지냈고, 예학禮學에 정통하여 공영달孔穎達 등
과 『예기정의禮記正義』 편찬에도 참여했다. 그가 가려낸 『주례소周禮疏』 50권
과 『의례소儀禮疏』 50권은 『십삼경주소十三經注疏』에 들어 있다. 그밖에 『예기
소禮記疏』 80권과 『효경소孝經疏』 5권, 『논어소論語疏』 15권 등이 있다.

有6), 대동戴侗7), 양환楊桓8), 유태劉泰9), 주백기周伯琦10), 조고칙趙古則11), 왕응전王應電12), 주모휘朱謀㙔13), 장위張位14), 오원만吳元滿15), 조이광趙宦光16) 등도 허신이 예로 든 '상上'과 '하下'에 구애 받기도 하였고, 회의를 지사로 오인하기도 하였으며, 상형과 회의를 함께 묶기도 하였다. 뿐만 아니라 그들이 제시한 예가 명확하지 않았을 뿐만 아니라 지사에 대하여 정밀하게 연구하지도 않았다. 그리하여 그들은 지사가 정확하게 무엇을 의미하는지에 대한 확실한 해답을 얻을 수 없었다. 단지 청대의 왕관산王貫山17)만이 가장 분명하고 이해하기 쉽게 설명하였을 뿐이다. 그는 "『설문』에서 언급한 '살펴보면 알 수 있다.(視而可識)'라는 것은 상형에 가깝고, '자세히 관

---

5) p.98, 주석 3) 참조.

6) p.98, 주석 9) 참조.

7) p.99, 주석 13) 참조.

8) p.99, 주석 11) 참조.

9) 유태에 대한 기록은 많지 않다. 단지 양환楊桓이 지은 『육서통六書統』 21권(절강성浙江省 왕계숙汪啓淑의 집에 있는 소장본)에 국자박사國子博士 유태劉泰의 『후서後序』가 들어있을 뿐이다. 유태가 쓴 『후서』의 내용은 조정의 특명으로 강소성江蘇省과 절강성에 가서 책을 인쇄하였고, 그 책이 상당히 광범위하게 통용되었는 점이다. 따라서 이 책이 얼마나 중요하였는지를 살펴볼 수 있다.

10) p.98, 주석 4) 참조.

11) p.98, 주석 10) 참조.

12) p.99, 주석 12) 참조.

13) 주모휘는 명明나라 사람이라는 것 이외에는 그에 대한 기록이 많지 않다. 그의 저서로는 『번헌기藩獻記』, 『명사明史』, 『주씨팔지종보朱氏八支宗譜』, 『수경주전水經注箋』, 『지원집枳園集』, 『변아骿雅) 등이 있다.

14) 장위(1538~1605)의 자는 명성明成, 호는 홍양洪陽, 그는 강서성江西省 남창南昌 신건현新建縣 사람이다. 명대의 대신大臣이자 학자이며 시인이기도 하다. 그의 저서로는 『한운관집초閑雲館集鈔』, 『총계산방휘고叢桂山房彙稿』, 『사림전고詞林典故』 등이 있다.

15) p.90, 주석 8) 참조.

16) 조이광의 자는 범부凡夫이다. 그는 문학가, 문자학자, 서예가로 생활하였다. 저서로는 『설문장전說文長箋』, 『육서장전六書長箋』, 『한산추담寒山帚談』 등이 있다.

17) p.90, 주석 3) 참조.

찰하면 그 뜻이 저절로 드러난다.(察而見意)'라는 것은 회의에 가깝다고 할 수 있다. 사물(物)은 형태가 있지만, 일(事)은 형태가 없다. 이 두 개의 뜻을 결합하여 하나의 글자의 뜻을 나타낼 수 있을 때에만 결합이 가능하다. '상上'과 '하下'는 결코 고본古本절로 읽히는 '곤丨'과 어실於悉절로 읽히는 '일一'이 결합한 문자가 아니다. 이에 대하여 분명하게 이해해야만 지사는 더 이상 상형과 혼동됨이 없게 되고, 회의와는 더욱더 혼란스러움이 없게 된다."18)라고 언급하였다. 필자는 왕관산의 주장에 근거하여 지사에 대하여 다음과 같이 간단명료하게 정의하고자 한다.

"독체獨體인 문자에 2개 혹은 3개의 형태가 결합되었다 하더라도 그 가운데 하나 혹은 전체가 문자가 되지 못하는 문자로, 그것을 본 뜰 형상도 없고 결합하는 의미도 불분명한 것을 '지사'라고 부른다."19)

2. 지사 분류

지사를 분류하는 방법은 아래와 같이 세 분의 학자들의 분류 방법이 있다.

(1) 정초鄭樵20)의 분류 방법

　(가) 정생正生

　(나) 겸생兼生. 이것은 다시 사겸성事兼聲(지사자에 소리를 나타내는

---

18) 왕관산의 주장: "所謂視而可識, 則近於象形. 察而見意, 則近於會意. 然物有形也, 而事無形. 會兩字之義, 以爲一字之義, 而后可會. 而'上''下'兩體, 固非古本切之'丨', 於悉切之'一'也. 明於此, 指事不得混於象形, 更不得混於會意矣."
19) 호박안의 주장: "凡獨體文, 或兩體三體而有一體不成文或全體不成文(不是獨立的字母)的文字, 沒有形可象, 沒有意可會者, 叫做'指事'."
20) p.19, 주석 11) 참조.

부분을 더한 것), 사겸형事兼形(지사자에 형태를 나타내는 부분을 더한 것), 사겸의事兼意(지사자에 뜻을 나타내는 부분을 더한 것) 세 가지로 나눌 수 있다.

(2) 양환楊桓[21])의 분류 방법

　(가) 직지기사直指其事(직접적으로 지사자를 나타낸 것)

　(나) 이형지형以形指形(상형으로 상형을 나타낸 것)

　(다) 이의지의以意指意(회의로 회의를 나타낸 것)

　(라) 이의지형以意指形(회의로 상형을 나타낸 것)

　(마) 이형지의以形指意(상형으로 회의를 나타낸 것)

　(바) 이주지형以注指形(전주로 상형을 나타낸 것)

　(사) 이주지의以注指意(전주로 회의를 나타낸 것)

　(아) 이성지형以聲指形(형성으로 상형을 나타낸 것)

　(자) 이성지의以聲指意(형성으로 회의를 나타낸 것)

(3) 왕관산王貫山[22])의 분류 방법

　(가) 정례正例

　(나) 변례變例

위 세 분의 분류 방법 중에서 정초의 분류 방법은 틀렸다고는 할 수 없지만, 각각에 수록된 문자를 살펴보면 그 기준이 혼란스럽고 종종 합체자인 회의자를 지사로 분류하여 혼동을 초래하였다고 볼 수 있고, 양환은 육서의 순서를 '회의 다음 지사'로 오인誤認하였기 때문에 아홉 가지로 분류한 것 자체가 문제를 야기시킨다고 할 수 있다. 뿐만 아니라 그가 수록한 문자를 살펴보면 정초보다도 더욱 황당무계하여 이 분류 방법을 채택할 가치가 조

---

21) p.99, 주석 11) 참조.
22) p.90, 주석 3) 참조.

금도 없다고 사료된다. 이제 왕관산의 분류 방법에 대해서는 다음 절에서 상세히 살펴보기로 하겠다.

3. 지사 정례

독체獨體인 초문初文으로, 사물의 모양은 모양이지만 그것이 나타내는 것은 사물의 모양이 아니라 사물의 상태를 나타내는 모든 것이 지사 정례에 속한다. 간략하게 예를 들면 다음과 같다.

'일一', '상上', '하下', '궐亅', '팔八', '구乚', '구口', '별丿', '을乙', '구九', '내乃', '𣎵', '卤', '입入', '출出', '행行', '제齊'

이상의 예들을 자세히 살펴보면, 우리들은 지사와 상형의 한계는 문자의 성질로 구별해야지 문자의 형식으로 구별해서는 안된다는 점을 분명하게 파악할 수 있어야만 한다. 예를 들면, 허신은 '팔八', '구乚', '구口', '별丿' 네 개의 문자를 상형으로 설명하였지만, 사실은 '상上', '하下'와 다를 바가 없다. '팔八'은 '나눈 모양'을 그린 것이지만 도대체 어떤 물건을 나눈 것인지를 확인할 방법이 없고, '구乚'는 '엉겨 감긴 모양'을 그린 것이지만 어떤 물건의 모양인지가 불분명하다. 그렇기 때문에 '상上', '하下'의 '거짓(부호)으로 그 일을 나타낸 것'과 별반 다를 바가 없다. '𣎵', '卤', '제齊' 세 개의 문자는 비록 형체는 있지만 여전히 허사虛事이지 실물은 아니다. '𣎵'는 '꽃잎'이 아니라 '꽃잎이 아래고 늘어진 모습'을 그린 것이고, '卤'는 '과실'이 아니라 '과실이 주렁주렁 달린 모양'을 그린 것이며, '제齊'는 '벼이삭'이 아니라 '가지런한 벼이삭 모양'을 그린 것이다. 따라서 이 문자들은 실물은 실물이지만 그러한 식물의 상태를 나타낸 것이므로 허사虛事라고 하는 것이다. 이것이야말로 상형과 서로 혼동되지 않는 분명한 차이점인 것이다.

4. 지사 변례

사물의 형태를 그렸지만 그것이 나타내는 뜻은 그 사물 자체가 아니라 사물의 상태를 나타내는 모든 독체자獨體字는 지사에 속한다고 위에서 이미 설명하였다. 하지만 합체자合體字 가운데 결합한 요소 중 하나는 문자이고 다른 하나는 문자가 아닌 경우, 혹은 몇 개가 결합하였지만 그 가운데 하나는 문자가 아닌 경우가 있다. 이러한 합체자는 회의와 형성에 귀속시킬 수 없기 때문에 지사 변례라고 한 것이다. 지사 변례의 여덟 가지 경우를 열거하면 다음과 같다.

(1) 회의자와 지사자를 결합하여 만든다. 예를 들면, '시示'는 하늘의 모양(二)과 하늘에서 보여주는 것(小)을 관찰하는 의미가 결합하여 이루어진 한자이다. 여기에서 '二'(갑골문과 소전에서는 상上의 뜻)는 회의자이고, '小'는 해와 달 그리고 별빛이 아래로 비추는 것을 나타내는 지사자이다.

(2) 회의자와 부호를 결합하여 만든다. 예를 들면 '암嵒'은 '말을 많이 함'을 뜻한다. 여기에서 '품品'은 세 개의 '구口'가 결합한 회의자이지만, 밑에 있는 '山'은 '산山'자가 아니므로 문자가 아니기 때문에 지사자가 아닌 부호이다.

(3) 지사를 나타내는 부호가 소리를 나타내기도 한다. 예를 들면, '朩'는 '초艸', '목木', '수水', '화火'가 결합한 형상이다. 여기에서 '팔八'은 소리를 나타낸다.

(4) 형체를 증가시켜 지사자를 만든다. 예를 들면, '朱'는 '나무 위쪽이

구부러져서 위로 더 이상 자랄 수 없음'을 뜻한다. 이 한자는 '목木' 위에 'ㅏ'을 증가시켜 윗부분이 구부러져 있음을 나타낸다.

(5) 형체를 생략하여 지사자를 만든다. 예를 들면, '감凵'은 '크게 벌린 입'을 나타낸다. 이 한자는 '구口'에서 윗부분의 형체(一)를 생략하여 지사자가 되었다.

(6) 형태는 그릴 수 없지만 그것을 변화시켜 지사자를 만든다. 예를 들면, "인刃"자는 "주丶"로 칼날을 나타내었다.

(7) 형체를 빌려 지사자를 나타낸다. 예를 들면, '불不'은 '일一'과 '小'를 결합하여 이루어진 문자이다. 여기에서 '일一'은 하늘을 나타내고, '小'은 '새 모양'을 나타낸다. 이렇게 형체를 빌려 '새가 하늘 높이 날아서 아래로 내려오지 않는 상황'을 묘사하였다. 이것은 '할 수 없는', '해서는 안 되는' 상태를 나타낸다.

(8) 형체를 빌려 지사자를 나타내기도 하고 그 안에 뜻도 포함되어 있다. 예를 들면, '고高'자에서 '경冂'은 '경계'를 그린 것이고, '구口'는 '창倉'과 '사舍'에 들어있는 '구口'의 의미와 마찬가지인 '건축물'을 그린 것이다. '누대에서 높은 곳을 바라보는 형태'를 빌려 '높음'을 나타내기도 하고, 여기에 더하여 '건축물'이라는 뜻도 포함한다.

제**4**장

회의 석례

1. 회의 개설

허신은 회의를 "글자를 서로 결합시켜 만드는데, 이때 서로 결합하는 글자들의 의미만을 합쳐 그 글자의 의미를 나타내는 것으로 무武·신信이 그것이다."[1])라고 정의하였다. 회의에 관한 허신의 해석은 매우 분명하다고 할 수 있다. 하지만 정초鄭樵[2])가 저술한 『육서략六書略』[3]) 중에 회의에 수록

---

1) 허신: "會意者, 比類合誼, 以見指撝. 武、信是也."
2) p.19, 주석 11) 참조.
3) 『육서략』은 송대宋代 정초鄭樵가 편찬한 한자 자형의 형태 구조에 관하여 설명한 책이다. 이 책은 그가 쓴 『통지通志』 내에 들어 있다. 여기에서 말하는 육서란 허신의 『설문』 서문에서 언급한 상형, 지사, 회의, 형성, 전주, 가차의 방법과 원칙을 언급하였다. 허신은 비록 육서에 관하여 해설하였으나, 그의 책에 수록된 9,353개의 문자를 육서에 의하여 구분한 것은 아니었기 때문에 정초가 처음으로 육서를 분류하는 학문을 개창하였다고 할 수 있다. 그는 『육서략』에서 단순히 육서에 의하여 열거하는 데 그치지 않고 그것을 "형겸성形兼聲", "형겸의形兼意"와 같이 상당히 세분화하였으나 불합리한 측면도 없지 않다. 이후 원대元代 대동戴侗의 『육서고六書故』, 주백기周伯琦의 『육서정와六書正訛』, 양환楊桓의 『육서통六書統』, 명대明代 위교魏校의 『육서정온六書精蘊』, 조고칙趙古則의 『육서본의六書本義』, 조이광趙宦光의 『육서장전六書長箋』 등이 저술되어 육서에 관한 분류를 『설문』 연구의 유일한 통로로 여기게 되었다. 하지만 학자들 간 이견異見이 매우

된 문자를 살펴보면 그 안에는 수많은 문제가 있음을
발견하게 된다. 예를 들면 '목木'자를 병렬한 한자인
'림林'자는 회의에 귀속시켰고, '산山'자를 병렬한 한
자인 '신屾'자는 상형에 귀속시켰다. 그리고 '석夕'자
를 중첩하여 만든 한자인 '다多'자와 '과戈'자를 중첩
하여 만든 한자인 '잔戔'자는 회의에 귀속시켰고, '화
火'자를 중첩하여 만든 한자인 '염炎'자와 '전田'자를

육서고六書故

중첩하여 만든 한자인 '강畺'자는 상형에 귀속시켰다. 이렇게 많은 부분에
서 착오가 있었기 때문에 후인들은 회의와 상형이 서로 통한다고 오해하게
되었다. 허신의 회의에 대한 정의에 대하여 단옥재段玉裁[4]와 왕균王筠[5]이
가장 명확한 해석을 하였던 반면, 기타 당唐·송宋·원元·명明의 학자들은
비록 허신의 해석과 대동소이하지만 그들이 내린 해석은 단옥재와 왕균만
큼 분명하고 정확하지는 않다. 여기에서 이 두 분의 해석에 근거하여 회의
에 대하여 다음과 같이 간단명료하게 정의하고자 한다.

분분하다고는 하나 정초 자신은 문자 발전의 추세에 대하여 조금도 모호한 태도
를 취하지 않았다. 그는『육서략』의『육서서』에서 다음과 같이 말하였다. "상형
과 지사는 하나이다. 상형에서 별도로 출현한 것이 바로 지사이다. 해성諧聲과 전
주는 하나이다. 해성에서 별도로 출현한 것이 전주이다. 이모二母(두 개의 초문)
는 회의이고, 일자一子(소리를 나타내는 문자)와 一母(뜻을 나타내는 문자)가 결
합한 것이 해성諧聲이다. 육서라는 것은 상형이 기본이다. 그것을 본뜰 수 없는
것은 일(事)에 속한다. 그것을 가리킬 수 없는 일(事)은 뜻(意)에 속한다. 뜻은 뜻
이지만 그것을 결합할 수 없는 것이 소리(聲)에 속한다. 소리는 어울리지 않는 것
이 없다. 이 다섯 가지가 부족하면 가차가 생겨난다.(象形指事一也, 象形別出爲
指事. 諧聲轉注一也. 諧聲別出爲轉注. 二母爲會意, 一子一母爲諧聲. 六書也
者, 象形爲本. 形不可象, 則屬諸事, 事不可指, 則屬諸意; 意不可會, 則屬諸
聲; 聲則無不諧矣. 五不足, 而後假借生焉.)"
4) p.114, 주석 2) 참조.
5) p.101, 주석 14) 참조.

"두 개의 문자의 뜻, 혹은 세 개의 문자의 뜻을 결합하여 하나의 문자의 뜻을 나타낸 것을 회의라고 한다. 예를 들면, '신信'자의 뜻은 '사람(人)'과 '말하다(言)'라는 두 개의 문자가 결합하여 만든 것이다."[6]

2. 회의 분류

회의를 분류하는 방법은 아래와 같이 일곱 분의 학자들의 분류 방법이 있다.

(1) 정초鄭樵[7]의 분류 방법
　　(가) 정생正生. 이것은 다시 동모지합同母之合(같은 초문初文을 서로 결합한 것), 이모지합異母之合(다른 초문初文을 서로 결합한 것) 두 가지로 나뉜다.
　　(나) 속생續生
(2) 양환楊桓[8]의 분류 방법
　　(가) 천체의 뜻을 나타냄
　　(나) 땅의 뜻을 나타냄
　　(다) 인체의 뜻을 나타냄
　　(라) 인륜의 뜻을 나타냄
　　(마) 인륜과 관계된 일을 나타냄
　　(바) 인품의 뜻을 나타냄

---

6) 호박안의 주장: "會合兩文三文的意義, 成一個字的意義, 便是會意. 例如'信'字的意義, 是由'人''言'兩文會合而成的."
7) p.19, 주석 11) 참조.
8) p.99, 주석 11) 참조.

(사) 인품과 관계된 일을 나타냄

(아) 숫자의 뜻을 나타냄

(자) 색깔의 뜻을 나타냄

(차) 궁실의 뜻을 나타냄

(카) 의복의 뜻을 나타냄

(타) 음식의 뜻을 나타냄

(파) 물건을 담는 그릇을 나타냄

(하) 날고 달리는 뜻을 나타냄

　　(ㄱ) 곤충과 물고기의 뜻을 나타냄

　　(ㄴ) 생식生殖의 뜻을 나타냄

(3) 오원만吳元滿9)의 분류 방법

(가) 정생正生. 이것은 다시 본체회의本體會意(그 차제가 회의자), 합체회의合體會意(두 개의 문자를 결합하여 만들어진 회의자), 이체회의二體會意(회의자 2개를 결합하여 만들어진 회의자), 삼체회의三體會意(회의자 3개를 결합하여 만들어진 회의자) 네 가지로 나뉜다.

(나) 변생變生. 이것은 다시 생체회의省體會意(자형을 생략시켜 만든 회의자), 의겸성意兼聲(회의자를 구성하는 문자 가운데 하나의 문자는 소리를 포함하는 경우) 두 가지로 나뉜다.

(4) 조이광趙宧光10)의 분류 방법

(가) 동체同體(같은 글자를 결합하여 만든 회의자)

(나) 이체異體(나른 글자를 결합하여 만든 회의자)

(다) 생체省體(두 글자 가운에 하나의 글자의 일정 부분을 생략하여

---

9) p.98, 주석 8) 참조.

10) p.116, 주석 16) 참조.

만든 회의자)

(라) 양체讓體(두 글자 가운데 하나의 글자의 상당 부분을 생략하여
만든 회의자)

(마) 파체破體(두 글자 가운데 하나의 글자를 여러 개로 나누어 만든
회의자)

(바) 변체變體(두 글자 가운데 하나의 글자를 변화시켜 만든 회의자)

(사) 측도側倒(두 글자 가운데 하나의 글자를 옆으로 바꾸거나 거꾸로
변화시켜 만든 회의자)

(5) 정지동鄭知同[11])의 분류 방법

(가) 정례正例

(나) 변례變例. 이것은 다시 중형重形(두개 이상의 글자를 결합하여 만
든 회의자), 의겸형意兼形(회의자를 구성하는 문자 가운데 하나
는 상형자가 아니라 의미만을 나타내는 부호를 포함하는 경우),
반형反形(두 개 이상의 글자를 반대로 결합하여 만든 회의자),
의겸성意兼聲(회의자를 구성하는 문자 가운데 하나의 문자는 소
리를 포함하는 경우), 생방省旁(두 글자 가운데 하나의 글자의
일정 부분을 생략하여 만든 회의자) 다섯 가지로 나뉜다.

(6) 최근 어떤 사람의 분류 방법

(가) 순례純例(순수한 회의자)

(나) 의겸형意兼形(회의자를 구성하는 문자 가운데 하나는 상형자가
아니라 의미만을 나타내는 부호를 포함하는 경우)

(다) 의겸사意兼事(회의자를 구성하는 문자 가운데 하나는 실사實事를
나타내는 지사자가 아니라 허사虛事를 나타내는 부호를 포함하

---

11) p.109, 주석 3) 참조.

는 경우)

   (라) 의겸성意兼聲(회의자를 구성하는 문자 가운데 하나의 문자는 소
리를 포함하는 경우)

(7) 왕관산王貫山[12])의 분류 방법

   (가) 정례正例

   (나) 변례變例

위 일곱 분의 분류 방법 가운데 양환의 분류 방법이 가장 적절치 못하고, 기타 다른 분들의 분류 방법 역시 부족한 감이 없지 않다. 여기에서도 왕관산의 분류 방법을 약간 변화시켜 아래에서 자세히 설명하고자 한다.

3. 회의 정례

회의 정례란 몇 개의 문자를 결합하여 하나의 문자를 만든 것으로, 이 경우에 몇 개의 문자의 뜻을 결합하여 새로운 문자의 뜻을 나타낸다. 회의 정례의 방법은 아래와 같이 네 가지 종류로 나뉜다.

(1) 양 옆으로 결합하여 뜻을 나타낸다. 예를 들면, 소(牛)를 나눈 것(分)이 '반半'이고, 사사로움(厶)에 위배되는 것(八)이 '공公'이다.

(2) 위 아래로 결합하여 뜻을 나타낸다. 예를 들면, '분分'은 '八'(나누다는 뜻)과 '刀'가 결합하여 칼(刀)로 나누다(八)라는 뜻을 나타낸다. 이 두 개의 문자의 뜻은 서로 관련이 없지만 위 아래로 결합한 것으로 뜻을 유추할 수 있다.

(3) 결합 위치가 뜻을 나타낸다. 예를 들면, '윤閏'은 왕(王)이 문(門) 가

---

12) p.90, 주석 3) 참조.

운데 있는 것이고, '익益'은 물(水)이 그릇(皿) 위에 있는 것이다. 만
일 결합 위치를 약간이라도 바꾼다면 뜻을 나타낼 수 없다.

(4) 같은 문자를 서로 결합하여 뜻을 나타낸다. 예를 들면, 두 개의 눈
(目)이 결합한 것이 '䀠'이고, 두 개의 나무(木)가 결합한 것이 수풀
을 의미하는 '림林'이다.

위의 네 종류 가운데 (1)이 가장 순수한 것으로, 이것은 허신이 예로 든
'무武'와 '신信'의 예와 정확하게 부합한다. (2), (3), (4) 역시 정례이다. 결
합하는 문자 모두 그 자체가 문자이기 때문에 의겸형意兼形(회의자를 구성
하는 문자 가운데 하나는 상형자가 아니라 의미만을 나타내는 부호를 포함
하는 경우)과 다르고, 결합하는 문자 각각의 뜻을 결합하기 때문에 의겸사
意兼事(회의자를 구성하는 문자 가운데 하나는 실사實事를 나타내는 지사자
가 아니라 허사虛事를 나타내는 부호를 포함하는 경우)와 다르다. 뿐만 아
니라 다른 것을 겸하는 것도 없고, 생략되거나 증가한 것도 없으며, 거꾸
로 된 것도 없다. 이 세 가지는 비록 (1)과는 약간 다르지만 변례에 귀속
시킬 수 없다.

4. 회의 변례

회의 변례는 아래와 같이 대략 여덟 가지 종류로 나뉜다.

(1) 회의겸형會意兼形(회의자를 구성하는 문자 가운데 하나는 상형자가
아니라 의미만을 나타내는 부호를 포함하는 경우): 예를 들면, '뢰牢'
는 '우牛'와 '동冬'의 생략된 형태를 결합한 문자이다. '동冬'의 생략
된 형태를 빌어서 '뢰牢'의 형태로 삼은 것일 뿐 그것이 뜻을 나타내

지는 않는다.

(2) 회의겸사會意兼事(회의자를 구성하는 문자 가운데 하나는 실사實事를 나타내는 지사자가 아니라 허사虛事를 나타내는 부호를 포함하는 경우): 예를 들면, '등登'은 '차에 오름'으로 해석된다. '등登'은 '발癶'과 '두豆'가 결합한 문자인데, 여기에서 '발癶'은 회의이고 '두豆'는 지사이다. 『설문』에서 '두豆'를 '수레에 오르는 모양을 그린 것'이라고 해석하였으나, '등登'이 '차에 오름'이므로 이것은 실사實事가 아니라 허사虛事이다. 그렇기 때문에 이것은 여전히 상형이 아닌 지사이다.

(3) 의외가형意外加形(회의자에 다른 형태가 더해진 경우): 예를 들면, '찬爨'은 뜻을 나타내는 '구臼'가 결합한 문자이다. '경冂', '대大'(즉, 𤕦), '림林', '화火'는 회의이고 여기에 '同'라는 형태를 더하여 이루어진 문자이다.

(4) 변문회의變文會意(문자를 변화시켜 서로 결합한 경우): 예를 들면, '둔屯'은 '초목이 땅을 뚫고 나오기 힘든 것'을 의미한다. 이 한자에서 '一'은 땅을 나타낸다. 그리고 '屮'은 '철屮'의 변형이다.

(5) 증문회의增文會意(문자를 증가시켜 서로 결합한 경우): 예를 들면, '인彳'은 '길게 걷다'란 뜻이다. 이 한자는 '척彳'을 길게 늘어뜨린 것으로, 여기에서 '척彳'은 '작은 걸음'을 뜻한다.

(6) 생문회의省文會意(문자의 어느 부분을 생략시켜 서로 결합한 경우): 예를 들면, '효梟'는 '조鳥'의 생략된 형태가 결합한 문자로, 새의 머리가 나무 위에 있는 모양을 그린 것이다.

(7) 반문회의反文會意(문자를 반대로 바꿔 결합한 경우): 예를 들면, '정正'을 반대로 하면 '乏'(즉 핍乏)이 된다. '정正'은 '화살을 맞다'이고, '乏'는 '화살을 피하다'가 된다.

(8) 도문회의倒文會意(문자를 거꾸로 바꿔 결합한 경우): 예를 들면, '잡
帀'은 '屮'를 거꾸로 뒤집은 문자이다. '屮'은 '나가다'란 뜻이고, '출
出'자를 거꾸로 하면 '주위를 빙 두르다'는 '잡帀'자가 된다.

이상의 여덟 가지 종류가 회의 변례이다. 이 외에도 한 종류가 더 있는
데, 이것은 변례 중의 변례라고 할 수 있다. 즉, 문자의 공백에 회의가 있는
것이다. 예를 들면, '상爽'은 창문 틈을 뜻하는 '㸚'가 결합한 문자이다.
회의는 다시 두 종류가 있다.

(1) 문자를 여러 각도에서 돌려본 후 서로 비슷한 문자가 결합한 회의자
(2) 결합한 모든 문자들의 형태가 생략되어 결합한 회의자

하지만 위 두 종류는 『설문』에 보이지 않기 때문에 예를 들어 설명하지
않겠다.

제5장
형성 석례

1. 형성 개설

　육서에서 형성은 가장 광범위하게 응용되고 또한 가장 편리한 방법이다. 허신은 형성을 "일로써 이름을 삼고, 비유를 취하여 서로 이루는 것으로, '강江'과 '하河'가 그것이다."[1]라고 설명하였다. 단옥재段玉裁[2]는 이 말을 "허신이 말한 '이사위명以事爲名'이란 반쪽 부분은 뜻을 나타낸다는 의미이고, '취비상성取譬相成'이란 다른 반쪽 부분은 소리를 나타낸다는 의미이다. '강江'자와 '하河'자에서는 물(水, 氵)이 뜻을 나타내고 '공工'과 '가可'와 같은 소리가 나기 때문에 '공工'과 '가可'를 취하여 그 이름을 붙인 것이다. 형성이 지사나 상형과 다른 점은 지사나 상형은 독체이지만 형성은 합체라는 점이다. 그리고 형성이 회의와 다른 점은 회의는 뜻을 결합하는 것을 주로 하지만 형성은 소리를 결합하는 것을 주로 한다는 점이다."[3]라고 풀이

---

1) 허신: "形聲者, 以事爲名, 取譬相成. '江' '河'是也." 이 부분을 보다 구체적으로 해석해보면, 형성이란 소속되는 사물의 종류로 이름을 삼아 뜻을 나타내는 부분이 되고, 같거나 비슷한 소리를 취하여 소리를 나타내는 부분이 되어 뜻을 나타내는 부분과 소리를 나타내는 부분이 결합한 것이다.
2) p.114, 주석 2) 참조.

하였다. 단옥재의 설명은 지극히 분명하다고 할 수 있다. 형성은 본래 매우 간단하고 명료하다. 하지만 여기에도 순례純例와 변례變例가 있기 때문에 지엽적인 문제가 발생하게 되었다. 역대로 형성에 대한 해석은 대체적으로 일치하기 때문에 여기에서 많은 예를 들지는 않겠다. 하지만 명칭에 있어서 는 '해諧'성과 '형形'성인지에 대하여 이견이 있다. 필자는 '형성形聲'이라는 명칭이 사실에 보다 부합되기 때문에 여기에서는 '형성形聲'이라고 명명한다.

형성은 육서에서 가장 광범위하게 응용되었다. 근래 문자학을 연구하는 학자들 대부분은 성음聲音을 주로 연구한다. 장병린章炳麟4)은 『문시文始』를 저술하였는데, 그는 이 책에서 510개의 문자를 근간으로 5,000~6,000개의 문자가 불어나는 것을 설명하였다. 이 책은 성음聲音을 능숙하게 활용하였 다고 할 수 있다. 하지만 그가 정한 규칙은 처음 학습하는 자들에게는 상당 히 불편한 편이다. 주준성朱駿聲5), 척학표戚學標6)는 성모聲母라는 학설을 주

---

3) 단옥재: "以事爲名, 謂半義也. 取譬相成, 謂半聲也. '江' '河'之字, 以水爲名. 譬其聲如'工' '可', 因取'工' '可'成其名. 其別于指事象形者, 指事象形獨體, 形聲合體. 其別于會意者, 會意合體主義. 形聲合體主聲."

4) p.55, 주석 16) 참조.

5) 주준성(1788~1858)은 청대淸代의 문자학자이다. 자는 풍기豐芑, 호는 윤천允倩 (말년의 호는 석은石隱)이다. 그의 저술은 상당히 많지만 각판본은 단지『설문통 훈정성說文通訓定聲』과『전경당문집傳經堂文集』뿐이다.『설문통훈정성』은 모두 18권으로, 이 책은 고운부古韻部에 따라『설문』을 재구성한 책이다. 내용을 보면 형성자의 성부를 기준으로 하였고, 또한 각각의 운을 고운古韻 18부十八部에 귀속 시켰다. 동시에 같은 성부聲符로부터 불어난 글자들을 모두 연결시켜 나열한 점 으로 미루어보아 체례가 매우 질서정연하였음을 엿볼 수 있다. 각각의 글자는 먼 저『설문』의 뜻을 썼고, 그 다음에는 다양한 고서들의 주석을 근거하여 논증하였 다. 주준성의 다른 저서로는『예의경주일우禮儀經注一隅』,『하소정보전夏小正補 傳』,『소이아약주小爾雅約注』,『춘추좌전식春秋左傳識』,『이소보주離騷補注』등 이 있고, 교정은 하였지만 간행되지 않은 저서로는『상서고주편독尙書古注便讀』, 『춘추삼전이문핵春秋三傳異文核』,『소학식여小學識餘』,『육서가차경증六書假借 經證』,『진한군국고秦漢郡國考』,『천산쇄기天算瑣記』,『경사문답經史問答』,『세

창하였다. 주준성은 1,137개의 성모로『설문』전체의 문자를 아울렀고, 척
학표는 646개의 성모로『설문』전체의 문자를 정리하였다. 비록 모든 문자
가 자음字音으로 자의字義를 밝힐 수는 없지만 문자의 자음을 철저하게 응
용하면 모든 것을 포괄할 수 있다고 할 수 있다. 여기서 주준성과 척학표의
저서를 예로 들면 다음과 같다.

(1) 주준성의 규정(『설문통훈정성說文通訓定聲』[7])에 보임)
'동東' 성모, '동東'이란 소리가 있는 문자는 4개이다.
'중重'은 '동東'의 생략된 소리를 취한다. '중重'이란 소리가 있는 문자는
9개이다.

성표歲星表』등이 있다.
6) 척학표(1742~1824)의 자는 한방翰芳, 호는 학천鶴泉, 태평현太平縣 택국澤國(오늘
날의 온영시溫嶺市 택국진澤國鎭) 사람이다. 그는 경사經史에 밝았으며, 특히 성
운聲韻 훈고학에 상당히 뛰어났다. 그의 저술 가운데『한학해성漢學諧聲』24권은
30여년의 심혈을 기울여 완성한 것이다. 이 뿐만 아니라『모시증독毛詩證讀』5
권,『독시혹문讀詩或問』1권,『시성변정음양보詩聲辨定陰陽譜』4권,『사서우담四
書偶談』,『태평현지太平縣志』,『태주외서台州外書』,『삼태시록三台詩錄』등이
있다.
7)『설문통훈정성』은 청淸나라의 주준성朱駿聲의 문자연구서이다. 모두 18권으로 되
어 있다. 부록에는 검운檢韻, 설아說雅, 고금운준古今韻準 등이 있다.『설문』에 수
록된 문자를, 단옥재段玉裁, 왕염손王念孫의 연구를 이은 고음십팔부설古音十八部
說(상고 한어의 운모韻母 분류)에 따라 분류하고, 각 문자에 대하여 본훈本訓(근
원이 되는 자의字義)을 설명하였다. 이 책은 한자의 세 속성인 형·음·의 중에
서 성聲(자음字音)을 근간으로 하였으며, 이를 형形(자형字形)으로 보강하고, 전
주轉注, 별의別義, 가차假借, 성훈聲訓, 고운古韻, 전음轉音의 항목을 둠으로써, 자
형을 중시했던 종래의 자전 내용과 체제를 일변시켰다. 특히 육서의 전주와 가차
에 대하여 독창적인 해석과 정리를 가하고, 한자의 용법에 반영된 고대중국어의
파생어와 음통音通 현상 등을 풍부한 용례로 제시하여, 중국어와 한자간의 관계
를 언어학으로 구명하는 근본적 작업을 수행하였다. 현재까지도 한어문자학 연구
상 필수적인 문헌이다.

‘동童’은 ‘중重’의 생략된 소리를 취한다. ‘동童’이란 소리가 있는 문자는 13개이다.

‘룡龍’은 ‘동童’의 생략된 소리를 취한다. ‘룡龍’이란 소리가 있는 문자는 19개이다.

설문통훈정성說文通訓定聲

(2) 척학표의 규정(『한학해성漢學諧聲』에 보임)

‘일一’ 성모

‘율聿’: ‘일一’이란 소리를 취한다. ‘율聿’이란 소리가 있는 문자는 3개이다.

‘률寽’: ‘일一’이란 소리를 취한다. ‘률寽’이란 소리가 있는 문자는 10개이다.

‘혈血’: ‘일一’이란 소리를 취한다. ‘혈血’이란 소리가 있는 문자는 3개이다.

‘칠七’: ‘일一’이란 소리를 취한다. ‘칠七’이란 소리가 있는 문자는 3개이다.

‘립立’: ‘일一’이란 소리를 취한다. ‘립立’이란 소리가 있는 문자는 12개이다.

‘술戌’: ‘일一’이란 소리를 취한다. ‘술戌’이란 소리가 있는 문자는 24개이다.

‘일日’: ‘일一’이란 소리를 취한다. ‘일日’이란 소리가 있는 문자는 30개이다.

‘말末’: ‘일一’이란 소리를 취한다. ‘말末’이란 소리가 있는 문자는 5개이다.

‘올兀’: ‘일一’이란 소리를 취한다. ‘올兀’이란 소리가 있는 문자는 30개이다.

'불不': '일—'이란 소리를 취한다. '불不'이란 소리가 있는 문자는 39개이다.

'음音': '일—'이란 소리를 취한다. '음音'이란 소리가 있는 문자는 29개이다.

이상의 예에 따르면, 자음과 문자는 상당히 밀접한 관계가 있음을 살펴볼 수 있다.

2. 형성 분류

형성을 분류하는 방법은 아래와 같이 네 분의 학자들의 분류 방법이 있다.

(1) 정초鄭樵[8])의 분류 방법

   (가) 정생正生

   (나) 변생變生. 이것은 또한 자모동성子母同聲[9]), 모주성母主聲, 주성부

---

8) p.19, 주석 11) 참조.
9) 한자의 자모생성子母相生, 부자상련父子相連의 이론은 정초鄭樵와 대동戴侗 등의 학자들이 허신의 육서설에 기초하여 만든 이론이다. 주요한 관점은 한자는 몇 몇 기본자基本字가 다양하고 다층차多層次적으로 조합하여 형성한다. 문자 간 탄생 관계는 병렬적이 아니라 순서에 따라 생겨난다. 즉, 몇 몇 문자들은 다른 문자들을 탄생시키는 중요한 기초가 된다. 정초가 『육서략』을 저술한 이유는 다음과 같다. 독체獨體는 문文이고 합체合體는 자字이다. 문文에는 자모子母가 있는데 모母가 주가 되고 여기에서 자字가 만들어진다. 지금까지 자서字書들을 살펴볼 때 대부분은 자모子母를 이해하지 못한 듯 하다. 문자의 기본은 바로 육서에서 나왔다. 상형과 지사는 문文이고, 회의와 해성 그리고 전주는 자字이다. 가차는 문文과 자字이다. 일부 학자들 가운데 좌씨左氏가 "'지止'와 '과戈'가 결합한 것이 '무武'이다."라고 설명하였으나 이러한 주장은 그가 해성諧聲을 전혀 이해하지 못하였기 때문이고, 또한 "'정正'을 거꾸로 한 것이 '핍乏'이다."는 주

주의主聲不主義, 자모호위성子母互爲聲, 성겸의聲兼意, 삼체해성三體
諧聲 등 여섯 가지 종류로 나뉜다.

(2) 양환楊桓[10]의 분류 방법

(가) 본성本聲

(나) 해성諧聲

(다) 근성近聲

(라) 해근성諧近聲

양환은 또한 결합 방법을 다섯 가지 종류로 분류하였다.

(가) 성겸의혹불겸의聲兼意或不兼意

(나) 이체삼체二體三體

(다) 위치배합位置配合(예를 들면 왼쪽 부분은 뜻을 나타내고 오른쪽
부분은 소리를 나타내든지 혹은 왼쪽 부분은 소리를 나타내고
오른쪽 부분은 뜻을 나타내는 것 등등)

(라) 산거散居(즉, 하나의 문자를 나누어 배합하는 것을 뜻하는데, 예
를 들면 '황黃'자는 '전田'이 뜻을 나타내고 '茣'이 소리를 나타
내는데, '茣'은 '전田'을 중심으로 분리되어 있다).

(마) 생성省聲

장은 그가 상형을 알지 못하였기 때문이라고 반박하였다. 뿐만 아니라 좌씨左氏
가 문자의 원천을 모르는데, 후세 사람들은 어찌 그 흐름을 알겠는가? 라고도
주장하였다. 이러한 이유로 인하여, 정초는 천하의 모든 문자를 육서에 따라 귀
납하기 위하여 『육서략』을 저술하였다.
10) p.99, 주석 11) 참조.

(3) 조고칙趙古則[11])의 분류 방법[12])

    (가) 동성이해同聲而諧

    (나) 전성이해轉聲而諧

    (다) 방성이해旁聲而諧

    (라) 정음이해正音而諧

    (마) 방음이해旁音而諧

(4) 왕관산王貫山[13])의 분류 방법

    (가) 정례正例

    (나) 변례變例

정초는 『육서략六書略』에 정생正生 21,341자, 변생變生 6종 469자를 수록하였다. 그는 단지 '주성부주의主聲不主義'를 변생에 귀속시켰기 때문에 허신이 언급한 "형성자의 반쪽 부분은 소리를 나타낸다(取譬相成)"는 규정에 부합하지 않는다고 볼 수 있다. 양환과 조고칙의 분류 방법은 대체적으로 비슷하다고 볼 수 있지만 조고칙의 분류 방법이 보다 정밀하다고 할 수 있다. 양환이 배합 방법에 따라 분류한 이체삼체二體三體, 위치배합位置配合, 산거散居 등 세 가지 방법은 회의에도 있는 것으로 형성에만 있는 규칙은 아니다. 여기에서는 왕관산의 분류 방법에 대하여 보다 상세하게 다루고자 한다.

---

11) p.98, 주석 10) 참조.

12) 조고칙이 형성을 분류하면서 언급한 '聲'은 평성平聲, 상성上聲, 거성去聲, 입성入聲 등 사성四聲을 말하고, '音'은 궁宮, 상商, 각角, 징徵, 치羽, 반치半徵, 반상半商 등 칠음七音을 말한다.

13) p.90, 주석 3) 참조.

3. 형성 정례

형성 정례와 변례의 구별에 대하여 서로 다른 두 가지 견해가 있는데, 이를 나열하면 다음과 같다.

> (1) 단옥재段玉裁14)의 견해로, 그는 "형성의 방법으로 문자를 만들 때, 결합되는 한 문자가 소리만을 나타낼 뿐 뜻을 나타내지 않는 것은 순례純例이고, 그 나머지는 모두 변례變例이다."15)라고 주장하였다.
>
> (2) 왕관산王貫山16)의 견해로, 그는 "형성자는 결코 함부로 결합해서는 안된다."17)라고 주장하였다.

단옥재는 "형성이면서 한 부분은 소리만을 나타내는 것"을 정례라고 하였고, 왕관산은 "형성이면서 소리를 나타내는 부분이 뜻도 나타내는 것"이 정례라고 하였다. 필자는 본서 앞절에서 정초는 '주성부주의主聲不主義'를 변례에 포함하였으나 정초의 이러한 주장은 허신이 언급한 "형성자의 반쪽부분은 소리를 나타낸다(取譬相成)"의 규정에 부합하지 않는다고 주장하였기 때문에 여기에서는 단옥재의 견해를 따르고자 한다.

형성 정례는 한쪽 부분은 뜻을 나타내고 또 다른 한쪽 부분은 소리를 나타내는데, 이때 소리를 나타내는 부분은 단지 소리만을 나타낼 뿐 뜻과는 전혀 상관이 없고 자형상 역시 어떠한 변화가 없는 것을 말한다. 예를 들면, '하河'자에서 '수水'는 뜻을 나타내고 '가可'는 소리를 나타낸다. 이 경우 '가可'는 뜻과는 전혀 상관이 없을 뿐만 아니라 자형 역시 어떠한 변화

---

14) p.114, 주석 2) 참조.
15) 단옥재의 주장: "形聲相合, 無意義者, 爲至純之例; 余皆變例."
16) p.90, 주석 3) 참조.
17) 왕관산의 주장: "形聲之字, 斷非苟且配合."

도 없다. 몇 개의 예를 들면 다음과 같다.

'당唐': '구口'는 뜻을 나타내고 '경庚'은 소리를 나타낸다. 즉, 큰 소리로
말하다는 뜻이다.
'구鳩': '조鳥'는 뜻을 나타내고 '구九'는 소리를 나타낸다.
'지芝': '초艸'는 뜻을 나타내고 '지之'는 소리를 나타낸다.
'동銅': '금金'은 뜻을 나타내고 '동同'은 소리를 나타낸다.

이상 네 가지의 예는 '하河'자와 마찬가지로 모두 순수한 정례이다. 형성
정례는 육서 가운데 가장 쉽고 가장 간편한 방법이기 때문에 광범위하게
응용된다.

4. 형성 변례

앞에서 이미 형성 정례와 형성 변례의 구별에 대하여 설명하였다. 허신
은 일찍이 형성에 대하여 역성亦聲과 생성省聲 두 가지 예를 들었다. 이에
대하여 설명하면 다음과 같다.

(1) 역성亦聲: 혹자는 성겸의聲兼義(형성자에서 소리를 나타내는 부분이
    뜻도 나타내는 경우)가 '역성'이라고 하였으나, 『설문』에 수록된 문
    자들을 분석해보면 '소리를 나타내는 부분이 뜻을 나타내지 않는 형
    성자는 극소수에 불과'할 뿐이다. 게다가 허신이 '역성'이라고 설명
    하지 않은 많은 형성자들, 예를 들면 '중仲', '충衷', '충忠' 세 개의
    글자는 모두 '중中'이 소리를 나타낼 뿐만 아니라 뜻도 나타내고 있
    듯이 '소리를 나타내는 부분이 뜻도 나타내는 경우'가 허다하다. 다

른 예를 들면, '延', '증証', '정政' 세 개의 글자는 모두 '정正'이 소
리를 나타낼 뿐만 아니라 뜻도 나타내고 있다. 이 글자들에 대하여
허신은 '역성'이라 한 적이 없지만 모두 소리를 나타내는 부분이 뜻
도 나타내고 있다. 『설문』에 들어있는 형성자 가운데 70%~80%의
글자가 '역성'이지만 허신은 '역성'이라 기록하지 않았다. '역성'이라
기록한 글자는 분명하게 소리를 나타내는 부분이 뜻도 나타내고 있
다. 예를 들면, "예禮는 '이행하다'는 뜻이다. 이 글자는 '시示'와 '예
豊'가 결합하여 이루어진 회의자이며, '예豊'는 또한 소리를 나타내기
도 한다."[18] 다른 예를 들면, "눌訥은 '말하기 어려워하다'는 뜻이다.
이 글자는 '언言'과 '내內'가 결합하여 이루어진 회의자이며, '내內'는
또한 소리를 나타내기도 한다."[19] 이 두 가지 예에서 소리를 나타내
는 부분이 뜻을 나타내는 부분이기도 하다. 소리와 뜻 사이의 관계에
대하여 상편上篇에서 이미 자세하게 설명하였기 때문에 이 부분에 대
한 설명은 생략하고자 한다.

(2) 생성省聲: '생성'의 원인은 단지 필획이 너무 많기 때문이라고 볼 수
있다. 복잡한 부분을 생략시켜 간단하게 하면 쓰기에도 편리하다. 이
에 대한 사항은 별로 복잡하지 않다. 왕관산은 '생성'에 대하여 네
가지 조항을 만들었다.

(가) 소리를 나타내는 부분이 뜻도 나타낸다. 예를 들면 '전瑑'자는
'전篆'자에서 '죽竹'이 생략된 글자인 '彖'에서 소리를 취한다.
'전篆'은 또한 뜻을 나타내기도 한다.

(나) 생략된 글자는 본자本字[20]와 통가자通假字[21]이다. 예를 들면 '상

---

18) 『설문』: "禮, 履也, 從示從豊, 豊亦聲."
19) 『설문』: "訥, 言難也, 從言從內, 內亦聲."
20) p.25, 주석 25) 참조.
21) 통가자란 독음이 같거나 혹은 비슷한 글자로 본래의 글자를 대체하는 글자를 말

商'자는 '장章'자에서 '조무'가 생략된 글자인 '产'에서 소리를
취한다. '상商'과 생략된 글자인 '장章'은 통가通假 관계이다.
(다) 고주古籀22)는 자형이 생략되지 않았다. 예를 들면 '진進'자는
'린閵'자에서 '문門'이 생략된 글자인 '隹'에서 소리를 취한다.
하지만『옥편玉篇』23)의 고문古文을 보면 자형이 생략되지 않았다.
(라) 생략된 글자가 도리어 그것을 취하는 글자가 된다. 예를 들면
'소筱'자는 '조條'자에서 '목木'이 생략된 글자인 '유攸'에서 소
리를 취한다. '조條'자 역시 '소筱'자에서 '죽竹'이 생략된 글자
인 '유攸'에서 소리를 취한다.

위 네 가지는『설문』연구를 통하여 얻은 결론이지만 조금 복잡한 편이
다. 필자는 '생성'은 상당히 간단하다고 판단되기 때문에 여기에서 구체적
으로 예를 들어 설명할 필요를 느끼지 못한다.

형성 변례는 '역성'과 '생성' 이외에도 일찍이 왕균
王筠24)이『설문석례說文釋例』에서 많은 규칙을 언급하
였지만 그가 예로 든 부분이 부족하기 때문에 부족한
부분에 대하여 여기에서 보충할 필요가 있다고 사료
된다.

설문석례說文釋例

(1) 양차兩借: 예를 들면 '재齋'자는 '시示'에서 뜻을 취하고 '제齊'자에서

한다. 통가자가 만들어지는 원인은 다양하지만 가장 대표적인 원인은 글자를 사
용할 때 그 글자가 있지만 생각나지 않아 임시로 음이 같거나 비슷한 글자를 사
용하였기 때문이다.
22) 본서 제7장 전문篆文 참조.
23) p.74, 주석 10) 참조.
24) p.101, 주석 14) 참조.

'이二'가 생략된 글자인 '齊'에서 소리를 취한다. 하지만 '이二'는 '제齊'에 속할 뿐만 아니라 '시示'에도 속한다.

(2) 쌍성雙聲[25]이 소리가 된다. 예를 들면 '나儺'자는 '난難'에서 소리를 취한다. 여기에서 '나儺'와 '난難'은 쌍성이다.

필자는 형성 변례는 '역성'과 '생성' 두 가지면 족하다고 사료되기 때문에 여기에서 더 많은 예를 들 필요가 없다고 생각된다.

형성의 방법으로 만들어진 글자에는 후세 사람들이 증가시킨 글자들이 매우 많다. 예를 들면 '고告'자는 '우牛'가 결합되었지만, 여기에 다시 '우牛'를 결합하여 '고牿'자가 만들어졌다. 그리고 '익益'자는 '수水'가 결합되었지만, 여기에 다시 '수水'를 결합하여 '일溢'자가 만들어졌다. 이 두 가지 예는 모두 육서의 원칙에 어긋나기 때문에 반드시 폐기되어야 할 것이다.[26]

---

25) 쌍성이란 두 개의 글자의 성모聲母가 같은 것을 말한다.
26) 문자 폐기에 대해서는 상편 제9장 참조.

제 **6** 장
전주 석례

1. 전주 개설

지금까지 수많은 학자들이 전주에 대하여 다양한 견해를 제시하였다. 허신은 전주를 "같은 종류를 모아 하나의 부수를 만들고, 같은 뜻으로 서로 주고받는 것을 말한다. '고考'와 '로老'가 그것이다."[1]라고 정의하였다. 이러한 허신의 정의는 매우 불명확하고, 그가 예로 든 '고考'와 '로老'는 같은 부수 안에 속해 있기 때문에 수많은 이설異說을 불러 일으켰다. 하지만 많은 학자들은 '전주'를 조자造字(문자를 만듦)의 방법으로 여겼기 때문에 학자들이 내세운 주장들이 비록 많을지라도 서로 간 일치되는 부분은 많지 않다. 최초로 대진戴震[2]이 "전주는 용자用字(문자를 사용함)의 방법으로 이

---

1) 『설문』: "轉注者, 建類一首, 同意相受. '考', '老'是也."
2) 대진(1724~1777)은 청대의 경험론적 철학자, 역사지리학자, 고증학자이다. 자는 동원東原이다. 가난한 가정에서 태어나 책을 빌려 읽으며 독학했다. 향시鄉試에는 합격했으나, 권력과 명예의 관문인 진사進士 시험에는 합격하지 못했다. 그러나 학자로서의 명성 때문에 1773년 황제의 부름을 받아 사고전서관四庫全書館(청대의 황실도서관)의 찬수관贊修官으로 임명되었다. 이곳에서 대진은 희귀한 책들을 많이 접할 수 있었다. 문관시험에 6차례나 낙방했으나, 1775년 황제의 특명으로 마침내 진사가 되어 한림원翰林院에 들어갔다. 주로 고대 지리학과 수학, 언어학,

는 문자를 만드는 방법이 아니다."³⁾라는 학설을 내놓았다. 단옥재段玉裁⁴⁾, 왕균王筠⁵⁾ 등은 대진의 주장에 따라서 전주의 조항을 만들었는데, 그 내용을 살펴보면 매우 합당하였다. 이에 필자는 대진, 단옥재, 왕균 등 세 분 학자들의 주장에 찬성하는 바이다. 여기에서는 단옥재와 왕균 두 분 학자들이 설명을 아래와 같이 적어본다.

대진戴震

(1) 단옥재의 설명: "전주란 같은 종류를 모아 하나의 부수를 만들고, 같은 뜻으로 서로 주고받는 것을 말한다. '고考'와 '로老'가 그것이다. (建類一首, 同意相受. '考', '老'是也.)라고 하였는데, 이에 대하여 학자들의 견해는 매우 다양하다. 대진 선생께서는 "'로老'자에 대하

경학經學 분야에서 모두 50여 권의 책을 저술하거나 편집했다. 그의 저서로는 『주산籌算』, 『구고할원기勾股割圜記』, 『육서론六書論』, 『이아문자고爾雅文字考』, 『고공기도주고工記圖注』, 『원선原善』, 『상서금문고문고尙書今文古文考』, 『춘추개원즉위고春秋改元卽位考』, 『시경보주詩經補注』, 『성류표聲類表』, 『방언소증方言疏證』, 『성운고聲韻考』, 『맹자자의소증孟子字義疏證』 등이 있다.
3) 대진의 주장: "轉注是用字的方法, 和造字無關."
4) p.114, 주석 2) 참조.
5) p.101, 주석 14) 참조.

여 '고考'라 하였고, '고考'자에 대하여 '로老'라고 설명하였다. 이는 허신이 지적한 바와 마찬가지로 서로 다른 두 개의 글자이지만 뜻이 같기 때문에 예로 든 것이라고 하였다. 이는 뜻이 서로 같은 것을 하나로 모아 묶었기 때문에 '건류일수建類一首'라고 하였고, 이들은 서로 뜻이 대체되기 때문에 '동의상수同意相受'라고 하였다."라는 견해를 밝히셨다. 『설문』에서는 '고考'와 '로老'는 같은 부수에 귀속되어 있다. 『설문』에서 서로 다른 부수이지만 서로 뜻이 대체되는 글자들 역시 전주로 간주할 수 있다. 예를 들면 '寒'는 '질窒'이라 하였고, '질窒'은 '색塞'이라 하였다. '단袒'은 '석裼'이고, '석裼'은 '단袒'이다. 이것들이 바로 그러한 예이다."[6]

(2) 왕균의 설명: "'건류建類'의 '건建'은 '세우다'는 뜻이고, '류類'는 '인위적으로 만든 그룹'을 뜻한다. 예를 들면 '로부老部'에는 '모耄', '질耋', '기耆', '수壽' 등이 있는데, 이 네 개의 글자는 모두 '로老'라는 그룹에 속하기 때문에 '로老'자를 부수로 삼았다. 그리하여 '일수一首'라고 하였던 것이다. 그렇다면 '상수相受'는 무엇일까? '로老'는 '고考'이다. 아버지가 '고考'가 되는 이유는 나이가 듦(老)을 존중해서이다. '고考'는 '이루다'는 뜻도 있는데, 이는 나이가 들어서(老) 덕을 쌓아 업적을 이루기 때문이다. 그리하여 '로老'를 '고考'로 해석한 것이고 '고考'를 '로老'로 해석한 것이다. 이 두 개의 글자의 뜻이 서로 비슷하고 연결되었기 때문에 서로가 서로를 해석해주게 되었고, 더 나아가 전주라는 규칙이 만들어진 것이다. 『설문』에서 부수

---

6) 단옥재의 주장: "轉注建類一首, 同意相受. '考', '老'是也. 學者多不解. 戴先生曰, '老'下云'考'也. '考'下云'老'也. 此許氏之指, 爲異字同義擧例也. 一其義類, 所謂建類一首也. 互其訓詁, 所謂同意相受也. '考', '老'適於許書同部, 凡許書異部而彼此二字互相釋者視此. 如'寒'窒也. '窒'塞也. '袒'裼也. '裼'袒也. 之類."

를 나누어 각각 그룹을 만든 것은 마치 족보가 서로 이어지는 것과 흡사하다. 그리하여 각 부수에 속한 글자들은 부수의 자형字形에 구속을 받게 되었다. 예를 들면 '문麰'과 '기芑'는 모두 좋은 곡식을 뜻하지만 모두 '초艸'자의 자형을 따르기 때문에 '화부禾部'에 속하지 않는다. 그 이유는 바로 족보가 다르기 때문이다. 다른 예를 들면, '형荊'과 '초楚'는 본래 나무를 뜻하지만, '형荊'은 '림부林部'에 속할 수 없고 '초楚' 역시 '초부艸部'에 속할 수 없는 것이다. 따라서 비록 뜻이 같아 서로가 서로를 해석해 줄 수 있을 지라도 반드시 그것을 부수로 세울 필요가 없게 된다. 위 내용을 종합하면, 전주라는 것은 하나의 뜻을 나타내는 글자가 많다는 것인데, 어찌하여 글자가 많다고 할 수 있는가? 모든 일에는 경중輕重이 있고 지리도 남북南北으로 나뉘어진다. 따라서 이 모든 것을 동일하게 간주할 필요는 없다고 본다. 그리하여 '고老'는 '인人'과 '모毛' 그리고 '칠匕'이 결합한 회의자이고, '고考'는 '老'에서 '비匕'가 생략된 자형인 '로耂'와 소리를 나타내는 '교丂'가 결합하여 이루어진 형성자이다. 즉 전주를 알게 된다면 육서에서 서로 통하는 바를 분명하게 살펴볼 수 있다고 할 수 있다."[7]

---

7) 왕균의 주장: "建類者, '建'立也. '類'猶人之族類也. 如老部中'耆' '耋' '耆' '壽', 皆老之類, 故立'老'字爲首, 是曰一首. 何謂相受也? '老'者考也. 父爲考, 尊其老也. 然'考'有成義, 謂老而德業就也. 以老注'考', 以考注'老', 其意相成. 故轉相爲注, 遂爲轉注之律令矣. 『說文』分部, 原以別其族類, 如譜系然. 乃字形所拘, 或如譜異, 是以'麰' '芑'皆嘉穀, 而字卽從艸, 不得入於禾部也. '荊' '楚'本一木, 而'荊'不得入林部, '楚'不得入艸部, 故同意相受, 或不必建類一首矣. 要而論之: 轉注者, 一義數字, 何謂其數字也? 吾有輕重, 地分南北. 必不能比而同之, 故'老'從'人' '毛' '匕', 會意字也. '考'從'老'省, '丂' 聲, 形聲字也. 則知轉注者, 於六書中觀其會通也."

위 두 분의 주장에 따르면, 전주는 글자를 사용하는 방법이므로 상형, 지사, 회의, 형성 등 글자를 만드는 방법인 사서四書와는 확연하게 다르다는 점을 엿볼 수 있다. 상고시대에는 말만 있었고 문자는 없었다. 하지만 각지의 말이 서로 다르기 때문에 후에 문자를 만들게 되었다. 문자를 만들 때 각지의 방언에 근거하여 거기에 적합한 문자를 만들었기 때문에 동일한 사물을 나타내는 문자가 서로 다르게 되었다. 따라서 '전주'라는 방법이 있기 때문에 그것들이 서로 통하게 되었고, 뜻이 같지만 자형이 서로 다른 문자를 하나로 귀납하게 되었다. 이것이 바로 전주의 기능인 것이다.

2. 학자들의 견해

전주의 정의는 위에서 이미 단옥재와 왕균 두 분의 주장에 근거하여 단정하였다. 하지만 당대唐代 이후에 전주에 대한 다양한 견해들이 등장하였는데, 왜 이러한 사태가 발생하였는지에 대해서 독자들에게 간략하게 설명함으로써 필자의 독단적인 정의에 대한 의심을 피하고자 한다. 여기에서는 편폭의 제한으로 인하여 학자들의 다양한 주장을 몇 가지로 귀납하였는데 그 내용은 아래와 같다.

(1) 전주란 부수를 세워 문자를 만드는 것이다. 이것은 강성江聲8)의 주장이다.

(2) 전주란 문자를 뒤바꾼 형체이다. 이것은 대동戴侗9), 가공언賈公彦10)의 주장이다.

---

8) p.115, 주석 3) 참조.
9) p.99, 주석 13) 참조.
10) p.115, 주석 4) 참조.

(3) 전주란 상호 해석이 가능한 두 개의 글자, 세 개의 글자, 네 개의 글자들이 결합된 글자를 말한다. 이것은 양환楊桓11)의 주장이다.

(4) 전주와 형성은 비슷한 것이다. 이는 다시 아래와 같이 다섯 가지 주장으로 나뉜다.

　(가) 형성은 동일한 부수에 속하지만 의미가 서로 다르다. 하지만 전주는 동일한 부수에 속하며 의미도 같다. 이것은 서개徐鍇12)의 주장이다.

　(나) 전주는 형성이다. "A는 B이다."에서 'B'가 형성이면 'A'는 전주이다. 이것은 정초鄭樵13)의 주장이다.

　(다) 전주란 소리를 병용한 것이다. 이것은 조이광趙宧光14)의 주장이다.

　(라) 전주는 같은 소리이다. 이것은 조이광趙宧光의 주장이다.

　(마) 전주는 회의자의 '생성省聲'이다. 이것은 증국번曾國藩15)의 주장이다.

(5) 전주는 같거나 비슷한 소리로 뜻을 해석한 것이다. 이는 다시 아래와 같이 세 가지 주장으로 나뉜다.

　(가) 같거나 비슷한 소리로 뜻을 해석한다. 이것은 조고칙趙古則16), 오원만吳元滿17), 장유張有18), 양신楊愼19)의 주장이다.

---

11) p.99, 주석 11) 참조.
12) p.98, 주석 3) 참조.
13) p.19, 주석 11) 참조.
14) p.116, 주석 16) 참조.
15) 증국번(1811~1872)은 청대의 행정가, 군사지도자이다. 자는 백함伯涵, 호는 척생滌生, 시호는 문정文正이다. 그는 태평천국운동太平天國運動(1850~1864)을 진압하여 청조淸朝의 붕괴를 막는 데 공헌했다.
16) p.98, 주석 10) 참조.
17) p.98, 주석 8) 참조.
18) p.98, 주석 9) 참조.
19) 양신(1488~1559)은 명대의 문학가이다. 자는 용수用修, 호는 승암이다. 그는 문

(나) 같거나 비슷한 의미로 뜻을 해석한다. 이것은 가공언賈公彦, 장위
張位20)의 주장.

(다) 같거나 비슷한 소리로 뜻을 해석한다. 이것은 육심陸深21), 왕응
전王應電22), 감우甘雨23)의 주장이다.

(6) 전주와 가차는 비슷하다. 이는 다시 아래와 같이 네 가지 주장으로
나뉜다.

(가) 소리는 같지만 의미가 다른 것이 가차이다. 소리가 다르면 의미
또한 다른 것이 전주이다. 이것은 장유張有의 주장이다.

(나) 전주는 가차이다. 이는 다시 인의전주因義轉注, 무의전주無義轉注,
인전이전因轉而轉 등 세 가지로 나눌 수 있다. 이것은 조고칙趙古
則의 주장이다.

(다) 가차란 의미를 차용하는 것이지 소리를 차용하는 것은 아니다.
전주란 소리를 변화시켜 의미를 해석하는 것이다. 이것은 양신
楊愼의 주장이다.

(라) 전주란 인신引申(파생되어 불어난)된 의미이다. 이것은 주준성朱
駿聲24), 장병린章炳麟25)의 주장이다.

장, 사詞, 산곡散曲에 능하였으며, 또한 고고古考 방면에 상당히 탁월하였다. 그의
저술은 100여 종에 달하며, 후인들이 그것을 엮어 『승암집升庵集』을 만들었다.
20) p.116, 주석 14) 참조.
21) 육심(1477~1544)은 명대의 문학가이자 서예가이다. 처음 이름은 영瑩, 자는 자
연子淵, 호는 엄산儼山, 남직南直 예송강부隷松江府(오늘날의 상해上海) 사람
이다. 그는 서예 방면에 상당히 조예가 깊다. 서예에 관한 그의 작품으로는 『서
맥부瑞麥賦』가 있다.
22) p.99, 주석 12) 참조.
23) 감우에 대한 기록은 많지 않다. 그는 명明나라 사람으로, 자는 자개子開이고 영
신永新 사람이다. 그의 저서로는 『백로주서원지白鷺洲書院志』 2권(절강浙江
왕계숙汪啓淑 가장본家藏本)와 『고금운분주촬요古今韻分注撮要』가 있다.
24) p.132, 주석 5) 참조.

이상의 학자들 가운데 강성江聲의 주장이 가장 설득력을 지니고 있다고
할 수 있다. 그는『설문』의 540부수는 '건류일수建類一首'이고, '범모지속凡
某之屬'에 속하는 모든 글자들은 모두 '모某'를 따르기 때문에 '동의상수同
意相受'인 것이라고 언급하였다. 글자 그대로 보면 의미가 통하는 것 같지만
그렇다면 전주의 기능은 과연 어떤 것일까? 이에 대하여 그는 부수 '시示'
를 들어 설명하였다. 즉, '시示'를 편방으로 하는 글자들은 '귀신(신神)', '토
지신(기祇)' 등의 글자로 해석하였고, '신神', '기祇'를 편방으로 하는 글자들
은 '사당(사祠)', '제사(사祀)', '제사(제祭)', '신께 축원을 구하다(축祝)' 등의
글자로 해석하였다. 뿐만 아니라 '사祠', '사祀', '제祭', '축祝'을 편방으로 하
는 글자들은 또한 '부정을 없애다(볼祓)', '경사스럽다(희禧)', '복(복福)',
'신의 도움(우祐)' 등의 글자로 해석하였다. 이것이 바로 전주인 것이다.
　　하지만 만일 그의 주장대로 한다면, 전주란 바로 붙어나는 것이라 볼 수
있으며 육서에서는 단독적인 기능이 없다고 할 수 있다. 뿐만 아니라 글자
란 어느 한 순간에 만들어진 것이 아닐진대, 한 순간에 만들어진 것이 아니
라면 어찌하여 이처럼 체계적인 규칙인 전주라는 것이 생겨나게 된 것일
까? 필자는 육서의 기능에 근거하여 시종일관 대진戴震[26]의 주장이 비교적
타당하다고 여겨지기 때문에 그의 주장을 받아들인다.

　　강성江聲 이외의 학자들의 견해를 살펴보면, 혹자는 전주와 회의를 혼동
하였고 혹자 전주와 형성을 혼동하였으며 혹자는 전주와 가차를 혼동하였
다. 이상의 학설들을 보면 복잡하여 일치된 견해가 없으며 공통적으로 한
가지 착오를 범하고 있는 듯하다. 그 착오란 바로 전주를 글자를 만드는 조
자造字의 방법으로 여기고 있다는 점이다. 이 점에 대하여 허신이 예로 든

---

25) p.55, 주석 16) 참조.
26) p.143, 주석 2) 참조.

'로老'자와 '고考'자 두 개의 글자를 가지고 아래와 같이 두 가지 이유를 가지고 간단하게 반박해본다.

(1) '로老'자와 '고考'자 두 개의 글자는 『설문』에서 상호 해석하였다.
(2) '고考'자는 형성자이고 '로老'자는 회의자이다.

위의 두 가지 이유를 가지고 볼 때, 전주는 결코 조자의 방법에 속하지 않음을 엿볼 수 있다. 이 점을 분명하게 하면 위 학자들의 착오를 일으킨 문제점과 전주의 진면목을 알 수 있을 것이다.

3. 전주의 예

대진戴震은 "서로 번갈아 주석을 할 수 있고, 상호 서로 해석할 수 있다. '로老'는 '고考'로 주석을 할 수 있고, '고考' 역시 '로老'로 주석을 할 수 있다. 『이아爾雅』에는 많은 것은 40여 개의 글자들이 하나의 뜻을 갖고 있는데, 이것이 바로 전주의 방법이다."[27]라고 언급하였다. 대진의 설명에 따르면 전주는 정례正例와 변례變例가 없다. 『설문』에 나와 있는 전주의 규칙은 아래와 같이 네 가지로 귀납할 수 있다.

(1) 같은 소리로 해석한다. 예를 들면 '책萊'은 '자莿'로 해석하였고, '자莿'는 또한 '책萊'으로 해석하였다.
(2) 다른 소리로 해석한다. 예를 들면 '능蔆'은 '기芰'로 해석하였고, '기芰'는 '능蔆'으로 해석하였다. 초楚나라에서는 '기芰'라고 하고, 진秦

---

27) 대진의 설명: "轉相爲注, 猶相互爲訓. '老'注'考', '考'注'老', 『爾雅』有多至四十字共一義者, 卽轉注之法."

나라에서는 '해구薢茩'라고 한다.

(3) 서로 떨어진 글자로 해석한다. 예를 들면 '론論'은 '의議'로 해석하였고, '의議'는 '어語'로 해석하였으며, '어語'는 '론論'으로 해석하였다.

(4) 동시에 여러 개의 글자로 해석한다. 예를 들면 '함諴'은 '탄誕'으로 해석하였고, '과諤'는 '함諴'으로, '탄誕' 역시 '함諴'으로, '매讍'도 '함諴'으로 해석하였다.

이상의 예를 통하여 우리들은 같은 소리든 다른 소리든 많은 글자로 하나의 뜻을 나타내는 것이 전주라는 사실을 엿볼 수 있다. 전주에 대한 예증은 『설문』이외에도 『이아爾雅』가 있다. 곽박郭璞은 "『이아』에서는 고금의 언어가 다름을 해석하였고, 방언과 속어와 같은 특수한 언어를 서로 통하게 하였다."[28]라고 언급하였다. 이것이야말로 전주에 대한 명확한 해석이라 할 수 있다. 『이아』에 실린 몇 몇 예를 살펴보면 다음과 같다.

'초初', '재哉', '수首', '기基', '조肇', '조祖', '원元', '태胎', '숙俶', '낙落', '권權', '여輿'는 모두 '처음'이라는 의미를 지니고 있기 때문에 '시始'로 해석하였다.

'홍弘', '랑廊', '굉宏', '부溥', '개介', '순純', '하夏', '무憮', '총寵', '분墳', '하嘏', '비조', '변變', '홍洪', '탄誕', '융戎', '준駿', '가假', '경京', '석碩', '탁濯', '우訏', '우宇', '궁穹', '임壬', '로路', '제滔', '보甫', '경景', '폐廢', '장壯', '총冢', '간簡', '조釗', '판阪', '질晊', '장將', '업業', '석席' 등 39개 글자는 모두 '크다'는 의미를 지니고 있기 때문에 '대大'로 해석하였다.

이상의 예를 통하여 서로 다른 부수에 속한 글자라 하더라도 전주할 수

---

28) 곽박의 설명: "『爾雅』所以釋古今之異言, 通方俗之殊語."

있다는 점을 엿볼 수 있다.

4. 전주의 기능

전주는 육서의 기타 규칙과 마찬가지로 그 자체로 특수한 기능을 구비하고 있어 기타 다른 규칙과 혼동될 수가 없다. 전주의 기능은 아래와 같이 두 가지로 나누어 볼 수 있다.

(1) 두루 방언을 통용시킬 수 있다. 예를 들면 다음의 모든 글자들은 '슬 퍼하다'는 뜻인 '애哀'의 뜻을 나타낸다. 제齊·노魯 지역에서는 '긍矜'이라 하고, 진陳·초楚 지역에서는 '도悼'라고 하며, 조趙·위魏·연燕 지역에서는 '悽', 초楚나라 북쪽 지역에서는 '무憮', 진秦·진晉 지역에서는 '긍矜' 혹은 '도悼'라고 하는 것이 그것이다. 만일 이러한 글자들에 '슬프다'는 뜻인 '애哀'로 해석하지 않는다면 우리가 위 글 자들의 의미를 구체적으로 알기는 매우 어렵게 된다.

(2) 같은 의미의 글자들이지만 쓰임이 다른 글자들을 두루 통용시킬 수 있다. 예를 들면 '원園', '포圃'는 본래 동일한 사물을 나타냈지만, '원園'은 '과일 나무를 심는 곳'을 나타내고 '포圃'는 '채소를 심는 곳'을 나타낸다. (고考와 로老 역시 이 예에 속한다.) 이 두 글자는 쓰 임은 다르지만 의미는 통한다.

따라서 전주의 기능을 총체적으로 말하자면 의미는 같지만 자형이 다른 문자들을 두루 통용시켜 하나의 뜻으로 귀납하여 해석할 수 있다고 할 수 있다. 만일 모든 전주의 글자들을 예로 들어 설명하자면 육서의 규칙이 서 로 다를 뿐만 아니라 의미 역시 각각 쓰임이 다르다고 할 수 있다.

제**7**장
가차 석례

1. 가차 개설

옛 사람들은 상형, 지사, 회의, 형성 네 가지 방법은 문자를 만드는 방법이므로 언어를 대체하는 작용을 지니고 있다고 하였다. 즉, 하나의 사물이 있으면 하나의 문자가 있는 법이기 때문에 여기에는 가차라는 것이 있을 수가 없다. 하지만 이 세상의 사물은 무궁무진하기 때문에 만일 각각의 사물에 각각의 언어가 있어 이 각각에 단독적으로 문자를 만들어 대체한다면 문자를 만드는 방법에 많은 곤란을 초래하게 될 것이다. 예를 들면, '현령縣슈'의 '령슈'자를 '호령號슈'의 '령'자를 가차하여 사용하지 않고 다른 글자를 만들어 사용한 사서四書(상형, 지사, 회의, 형성)의 방법으로는 만들 방법이 없다. 설령 형성이란 방법을 사용할 수는 있다고는 하지만 그것을 분명하게 나타내기에는 곤란한 점이 있다. 그래서 "현령이란 명령을 내려서 시행하는 사람"이라는 개념에 근거하여 '호령號슈'의 '령'자로 대체한 것이다. 이것이 바로 가차의 근본적인 기능이라 할 수 있다.

허신은 가차를 "원래 그것을 나타내는 글자가 없기 때문에(本無其字), 그것과 같거나 비슷한 소리에 해당하는 글자를 빌어 그것의 의미를 나타낸다(依聲托事)."라고 정의하였다. 허신이 말한 '본무기자本無其字'란 '현령縣令'의 '령令'자처럼 원래 없는 글자를 나타내고, '의성탁사依聲托事'란 '호령號令'의 '령令'자의 소리와 '호령號令'의 '령令'자의 의미에 의탁하여 '현령縣令'의 '령令'자를 만드는 것을 나타낸다. 그렇기 때문에 글자의 소리와 의미를 결합하여 가차하면 글자를 무궁무진하게 사용할 수 있게 된다.

혹자가 말하길 "가차에는 글자를 만드는 가차와 글자를 사용하는 가차두 가지 방법이 있다. 본래 글자가 없어 차용하는 가차가 글자를 만드는 가차이고, 본래 글자가 있지만 차용하는 가차가 글자를 사용하는 가차이다. 허신이 말한 가차는 글자를 만드는 가차로, 이것은 글자를 사용하는 가차와아무런 관계가 없다. 이로부터 가차란 글자를 만드는 방법임을 알 수 있다."[1]라고 하였다. 하지만 이 말은 잘못된 것으로 보인다. 왜냐하면 가차란문자를 만들지 않고 다른 문자를 사용하여 문자의 부족함을 메우는 것이기때문이다. 이는 결코 문자를 만드는 것이 아니다. 이것은 문자를 사용하는방법이지 문자를 만드는 방법이 아니다. 예를 들면 『설문』에서는 '래來'는'모麰'자를 차용하여 '오고 가다'는 의미인 '행래行來'의 '래來'자로 사용함으로써 '행래行來'의 '래來'자를 다시 만들지 않은 것이다. "본래 그것을 나타내는 글자가 있는(本有其字)" 가차는 『설문』에 전혀 없는 것은 아니다. 예를 들면, 본래 '현賢'자가 있지만 '현臤'자를 설명하면서 "고문에서는 '현賢'자이다.(古文以爲 '賢' 字.)"라고 풀이한 경우이다. 그러므로 『설문』에서의 가차는 문자를 사용하는 가차와 전혀 관계가 없다고는 할 수 없다.

많은 학자들이 가차의 규칙을 전주와 혼동하여 "소리가 같으나 의미가

---

1) 혹자의 주장: "有造字的假借, 有用字的假借. 本無其字的假借, 是造字的假借. 本有其字的假借, 是用字的假借. 許氏所說的假借, 是造字的假借, 和用字沒有關系, 可見假借是造字的方法."

서로 다른 것은 가차이고, 의미가 서로 같아 서로 바꿔 쓸 수 있는 것은 전주이다."라고 하였다. 이러한 말은 전주의 규칙을 전혀 연구하지 않은 연유에서 비롯되었다고 볼 수 있다. 전주와 가차는 규칙과 기능에서 전혀 다르다. 전주는 많은 글자들이 하나의 뜻을 나타내기 때문에 문자의 자형이 다르나 의미가 같은 글자들을 두루 통용시키는 것이고, 가차는 하나의 글자가 수많은 의미를 지니고 있기 때문에 문자의 부족함을 해결해주는 역할을 한다. 그렇기 때문에 구분이 매우 분명하다.

혹자는 "가차는 인신引申(파생되어 불어난 것)이다.(假借即是 '引申'.)"라고 하기도 한다. '인신'은 원래 육서의 규칙이 아니기 때문에 다시 '인신'이라는 규칙을 만들 필요가 없다. '인신'이란 글자의 의미가 불어나 가차가 된다는 뜻으로, 이는 자형이 불어나 다른 글자가 된다는 것과 같다고 할 수 있다.

가차의 규칙을 포괄적으로 말하자면 하나의 글자를 빌려 다른 글자를 대체하는 것이라 볼 수 있다. 그 방법은 지극히 간단하기 때문에 더 이상의 언급이 필요치 않을 것이다.

2. 가차 분류

지금까지 가차에 대한 정확한 분류가 없었다. 정초鄭樵2)는 가차를 열두 가지로 구분하였으나, 이것을 크게 분류해보면 소리를 차용하는 방법과 의미를 차용하는 방법 두 가지로 나눌 수 있다. 정초를 제외하면 원명元明 이후의 학자들이 가차에 대하여 분류한 방법은 그다지 중요하지 않다고 생각된다. 왕균王筠3)이 지은 『설문석례說文釋例』에서도 가차를 분류하지는 않

2) p.19, 주석 11) 참조.

았다. 필자는 허신의 가차에 대한 정의에 근거하여 가차를 다음과 같이 두 가지 종류로 나누어 보았다.

(1) 의미를 차용하는 방법
(2) 소리를 차용하는 방법

하지만 『설문』의 내용을 조사해보면, 가차한 글자들은 대체적으로 소리 와 의미를 동시에 겸비하고 있다. 예를 들면, '서西'자는 태양이 서쪽에 있 을 때 새들이 둥우리에 깃들기(서栖) 때문에 '서西'자는 서쪽이라는 방위를 나타내는 의미를 지니게 되었다. 이러한 가차는 정례正例로 볼 수 있다. 즉 이것은 바로 '본무기자本無其字'의 가차이다. 이와는 달리 다른 예를 들면, '조雕'를 '조瑂'로 가차한다든지 혹은 '요妖'를 '祆'로 가차한다든지 하는 것 과 같이 성운聲韻이 비슷하면서 의미 또한 비슷하거나 혹은 성운聲韻이 비 슷하지만 의미가 다른 글자의 가차를 정현鄭玄4)은 "갑자기 그 글자가 생각 나지 않을 때(倉卒無其字)"라고 하였다. 이처럼 함부로 차용하는 것이 변 례變例이다. 즉 '본유기자本有其字'의 가차인 것이다. 이제 이 두 가지에 대 하여 구체적으로 살펴보기로 하자.

3. 가차 정례

허신은 가차를 "원래 그것을 나타내는 글자가 없기 때문에, 그것과 같거 나 비슷한 소리에 해당하는 글자를 빌어 그것의 의미를 나타낸다. '령令'과 '장長'이 그것이다."5)라고 정의하였다. 고대인들은 생각이 소박하였기 때문

---

3) p.101, 주석 14) 참조.
4) p.74, 주석 11) 참조.

에 많은 글자를 만들지 않았다. 그렇기 때문에 소리와 의미가 약간이라도 통하면 가차하여 사용하였다. 예를 들면 다음과 같다.

'령令': 원래는 '호령號令'의 '령令'자이지만, '현령縣令'의 '령令'자로 가차 되었다.

'장長': 원래는 '오래되다'를 뜻하는 '장구長久'의 '장長'자이지만, '어른과 어린아이'를 뜻하는 '장유長幼'의 '장長'자로 가차되었다.

이상의 두 가지 예는 허신이 든 예로 가차 중에서도 가장 완전한 가차라 고 할 수 있다.

'래來': 원래는 '상서로운 보리'를 나타내는 명사이지만, '오고 가다'는 뜻인 '행래行來'의 '래來'자로 가차되었다.6)

'오烏': 원래는 '까마귀'를 뜻하는 '오아烏鴉'의 '오烏'자이지만, '탄식하는 소리'를 뜻하는 '오호烏呼'의 '오烏'자로 가차되었다.7)

이상의 두 가지 예는 『설문』에서 예를 들면 '이이위행래지래而以爲行來之 來'(아래의 각주 참조)처럼 '이위以爲'라는 두 개의 글자로 해석한 글자들로 이는 위 '령令'과 '장長'의 예와 같다고 할 수 있다.

'리理': 본래는 '옥을 다스리다'는 의미의 '리理'자이지만, '의리義理'의

---

5) 허신의 설명: "假借者, 本無其字, 依聲托事, '令', '長'是也."
6) 『설문』에 실려 있는 래부來部에 다음과 같이 설명되어 있다. "周所受瑞麥來麰. 一來二縫, 象芒束之形. 天所來也, 而以爲行來之來. 『詩』曰 : "詒我來麰." 凡 來之屬皆從來." 여기에서 보면 "而以爲行來之來."가 있는데, 이것은 "오고 가 다라는 의미인 행래行來의 래來로 쓰인다."라고 하여 가차를 설명한 것이다.
7) 『설문』에 실려 있는 오부烏部에 다음과 같이 설명되어 있다. "孝鳥也. 象形. 孔 子曰 : "烏, 儛呼也." 取其助氣, 而以爲烏呼. 凡烏之屬皆從烏." 여기에서 보면 "而以爲烏呼."가 있는데, 이것은 "오호烏呼의 오烏로 쓰인다."라고 하여 가차를 설명한 것이다.

'리理'자로 가차되었다.

'도道': 본래는 '도로道路'를 나타내는 '도道'자이지만, '도덕道德'의 '도道' 자로 가차되었다.

이상의 두 가지 예는 허신이 설명하지 않았지만 '본무기자本無其字'의 예에 속한다고 볼 수 있다.

한자는 하나의 자형에 본의本義, 가차의假借義 등 많은 의미가 들어있다. 가차한 글자는 당시에는 결코 본자本字가 없었고 후에도 사람들이 글자를 만들지 않은 것이 바로 가차의 정례正例이다.

가차 정례正例를 혹자는 전주라고 오인하였고 혹자는 '인신引申'이라 하기도 하였다. 또한 글자를 만드는 가차라고도 한 이가 있었다. 하지만 이 부분에 대해서는 전절前節에서 이미 상세하게 설명하였기 때문에 여기에서는 생략하기로 한다.

4. 가차 변례

가차 정례正例가 있은 연후에야 '본유기자本有其字'의 가차 방법이 생겨났다. 문자를 사용하는 사람이 순식간에 본자本字가 떠오르지 않아 소리가 같고 의미가 비슷하거나 혹은 소리가 같지만 의미가 비슷하지 않은 문자로 대체하여 사용하였는데, 이것이 바로 가차의 변례變例이다. 예를 들면 아래와 같다.

'쇄麗': 고문古文은 '비로 깨끗하게 쓸다'라는 의미인 '쇄소麗掃'의 '쇄麗' 자이다.8)

'현臤': 고문古文은 '현賢'자이다.9)

위 두 가지 예는 『설문』에서 '고문이위古文以爲'(아래의 각주 참조)라는
형식으로 해석한 것으로, 이것이 바로 '본유기자本有其字'로 예전부터 가차
가 사용되었음을 엿볼 수 있다. 이러한 가차자에 대하여 혹자는 "옛날에는
원래 본자가 없었다. 모든 본자는 후세 사람들이 만든 것이다. 따라서 본유
기자本有其字의 가차가 있었다고 말할 수 없을 것이다."라고 주장하기도 하
였다. 이러한 주장은 어느 정도 타당하다고 할 수도 있지만 사실은 반드시
그렇다고 할 수는 없다. 그 이유를 아래의 예를 통해서 살펴보자.

　'당黨': '분명하지 않다'는 뜻인 '당黨'자를 '붕당朋攩'의 '당攩'자로 가차
　　　하여 사용된다.
　'전專': '매우 얇은 것'을 뜻하는 '전專'자를 '전심전력으로 몰두하다'는
　　　뜻인 '전일塼壹'의 '전塼'자로 가차하여 사용된다.
　'성省': '찾아뵙다'는 뜻인 '성시省視'의 '성省'자를 '덜다'는 뜻인 '감생減
　　　婼' '생婼'자로 가차하여 사용된다.
　'우羽': '깃털'을 뜻하는 '우모羽毛'의 '우羽'자를 '궁상각치우宮商角徵羽'
　　　를 뜻하는 '오음五音'의 '우羽'자로 가차하여 사용된다.
　'기氣': '손님에게 음식을 대접하다'는 뜻인 '기氣'자를 '구름'을 뜻하는
　　　'운기雲氣'의 '기氣'자로 가차하여 사용된다.

---

8) 『설문』에 실려 있는 수부水部의 쇄灑자를 보면, "滌也. 從水麗聲. 古文爲灑埽
字."라고 설명되어 있다. 여기에 보면 "古文爲灑埽字."가 있는데, 이것은 "고문
은 깨끗하게 쓸어 청소하다는 쇄소灑埽의 쇄灑자이다."라고 하여 고문을 설명한
것이다.
9) 『설문』에 실려 있는 현부臤部를 보면, "堅也. 從又臣聲. 凡臤之屬皆從臤. 讀若
鏗鏘之鏗. 古文以爲賢字."라고 설명되어 있다. 여기에 보면 "古文以爲賢字."가
있는데, 이것은 "고문은 현賢자이다."라고 하여 고문을 설명한 것이다.

'사私': '곡식'을 뜻하는 '사私'자를 '공사公私'의 '사私'자로 가차하여 사용된다.

'몽蒙': '풀이름'을 뜻하는 "몽蒙"자를 '뒤덮다'를 뜻하는 '몽복蒙覆'의 '몽蒙'자로 가차하여 사용된다.

'양兩': '무게 단위'를 뜻하는 '수량銖兩'의 '양兩'자를 '숫자'를 뜻하는 '양兩'자로 가차하여 사용된다.

이상의 여덟 가지 예들은 모두 고적古籍에서 발췌한 것들이다. 어떤 것은 후에 만들어진 글자를 가차하였고, 어떤 것은 먼저 만들어진 글자를 가차하기도 하였다. 이로부터 "옛날에는 원래 본자가 없었다. 모든 본자는 후세 사람들이 만든 것이다."라는 주장은 잘못된 주장이라 할 수 있다.

고대의 학문은 스승이 구술로 강의를 하였고 학생들은 귀로 들어 필기를 한 연유로 인하여 가차 변례變例가 발생하였다고 볼 수 있다. 스승이 입에서 나오는 소리는 본자本字이지만 학생들이 귀로 듣고 다시 그것을 문자로 기록하면서 글자를 차용하게 되었던 것이다. 따라서 이러한 가차는 본자本字와 차자借字 사이에는 쌍성雙聲(두 개의 글자의 성모聲母가 같은 것) 혹은 첩운疊韻(두 개의 글자의 운모韻母가 같은 것) 관계가 성립한다. 이에 대한 예를 간략하게 살펴보기로 하자. 가차 변례는 대체적으로 아래의 두 가지 예에 귀납될 수 있다.

(1) 쌍성으로 된 것. 예를 들면, 『주역周易』에 '기자명이其子明夷'라는 구절이 있는데, 조빈趙賓[10]은 '기其'자를 '해荄'로 썼다. '기其'자와 '해荄'자는 '쌍성'이다. 『상서尙書』에 '평장백성平章百姓'이라는 구절이

---

10) 조빈은 청나라 양무陽武 사람으로 자는 금범錦帆이다. 그가 쓴 작품으로는 『학역암시집學易庵詩集』이 있다.

있는데, 『사기史記』에서는 '평平'자를 '편便'자로 썼다. '평平'자와 '편便'자는 '쌍성'이다.

(2) 첩운으로 된 것. 예를 들면, 『주역周易』에 '표몽고彪蒙古'라는 구절이 있는데, 한漢나라 시대의 비석에는 '표彪'자를 '포包'자로 썼다. '표彪'자와 '포包'자는 '첩운'이다. 『상서尚書』에 '방구잔공方鳩僝功'이라는 구절이 있는데, 『설문』에서는 '방方'자를 '방旁'자로 썼다. '방方'자와 '방旁'자는 '첩운'이다.

가차 변례는 또한 다음의 두 가지 종류로 구분할 수 있다.

(1) 의성탁사依聲托事(그것과 같거나 비슷한 소리에 해당하는 글자를 가차하여 그것의 의미를 나타낸다. 즉 소리와 의미가 같거나 비슷한 것)
(2) 의성불탁사依聲不托事(그것과 같거나 비슷한 소리에 해당하는 글자를 가차하는 것이지만 의미가 반드시 같거나 비슷한 것은 아니다. 즉, 소리는 반드시 같거나 비슷하지만 의미는 같지 않은 것)

위의 두 종류 가운데 (1)의 경우에 해당하는 가차는 거의 없고 (2)의 경우에 해당하는 가차가 절대 다수를 차지한다.

필자는 '쌍성'과 '첩운'의 원칙을 확실하게 이해한 이후에야 비로소 가차 변례를 분명하게 이해할 수 있었고, 이렇게 한 연후에야 중국의 고서古書를 통독할 때 많은 어려움을 해소할 수 있었다.(예를 들면, 『상서尚書』의 '광피사표光被四表'를 읽어 내려갈 때, '광光'은 '횡橫'의 가차자임을 알게 되었다.) 가차는 중국 문자와 매우 밀접한 관계가 있다고 할 수 있다.

하편

연구서적

제 1 장
『설문』

1. 허신의 『설문』에 대한 연구서적

문자학을 연구하는 수많은 학자들은 대부분 허신이 쓴 『설문』을 기본으로 삼았던 반면 당대唐代의 이양빙李陽冰[1]은 허신의 『설문』을 임의대로 농단함으로써 당시 많은 문제점이 제기되었다. 이러한 이유 때문에 『설문』을 기초로 하여 편찬한 원본 역시 일찌감치 소실되고 지금은 세상에 전하지 않는다. 현재까지 전해지는 가장 오래된 『설문』은 다음의 2권이다.

---

1) 이양빙의 생졸生卒 연대는 불분명하다. 그는 당대唐代의 문자학자이자 서예가이다. 자는 소온少溫이고, 초군譙郡(오늘날의 안휘성安徽省 박주亳州) 사람이다. 이양빙은 이백李白의 시집인 『초당집草堂集』을 주편하였을 뿐만 아니라 서문도 지었다. 그는 특히 전서篆書 가운데 소전小篆에 능통하였다. 일찍이 허신의 『설문』을 수정하여 『설문』 20권을 지었으나, 원본 『설문』에 쓰인 전서를 오인하여 상당한 오류를 범하였다. 후에는 허신의 『설문』 원본은 점차 유실되었고 오히려 이양빙이 쓴 『설문』이 성행하였다. 송대宋代 초년初年에 서현徐鉉은 조칙을 받들어 『설문』을 교정하였고, 허신의 『설문』 원본에 대하여 정리하여 허신의 『설문』 원본의 면모를 회복시켰다.

1-1.『설문해자』 30권

이는 서현(徐鉉)[2]이 조칙을 받들어 쓴 것으로 흔히 대서본(大徐本)이라 한다. 필자는 오늘날 통행되는 대서본『설문』은 손성연(孫星衍)이 간행한 것이 가장 뛰어나다고 사료된다. 그 다음으로는 남서국(南書局)에서 출판한 급고각(汲古閣) 제4차본이 그런대로 괜찮다고 할 수 있다. 상무인서관(商務印書館)에서 간행한 영인본(影印本)[3]과 등화사본(藤花榭本)인 경우 잘못된 부분이 상당히 많이 보이기 때문에 연구자들이 사용하기에는 적당하지 않다.

1-2.『설문해자계전(說文解字系傳)』 40권

이는 서개(徐鍇)[4]가 지은 것으로 흔히 소서본(小徐本) 이라 한다. 필자가 보기에는 오늘날 통행되는 소서본 『설문』은 강소서국(江蘇書局)에서 간행한 기각본(祁刻 本)[5]이 가장 뛰어나다고 할 수 있다. 왜냐하면『설문』 강소서국(江蘇書局) 기각본은 기씨(祁氏)가 천리나 떨어진 곳에 있는 송초본(宋抄本) 및 왕사종(汪士鐘)이 소장하

설문해자계전(說文解字系傳)

---

2) p.90, 주석 1) 참조.
3) 영인본이란 원본(原本)(저본(底本))을 사진 촬영해, 그것을 원판으로 하여 과학적 방법으로 복제한 책을 말하며 경인본(景印本)이라고도 한다. 원본이 쓰인 당시의 그림이나 문자를 그대로 참조할 수가 있고, 복제에 의한 새로운 오식(誤植)이나 개서(改書)가 생길 우려가 없기 때문에, 연구용 자료로 사용된다. 원래는 중국의 인쇄 용어였으나 영인본 출간이 활발해짐에 따라 일반적으로 통용되고 있다. 원본의 문자 모형을 정확하게 대량으로 다시 만들 수 있어 영사(影寫), 복각(覆刻)보다 우수한 근대적 복제 방법이다. 희소한 고서(古書)를 학술 연구용으로 복제하기 위해서 상해(上海)의 상무인서관(商務印書館)이 1919년부터 도입하였으며 우리나라에서도 이 방식이 차츰 보급되었다.
4) p.98, 주석 3) 참조.
5) 기각본이란 기이성(祁爾誠)의 각본(刻本)(판목(版木) 위에 글자를 조각하여 인쇄한 책)을 말한다.

고 있었던 송잔본宋殘本을 참고하였을 뿐만 아니라 이신기李申耆, 승배원承培元6), 묘선록苗仙簏 등 3명의 손을 거쳐 출판되었기 때문이다. 다른 간행본인 용위비서본龍威秘書本은 청淸나라 건륭乾隆(1736~1795) 시대 왕계숙王啓淑이 간행한 것이다. 그러나 이 책은 억측이 심하고 잘못된 부분이 상당히 많이 보인다. 단지 부록 부분은 참고할 만한 가치가 있다고 사료된다.

일반적으로 우리들은 서현과 서개를 대서大徐와 소서小徐라고 칭하고, 이 둘을 합쳐 이서二徐라고 일컫기도 한다. 이들은 송宋나라 양주揚州 광릉廣陵 사람들이다. 이 두 사람의 책은 문자학을 연구하기 위한 필독서이다. 두 사람의 책을 비교하자면, 서현이 서개보다 더욱 정밀하다고 할 수 있다.

하지만 형성자와 독약讀若7)자는 대서본보다는 소서본에 상당히 많이 들어있기 때문에 학자들은 소서본을 통하여 형성상생形聲相生, 음의상전音義相轉8)의 원칙을 연구해야 한다. 현재까지 전해지는 소서본은 송대宋代 장차립張次立의 개정본이다. 소서본의 진면목은 단지 황공소黃公紹9)의 『운회거요

---

6) 승배원은 청대 학자이지만 그에 관한 내용이 많지 않다. 그의 저서로는 『광설문답문소증거례廣說文答問疏證擧例』, 『설문인경증례說文引經證例』 등이 있다.

7) '독약讀若'이라는 용어는 고대 중국의 한대漢代 훈고학자訓詁學者들이 만든 주음注音과 석의釋義를 하기 위해 고안한 방법을 나타낸 용어이다. 독약의 의미는 "이 글자는 ~처럼 읽는다."로 비슷한 자음으로 그 글자의 자음을 나타내는 방법이다. 또한 '독여讀如', '독약모동讀若某同', '독여모동讀與某同'이라 하기도 한다.

8) 형성자에서 소리를 나타내는 성방聲旁을 통하여 성방聲旁과 자의字義와의 관계를 연구하는 것이다. 서개의 형성상생形聲相生, 음의상전音義相轉의 원리는 이후 학자들에게 많은 영향을 끼쳤다. 청대淸代의 단옥재段玉裁 역시 『설문해자주說文解字注』를 저술할 때 서개의 이 원리를 상당히 중시하였다.

9) 황공소는 송원宋元 시대의 소무邵武(오늘날의 복건福建) 사람으로 자는 식옹直翁이다. 시대가 송나라에서 원나라로 바뀌면서 관직에 나가는 것을 포기하고 은거하면서 지냈다. 그는 『설문』 및 다양한 자서字書와 운서韻書 등을 참고하여 『고금운회古今韻會』를 저술하였으나 실전되었다. 이 책의 내용은 그와 동시대의 사람인 웅충熊忠이 지은 『고금운회거요古今韻會擧要』에서 대략적인 면모를 찾아 볼

韻會擧要』에서만 살펴볼 수 있다. 따라서 소서본을 읽기 위해서는 반드시 『운회거요』와 비교하면서 읽어보아야 한다. 필자는 유수옥鈕樹玉10)의 『설문교록說文校錄』이 『운회거요』 교정본이 아닐까 한다.

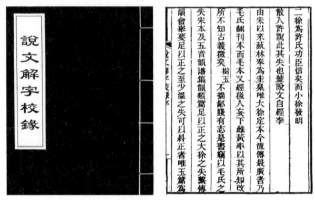

설문해자교록說文解字校錄

2. 서현과 서개가 쓴 『설문』에 대하여 후학들이 교정한 서적

2-1. 『급고각설문정汲古閣說文訂』 1권

이 책은 단옥재段玉裁11)가 쓴 것으로 가경嘉慶(1796~1820) 2년에 편찬되었다. 서문에 "모진毛晉과 그의 자식인 모획毛獲은 오늘날 허신이 제기한

수 있다.
10) 유수옥(1760~1827)의 자는 남전藍田, 호는 비석산인匪石山人, 강소성江蘇省 오현吳縣 사람이다. 그의 저서로는 『설문해자교록說文解字校錄』15권, 『고이考異』 30권, 『단씨설문주정段氏說文注訂』 8권, 『설문신부고說文新附考』 6권, 『속고續考』 1권 등이 있다.
11) p.114, 주석 2) 참조.

540부수의 순서에 따라서 기록한 네 권의 송본宋本, 송나라와 명나라 때 간행된 『오음운보五音韻譜』 그리고 『집운集韻』, 『유편類篇』에서 대서본을 인용한 것 등 세 가지에서 합치되는 것을 골라서 대서본을 수정하였다. 그리고 각각에 대하여 잘못된 부분이 있으면 그것을 반박하는 내용을 상세히 기록하였고, 이로써 대서본의 진면목이 드러나게 되었다. 이후 학자들은 모두 집에 대서본을 소장하였다.”12)라고 언급하였다. 이 내용은 단옥재가 저술한 『설문해자주說文解字注』부록에 실려 있다.

2-2. 『급고각설문해자교기汲古閣說文解字校記』 1권

이 책은 장행부張行孚13)가 쓴 것으로 광서光緒(1875~1908) 7년에 편찬되었다. 장행부는 서문에서 “급고각 『설문』은 수정되기 전의 책과 수정된 후의 책 두 종류가 있는데, 청대 건륭乾隆(1736~1795)과 가경嘉慶(1796~1820) 시대의 학자들은 모두 수정되기 전의 책이 뛰어나다는 평가를 내렸지만, 현재 이 책의 내용은 대부분 소실되고 거의 전하지 않는다. 홍금서洪琴西는 형당荊塘으로부터 의학義學을 학습하였고, 모부계毛斧季가 4차에 걸쳐 교정한 견본을 얻은 후 이를 모방하여 회남서국淮南書局에서 간행하였다. 나는 수정된 후의 책을 얻은 후 수정되기 전의 책과 차이점을 비교하여 교정한 후 이를 모아 여기에 기록하였다.”14)라고 설명하였다. 이 내용은 회남서국

---

12) 단옥재가 쓴 『급고각설문정汲古閣說文訂』의 서문 내용: “今合始一終亥四宋本, 及宋刊明刊五音韻譜, 及集韻類篇稱引鉉本者, 以校毛氏節次剜改之鉉本, 詳記其駁異之處, 所以存鉉本之眞面目, 使學者家有眞鉉本而已.”
13) p.30, 주석 5) 참조.
14) 장행부가 쓴 『급고각설문해자교기汲古閣說文解字校記』의 서문 내용: “汲古閣 『說文』, 有未改已改兩本. 乾嘉諸老, 皆稱未改本爲勝, 而未改本傳世絶少. 洪琴西從荊塘義學, 假得毛斧季第四次所校樣本, 摹刊於淮南書局, 行孚取已改本, 互校異同, 彙而錄之.”

淮南書局에서 출판한 대서본 『설문』 부록에 실려 있다.

2-3. 『설문교록說文校錄』 30권

이 책은 엄가균嚴可均[15]과 요문전姚文田[16]이 공동으로 저술한 것으로 가경嘉慶(1796~1820) 경인년庚寅年에 편찬되었다. 엄가균은 이 책의 서문에서 "송나라 이전에는 『설문』에서 불분명한 부분을 교정한 책이 없었다. 하지만 송나라 이후부터 지금까지 단지 이서본二徐本(서현의 대서본과 서개의 소서본)만이 전할 뿐이다. 대서본과 소서본 중에서도 대서본이 성행하였으나 여기에도 수많은 오류가 있었던 것이 사실이다. 그렇다면 학자들은 어떠한 기준에 의하여 교정하였을까? 나는 10여년의 노력을 기울여 처음 이 부분을 교정하였고, 요문전의 설명 역시 이 가운데 들어있다. 여기에 열거한 3,440개 항목은 모두 고서古書에 근거하였고 그 출처를 분명하게 밝혔다. 만일 분명하지 않아 의심스러운 부분인 경우에는 그것을 그대로 남겨 두었다. 허신의 옛 서적을 통달함으로써 대서본의 진면목을 보게 되었고 그것을 교정하게 되었다."라고 언급하였다. 이 내용은 귀안歸安의 요문전이 발간한 책에 실려 있다.

---

15) 엄가균(1762~1843)은 청대의 문헌학자, 장서가藏書家이다. 자는 경문景文, 호는 철교鐵橋이다. 그는 고고학에 정통하였으며, 요문전姚文田과 함께 『설문』을 연구하여 『설문장편說文長編』 45책을 지었다. 또한 금문金文 탁본을 엮어 『설문익설說文翼說』 15편을 지었다.

16) 요문전(1758~1827)의 자는 추농秋農, 호는 매의梅漪, 귀안歸安(오늘날의 절강성浙江省 오흥吳興) 사람이다. 그의 저서로는 『설문성계說文聲系』, 『고음해古音諧』, 『사성역지록四聲易知錄』, 『역언易言』, 『광릉사략廣陵事略』, 『수아당학고록邃雅堂學古錄』, 『수아당문집邃雅堂文集』, 『춘추경전소윤표春秋經傳塑閏表』 등이 있다.

2-4. 『설문해자교록說文解字校錄』 30권

이 책은 유수옥鈕樹玉[17])이 쓴 것으로 가경嘉慶(1796~1820) 10년에 편찬되었다. 서문에 "송본宋本, 『오음운보五音韻譜』, 『운회集韻』, 『유편類篇』를 통하여 모진毛晉과 그의 자식인 모획毛獲의 실수를 바로 잡을 수 있다. 『계전系傳』, 『운회거요韻會擧要』를 통하여 서현이 쓴 대서본의 잘못을 바로 잡을 수 있다. 이양빙李陽冰의 잘못을 바로 잡을 수 있는 것은 『옥편玉篇』 최고본最古本이 유일하다. 따라서 『옥편玉篇』을 위주로 하고 다른 것들을 참고하면 서로 온갖 다른 점들을 기록할 수 있으니, 이를 서로 참고할 수 있다."[18])라고 언급하였고, 또한 "『운회韻會』는 원본元本을 근거하여 『설문』보다 많은 부분과 서개가 쓴 『계전系傳』에 합치되는 부분을 참고하면 『계전』의 잘못을 바로 잡을 수 있다."[19])라고도 하였다. 이 책은 강소서국江蘇書局에서 간행하였다.

단옥재와 장행부가 교정한 것은 서현의 대서본과 서개의 소서본에 들어 있는 부분이었고, 엄가균과 유수옥이 교정한 것은 허신의 『설문』에 들어 있는 부분이었다. 하지만 유수옥은 이양빙李陽冰[20])으로 인하여 허신의 『설문』을 혼란스럽게 만들었다. 『옥편』[21])은 양梁 대동大同 9년에 쓰여졌다. 이 책은 이양빙보다 앞서 쓰여졌기 때문에 이 책을 통하면 이양빙의 잘못을 바로 잡을 수 있을 것이다. 결론적으로 말하자면, 위 네 가지 책은 대서본

---

17) p.168, 주석 10) 참조.
18) 유수옥이 쓴 『설문해자교록說文解字校錄』의 서문 내용: "毛氏之失, 宋本及 『五音韻譜』, 『集韻』, 『類篇』, 足以正之. 大徐之失, 『系傳』, 『韻會擧要』, 足 以正之. 至少溫之失, 可以糾正者, 唯『玉篇』最古, 因取『玉篇』爲主, 旁及 諸書所列, 悉錄其異, 互相參考."
19) 유수옥이 쓴 『설문해자교록說文解字校錄』의 서문 내용: "『韻會』采元本, 其引 『說文』多與『系傳』合, 故備錄以正『系傳』之僞."
20) p.165, 주석 1) 참조.
21) p.74, 주석 10) 참조.

과 소서본을 읽을 때 참고할 만한 가치가 충분하다고 생각된다.

소서본은 비록 대서본보다 뛰어나다고 할 수는 있지만 각각 장단점과 차이점도 있다. 소서본과 대서본의 차이점을 기록한 책으로는 다음에 예로 든 전오소田吳炤[22])가 쓴 책이다.

2-5. 『설문이서전이說文二徐箋異』 2권

이 책은 전오소田吳炤가 쓴 것으로 광서光緖(1875~1908) 병신년丙申年에 편찬되었다. 그는 서문에서 "이서본二徐本(대서본과 소서본)의 차이점은 각각 근거한 바가 다르기 때문에 그 견해도 다른 것이다. 대부분의 학자들이 서적에서 인용한 부분은 어떤 부분은 대서본에 적합한 것도 있고 어떤 부분은 소서본에 합치되는 것도 있기 때문에 대서본에 근거하여 소서본을 의심해서도 안되고 소서본에 근거하여 대서본을 의심해서도 안된다. 게다가 다른 서적들을 과신해서도 안되고 본서만을 반복하여 의심해 보아야 한다. …… 단옥재는 이서본의 차이점을 순서대로 열거함으로써 재차 세심하게 고증하였다. 단옥재는 그 본질을 분명하게 알고자하는 태도로 성심성의껏 고증하였다. 무릇 이서본의 다른 부분은…… 우선 그 문장을 꼼꼼히 읽고 난 후에 다른 서적들을 참고하여 실사구시적 태도로 고증하는 것이다. 이렇게 함

---

22) 전오소(1870~1926)의 원명原名은 행소行炤이다. 자는 소둔小鈍, 복후伏侯이고, 필명筆名은 잠潛, 잠산潛山, 낭암郞庵 등이다. 그의 저서로는 『구미교육규칙歐美敎育規則』, 『고찰교육의견선考察敎育意見書』, 『도덕경道德經』, 『금강경金剛經』 초판 등이 있다. 그는 문자학, 경학經學, 산학算學, 교육학에 대해서도 상당히 조예가 깊었다. 주요 저서로는 『이론학강요論理學綱要』, 『교육심리학敎育心理學』, 『초등심리학初等心理學』, 『보통교육학요의普通敎育學要義』, 『생리위생학生理衛生學』, 『철학신전哲學新詮』, 『설문이서전이說文二徐箋異』, 『일체음의인설문전一切音義引說文箋』 등이 있다.

으로써 필자의 생각을 기록하였으니 이를 통해 그 차이점을 식별할 수 있을 것이다."[23]라고 언급하였다. 이 책은 영인影印 수사본手寫本이다.

학자들이 이상의 서적들을 두루 살펴보면 허신이 지은『설문』의 진본 및 이서본二徐本의 득실에 관하여 대략적인 면모를 살펴볼 수 있을 것이다. 대서본과 소서본에 관한 설명이 미진한 부분에 관하여 청대의 학자들이 이미 고증하였는데, 이 부분에 대하여 허연상許溎祥[24]이 지은 책은 충분히 참고할 만한 가치가 있다고 사료된다.

2-6.『설문서씨미상설說文徐氏未詳說』1권

이 책은 허연상許溎祥이 쓴 것으로 광서光緒(1875~1908) 14년에 편찬되었다. 하작何焯[25], 오릉운吳棱云[26], 혜동惠棟[27], 전대흔錢大昕[28], 전점錢

---

23) 전오소가 쓴『설문이서전이說文二徐箋異』의 서문 내용: "二徐異從, 各有所本, 亦各有所見. 諸書所引, 或合大徐, 或合小徐. 不必据此疑彼, 据彼疑此. 亦不必過信他書, 反疑本書. ……段氏若膺曰, 二徐異處, 當臚列之, 以俟考訂. 用師其意, 精心校勘. 凡二徐異處……類皆先擧其文, 考之群書, 實事求是, 便下己意, 以爲識別."
24) 허연상(1841~?)은 청말淸末 저명한 문학가이다. 원명原名은 송화誦禾, 자는 자송子頌이다. 그의 저서로는『해녕향현록海寧鄕賢錄』,『견수시록狷叟詩錄』,『설문서씨미상설說文徐氏未詳說』등이 있다.
25) 하작(1661~1722)의 자는 윤천潤千이었지만, 그가 어렸을 적 모친께서 사망하였기 때문에 후에 자를 기첨屺瞻으로 바꾸었다. 호는 다선茶仙이고, 소주蘇州 사람이다. 그의 저서로는『시고문집詩古文集』,『어고재식소록語古齋識小錄』,『도고록道古錄』,『의문독서기義門讀書記』,『의문선생문집義門先生文集』12권,『의문제발義門題跋』1권 등이 있다.
26) 오릉운에 대한 내용은 거의 없다. 그는『오씨유저吳氏遺箸』,『소학설小學說』을 썼다.
27) 혜동(1697~1758)은 청대 한학자이다. 자는 정우定宇, 호는 송애松崖이다. 그의 저서로는『역한학易漢學』,『역예易例』,『주역술周易述』,『고문상서고古文尙書考』,

전대흔錢大昕

왕념손王念孫

계복桂馥

쇼²⁹⁾, 공광삼孔廣森³⁰⁾, 진시정陳詩庭³¹⁾, 단옥재段玉裁³²⁾, 계복桂馥³³⁾, 왕념

『후한서보주後漢書補注』,『구경고의九經古義』,『명당대도록明堂大道錄』,『송문초松文鈔』등이 있다.

28) 전대흔(1728~1804)은 청대의 사학자이자 한학자이다. 자는 효정曉徵, 신미辛楣이고 호는 죽정竹汀이다. 1751년 건륭제乾隆帝가 남방을 순행할 때 부부賦를 바치고, 소시召試에서 거인擧人을 하사받았으며, 내각중서內閣中書로 임용되었다. 이듬해 북경北京으로 가 서양의 측량과 3각함수를 배우고 중국의 고산서古算書를 연구하여 『삼통술연三統術衍』을 저술했다. 1754년(건륭 19)에 왕명성王鳴盛·왕창王昶·주균朱筠 등과 함께 진사에 급제하여 한림원翰林院에서 관직을 지냈으며,『열하지熱河志』,『속문헌통고續文獻通考』,『청일통지淸一統志』등의 편찬에 참여했다. 1774년(건륭 39)에 광동성廣東省의 학정學政(교육행정장관)으로 부임했으며, 이듬해 아버지의 상을 당하여 귀향하면서 관직에 대한 뜻을 버렸다. 이후 죽을 때까지 소주蘇州의 자양서원紫陽書院에서 후진을 가르치면서 학문에 전념했다. 그의 저서 『십가재양신록十駕齋養新錄』,『잠연당문집潛研堂文集』은 그의 해박한 학문의 결정체이다. 그는 정사에서 소설필기까지 광범위한 독서를 토대로, 고증학적인 연구방법을 사학에 응용하고 금석문金石文과 같은 근본사료를 활용함으로써 청조풍의 역사학을 흥기시키는 데 크게 이바지했다. 『잠연당금석문발미潛研堂金石文跋尾』25권,『이십이사고이二十二史考異』100권 외에도 송대 홍매洪邁·육유陸游·왕응린王應麟, 명대 왕세정王世貞 등의 연보를 편찬했다.

29) 전점(1744~1806)은 강소성江蘇省 가정嘉定(오늘날 상해上海 가정구嘉定區) 사람이다. 그는 청대의 화가로 자는 헌지獻之이고 호는 소란小蘭, 십란十蘭이다. 그의 저서로는 『십경문자통정서十經文字通正書』,『한서십표주漢書十表注』,『성

손王念孫34), 왕후王煦35), 왕소란王紹蘭36), 왕균王筠37), 유수옥鈕樹玉38), 요문전姚文田39), 엄가균嚴可均40), 서승경徐承慶41), 묘기苗夔42), 정진鄭珍43), 주준

현총묘지聖賢塚墓志』, 『십육장악당고기관식고十六長樂堂古器款識考』, 『완화배석헌경명집록浣花拜石軒鏡銘集錄』, 『전인록篆人錄』, 『설문해자각전說文解字斠詮』 14권 등이 있다.

30) 공광삼(1753~1787)은 청대의 학자이다. 자는 중중衆仲, 휘약撝約이고, 호는 손헌孫軒이다. 그의 저서로는 『춘추공양통의春秋公羊通義』, 『대대예기보주大戴禮記補注』 14권, 『예학禮學·액언厄言』 6권, 『경학經學·액언厄言』 6권, 『시성류詩聲類』 13권 등이 있다.

31) 진시정(1760~1806)의 자는 영화令華, 연부蓮夫이고 호는 묘사妙士, 화생畫生(혹은 화사畫士)이다. 저서로는 『설문성의說文聲義』, 『심유거시문집深柳居詩文集』 등이 있다.

32) p.114, 주석 2) 참조.

33) 계복(1736~1805)의 자는 미곡未穀, 동훼東卉, 호는 우문雩門, 산동성山東省 곡부曲阜 사람이다. 저서로는 『설문의증說文義證』, 『설문단주초급보초說文段注鈔及補鈔』, 『무전분운繆篆分韻』, 『만학집晚學集』 등이 있다.

34) 왕념손(1744~1832)의 자는 회조懷祖, 호는 석구石臞, 강소성江蘇省 고우高郵 사람이다. 그는 왕인지王引之의 부친이다. 평생토록 많은 저술 활동을 하였는데, 주요 저서로는 『독설문기讀說文記』, 『독서잡지讀書雜志』, 『광아소증廣雅疏證』, 『도하의道河議』, 『하원기략河源紀略』 등이 있다.

35) 왕후에 대한 내용은 그리 많지 않다. 그의 저서로는 『설문오익說文五翼』, 『소이아의증小爾雅義證』 등이 있다.

36) 왕소란(1760~1835)의 자는 원형畹馨, 호는 남해南陔, 사유거사思維居士, 절강성浙江省 소산성蕭山城 상진廂鎮 사람이다. 그의 저서로는 『칠서고문상서일문고漆書古文尙書逸文考』 1권, 『부록附錄』 2권, 『동중서설전董仲舒說箋』 1권, 『광설시의소匡說詩義疏』 1권, 『주인예당집의周人禮堂集議』 42권, 『의례도儀禮圖』 17권, 『석거의일문고石渠議逸文考』 1권, 『하소정일문고夏小正逸文考』 1권, 『주인례설周人禮說』 8권, 『주인경설周人經說』 8권, 『설문집주說文集注』 124권, 『설문단주정보說文段注訂補』 6권, 『설문단주보정說文段注補訂』 14권, 『소학자해小學字解』, 『한서지리지교주漢書地理志校注』 2권 등 30여 종이 있다.

37) p.101, 주석 14) 참조.

38) p.168, 주석 10) 참조.

39) p.70, 주석 16) 참조.

40) p.170, 주석 15) 참조.

성朱駿聲44), 주사단朱士端45), 이지청李枝靑46), 허역許械47), 장행부張行孚48)
등 25명의 학자들이 이서본二徐本을 교정한 내용을 한 권으로 엮었기 때문
에 학자들이 이에 대하여 연구하기에 매우 편리하다고 할 수 있다.

3. 『설문』을 주해注解한 서적

3-1. 『설문해자주說文解字注』 30권

이 책은 단옥재段玉裁49)가 36년간 심혈을 기울여 쓴 것이다. 내용은 허
신의 『설문』을 주해한 것으로, 건륭乾隆(1736~1795) 경자년更子年에 쓰기

---

41) 서승경의 자는 몽상夢祥, 사산謝山이다. 그이 저서로는 『단주광류段注匡謬』 15
    권이 있다.
42) 묘기(1783~1857)는 청대의 언어학자로, 자는 선록先麓이다. 그의 저서로는 『설
    문성독고說文聲讀考』, 『설문건부자독說文建部字讀』 1권, 『집운경존운보정集韻經
    存韻補正』, 『경운구침經韻鉤沉』 등이다.
43) 정진(1806~1864)의 자는 자윤子尹, 호는 시옹柴翁이다. 그의 저서로는 『의례사
    전儀禮私箋』, 『설문일자說文逸字』, 『설문신부고說文新附考』, 『소경소경설巢經巢
    經說』, 『정학록鄭學錄』 등이 있다.
44) p.132, 주석 5) 참조.
45) 주사단(1786~)의 자는 전보銓甫, 강소성江蘇省 보응寶應 사람이다. 그의 저서로
    는 『강식편强識編』, 『설문교정본說文校定本』, 『의록당수장금석기宜祿堂收藏金
    石記』, 『길금악석산방문집吉金樂石山房文集』, 『시집詩集』 등이 있다.
46) 이지청(1799~1858)의 자는 난구蘭九, 호는 향원薌園, 별호는 서운西雲, 복건성福
    建省 복안福安 양두陽頭 사람이다. 그의 저서로는 『서운시초西雲詩鈔』, 『향원필
    기薌園筆記』, 『창힐자고倉頡字考』, 『설문의說文疑』 등이 있다.
47) 허역(1799~1881)의 자는 태미太眉, 몽서夢西이다. 그의 저서로는 『동부산당시집
    東夫山堂詩集』, 『동부산당시선東夫山堂詩選』, 『삼로옥사三老屋詞』, 『마적산지馬
    跡山志』, 『속설문잡식續說文雜識』, 『한문차기韓文箚記』, 『독설문잡식讀說文雜識
    』 등이 있다.
48) p.30, 주석 5) 참조.
49) p.114, 주석 2) 참조.

시작하여 먼저 장편을 엮은 다음 재차 간결하고 세련된 주해를 달아 가경嘉慶(1796~1820) 을해년乙亥年에 완성하였다. 하지만 이 책이 쓰여진 지 이미 70년이 지나 단옥재 자신이 직접 잘못된 부분을 교정하여 바로 잡을 수 없었기 때문에 이 책 역시 잘못된 부분이 있는 것이 사실이다. 단옥재의 원본은 쉽게 찾을 수 없고 현재 통행되고 있는 책은 주로 호북湖北 숭문서국본崇文書局本이다.

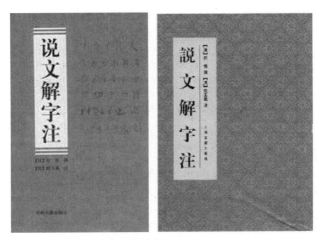

설문해자주說文解字注

『설문』을 주해한 책 중에서 단옥재가 지은 『설문해자주』가 가장 자세하다고 할 수 있다. 하지만 막지우莫芝友가 얻은 당사본唐寫本 『설문』의 목부木部에 근거하면 금본今本과 상이한 부분이 매우 많다는 사실에서 단옥재는 『설문』에 대하여 어느 정도 독단적으로 삭제하고 수정하였음을 알 수 있다. 그렇지만 막지우의 당사본 『설문』과 『설문해자주』를 서로 비교해보면 단옥재가 삭제하고 수정한 부분이 대체적으로 부합된다고 볼 수 있다. 따라서 단옥재는 『설문해자』를 상당히 세밀하고 신중하게 산개散開하였음을 짐작할 수 있다.

단옥재는 『설문해자주』에서 육서의 규칙에 대하여 상당히 독창적인 견해를 제시하였다. 뿐만 아니라 각각의 고증에 대하여 매우 세심하고 다양하게 인용하였다. 하지만 이 책을 읽는 사람들이 매번 홀시하는 부분이 있는데, 마수령馬壽齡50)이 발견한 부분을 약술하면 다음과 같다.

(1) 변별오자辨別誤字(잘못된 글자를 변별해야 한다.)

(2) 변별와음辨別訛音(잘못된 자음을 변별해야 한다.)

(3) 변별통용자辨別通用字(통용자를 변별해야 한다.)

(4) 변별설문소무자辨別說文所無字(『설문』에 없는 글자들을 변별해야 한다.)

(5) 변별속자辨別俗字(속자를 변별해야 한다.)

(6) 변별가차자辨別假借字(가차자를 변별해야 한다.)

(7) 변별인경이자辨別引經異字(경전을 인용할 때 다른 글자를 인용하는지를 변별해야 한다.)

(8) 변별이해자辨別異解字(서로 다르게 해석한 글자를 변별해야 한다.)

3-2. 『설문의증說文義證』

이 책은 계복桂馥51)이 지은 것이다. 하지만 영석靈石의 양씨楊氏가 연운이교각본連云簃校刻本을 출판하자 그대로 전당포에 맡겨져 당시 거의 통용되지 못하였기 때문에 동치同治(1862~1875) 9년에 장지동張之洞52)이 호북

---

50) 마수령은 『설문단주찬요說文段注撰要』를 지었는데, 이 책은 단옥재의 『설문해자주』의 요점을 분류하여 기록한 것이다.

51) p.175, 주석 33) 참조.

52) 장지동(1837~1909)은 청조 말기의 대관료로 고전학자이자 개혁가이다. 자는 효

湖北 숭문서국崇文書局에서 다시 출판하였다.

계복과 단옥재의 차이점을 살펴보면, 단옥재는 36년간 저술활동을 하면서 『설문』에 대한 수정과 삭제에 있어서 주관적인 부분이 많이 작용했다는 점을 엿볼 수 있다. 이에 반해 계복은 고서古書를 최대한 나열하였을 뿐 자신의 견해를 기술하지는 않았기 때문에 보다 객관적이라 할 수 있다. 하지만 『설문의증』과 『설문해자주』는 모두 상당한 가치가 있다는 점은 부인할 수 없다.

『설문의증』은 상당한 분량의 고서들을 수록하고 나열하였기 때문에 읽기가 어려운 점이 있다. 이 책은 거의 유서類書(여러 가지 책을 모아 사항事項에 따라 분류해서 검색檢索에 편리하게 한 책)에 가깝다. 사실 『설문의증』은 나름대로 규칙이 있기 때문에 학자들이 이 부분을 스스로 찾아내어 읽어야만 하는 측면이 있다. 『설문의증』의 규칙에 대하여 왕균王筠[53]은 다음과 같이 두 가지로 정리하였다. (1) 앞에서 언급한 부분이 미진하였다면 그것을 반드시 충실하게 보충하였다. (2) 앞에서 언급한 부분에 착오가 있다면 그것에 대한 시비是非를 가려내었다. 그 이외에도 필자가 보기에 이 책에서 인용한 부분 중에는 수식한 부분이 많기 때문에 이 점에 대해서도 식별할 필요가 있다고 생각된다.

달孝達이다. 그는 유능하고 인자한 행정가였을 뿐만 아니라 중국을 소생시키는 문제에 대해서도 깊은 관심을 가지고 있었다. 아편전쟁 발발에서 신해혁명까지의 시기와 거의 일치하는 그의 생존시기는 서유럽 열강과 일본이 중국에 심한 압박을 가해온 시기였다. 1895년 중국은 청일전쟁에서 패배했고, 그 과정에서 그때까지의 개혁조치가 비효율적이었음이 드러났다. 이같은 좌절로 인해 그는 잘 훈련된 관료의 필요성을 절감하고 이를 위해 교육에 관심을 쏟게 되어 1898년 유명한 『권학편勸學篇』을 출판했다. 이 책에서 유교에 대한 자신의 믿음을 재확인하는 한편 서양의 지식을 획득하는 데 필요한 방법, 예를 들면 중국학생의 해외유학, 학교제도의 확립, 서유럽 및 일본 서적의 번역, 외국신문에서의 정보수집 등을 상세하게 열거했다. 이로 인해 호북성湖北省에 신문국·학교국·번역국 등이 설치되었고 학생들이 해외로 파견되었다.

53) p.101, 주석 14) 참조.

3-3. 『설문구두說文句讀』30권

이 책은 왕균王筠이 쓴 것으로 도광道光(1821~1850) 경술년庚戌年에 편찬되었다. 『설문구두說文句讀』마지막 권인 제30권에 장화蔣和[54]가 쓴 『설문부수표說文部首表』, 엄가균嚴可均[55]이 쓴 『허군사적고許君事迹考』, 『설문교의통론說文校義通論』이 부록으로 실려 있다. 게다가 각 절에는 모씨毛氏(모진毛晉과 그의 자식인 모획毛獲)와 계복桂馥의 학설, 서개徐鍇의 계술系述(문장을 써서 설명하는 형식), 서현徐鉉이 교정한 『설문』 서序, 『설문』 표표 등을 실었다. 이 책은 산동山東에서 간행되었으며, 현재 통행되는 책은 사천四川 존경서국尊經書局에서 간행된 것이다.

설문구두說文句讀

『설문구두』는 암암리에 단옥재의 『설문해자주』를 수정한 것으로 전문적으로 『설문해자주』를 수정한 것은 아니다. 서문에 이르길 "필자가 이 책을 편찬하는 것은 다른 뜻이 있는 것이 아니라 단옥재와 다른 다섯 가지 사항

---

54) 장화는 청대의 학자이자 서화가이다. 그는 강소성江蘇省 금단金壇 사람이다. 자는 중화仲和(중화重和로도 쓴다), 호는 취봉醉峰(최봉最峰으로도 쓴다)이다. 저서로는 『사죽간명법寫竹簡明法』, 『서학정종書學正宗』, 『한비예체거요漢碑隸體擧要』, 『설문집해說文集解』, 『설문부수표說文部首表』 등이 있다.
55) p.170, 주석 15) 참조.

이 있기 때문이다."56)라고 하였다. 이 내용을 열거하면 다음과 같다.

(1) 산전刪篆(정문正文 가운데 중복해서 출현한 글자를 삭제하는 것)
(2) 일관一貫(문자를 교정할 때에는 반드시 자형, 자음, 자의 삼자를 일관
   되게 해야 하는 것)
(3) 반경反經(한대漢代 사람들이 인용한 경전의 원구原句를 존중해야 하
   는 것)
(4) 정아正雅(『설문』으로 『이아爾雅』를 바로 잡는 것)
(5) 특식特識(경經으로 전傳을 바로잡아 허신의 학설을 분명하게 밝히
   는 것)

3-4. 『설문해자각전說文解字斠詮』 14권

이 책은 전점錢坫57)이 매우 신중하게 전문篆文으로 쓴 것이지만 원본을
구하기가 상당히 어렵다. 현재 통행되는 것은 광서光緒(1875~1908) 연간에
회남서국淮南書局에서 중간重刊한 것이다.

『설문해자각전』은 성격면에서는 엄가균嚴可均58)의 『설문교의說文校議』,
유수옥鈕樹玉59)의 『설문해자교록說文解字校錄』과 동일하다고 할 수는 있지
만 그 범위가 상당히 넓기 때문에 이서二徐(서현徐鉉60)과 서개徐鍇61))에 종
속되지는 않는다. 이 책에는 다음의 여덟 가지 규칙이 있다.

---

56) 왕균의 『설문구두』서문 내용: "余輯是書, 別有注意之端, 與段氏不盡同者凡
   五事."
57) p.174, 주석 29) 참조.
58) p.170, 주석 15) 참조.
59) p.168, 주석 10) 참조.
60) p.90, 주석 1) 참조.
61) p.98, 주석 3) 참조.

(1) 모부의毛斧扆가 쓴 책의 오류를 교정하였다.

(2) 송본宋本(서현이 쓴 관본官本)의 오류를 교정하였다.

(3) 서개가 쓴 계전系傳의 오류를 교정하였다.

(4) 당唐 이전의 책에 있는 오류를 교정하였다.

(5) 허신이 해석한 글자 중에 해설이 필요한 부분이 있는 경우에만 설명하였고 해설이 필요치 않은 부분은 그대로 두어 본의本義에 대하여 곰곰이 생각해 보게 하였다.

(6) 허신이 해석한 글자의 음과 후세 사람들이 읽을 때의 음이 다른 부분에 대하여 설명하였다. 이렇게 함으로써 후세에 잘못된 음이 점차 통행되고는 있다 할지라도 본래의 음이 무엇인지에 대하여 곰곰이 생각해보게 하였다.

(7) 경전經傳에는 단지 하나의 글자만 있으나 허신이 해석한 글자에는 많이 있는 것에 대하여 설명하였다.

(8) 경전經傳에는 많은 글자가 있지만 허신이 해석한 글자는 단지 하나의 글자만 있는 것에 대하여 설명하였다.

위의 (1)~(4)는 '교정 부분'으로, 이 부분은 엄가균과 유수옥의 책과 성격이 같다고 볼 수 있다. 하지만 (5)~(8)은 '설명 부분'으로 범위가 상당히 넓다. 이 부분은 다음과 같은 두 가지 특징이 있다. 즉 (1) 현재의 언어와 현재의 사물을 인용하여 검증하는 것이고, (2) 고금古今에 변화를 일으킨 글자들을 분명하게 밝혔다는 특징이 있다.

4. 단옥재의 『설문해자주說文解字注』를 교정한 서적

『설문해자주』는 비록 상당히 우수한 저작이라는 평가를 받고 있지만, 위에서도 언급한 바와 마찬가지로 잘못된 부분이 있는 것 또한 사실이다. 따라서 하나의 학설에 사로잡히는 것을 경계해야 한다고 생각되기에 이 책에 반대하는 의견을 가진 학자들의 몇 몇 서적을 아래와 같이 나열하여 학자들의 연구에 도움이 되고자 한다.

4-1. 『설문해자단주광류說文解字段注匡謬』 8권

이 책은 서승경徐承慶62)이 쓴 것으로 지진재思進齋 간행본이다.

서승경은 다음의 열다섯 가지 규칙에 근거하여 『설문해자주』의 잘못을 바로잡았다.

(1) 그럴듯한 말로 자형을 잘못 해석한 부분

(2) 함부로 억측하여 정문正文을 기만하여 속인 부분

(3) 다른 책에 근거하여 본서를 수정한 부분이 잘못된 부분

(4) 다른 책에 근거하여 본서를 어지럽힌 부분

(5) 어느 정도 설득력이 있지만 설명한 부분이 억측에 가까운 부분

(6) 고서古書를 함부로 바꾸어 왜곡시킨 부분

(7) 새로운 해석을 시도하였지만 거짓으로 바라보고 다양하게 듣지 않은 부분

(8) 상당히 훌륭한 설명이지만 도술道術을 업신여긴 부분

(9) 사실처럼 보이지만 실상은 거짓인 부분

(10) 의심스러운 부분을 당분간 그대로 보류시키지 않은 부분

(11) 주의를 기울이지 않고 무작정 믿은 부분

(12) 의심할 필요가 없는 부분에 대하여 의심한 부분

---

62) p.176, 주석 41) 참조.

(13) 서로 모순되는 부분

(14) 꼼꼼하지 않게 책을 읽은 부분

(15) 체례體例를 어지럽게 한 부분

이 책은 서승경 자신의 견해에 근거하여 고찰하였기 때문에 그 중에는 옳은 부분도 있고 그렇지 않은 부분도 있다. 이 책이『설문해자주』를 어떻게 교정하였는지에 대하여 연구를 거듭하다보면 그 진위를 발견할 수 있을 것이다.

4-2.『단씨설문주정段氏說文注訂』8권

이 책은 유수옥鈕樹玉63)이 쓴 것으로 도광道光(1821~1850) 계미년癸未年에 편찬되었다. 유수옥은 전대흔의 문하생이다. 그는 일찍이『옥편玉篇』64)으로『설문』을 교정한 적이 있었는데, 이 책 역시 대부분『옥편』에 근거를 두었다. 논변의 태도로 볼 때, 유수옥이 서승경보다 차분하다고 할 수 있다. 이 책은 벽라산관碧螺山館 간행본이다. 현재 통행되는 판본은 호북湖北 숭문서국崇文書局 간행본이다.

유수옥이『설문해자주』를 교정한 부분은 다음과 같이 여섯 가지 예가 있다.

(1) 허신이 문자를 해석할 때 대부분 수많은 경서 가운데 가장 오래된 것에 근거를 두었으나, 단옥재는 자신이 직접 규칙을 만들어 반드시 본자本字를 사용했다고 여겼다.

(2) 허신이 책을 지을 때에는 운서韻書가 없었으나, 단옥재는 직접 17부部를 만들어 9천여 개의 문자를 분류하였다.

(3) 육서 가운데 전주는 본래 동부同部에 속했기 때문에 "건류일수建類一

---

63) p.168, 주석 10) 참조.
64) p.74, 주석 10) 참조.

首"라고 말하였지만, 단옥재는 모든 글자의 소리가 약간 비슷하기만 하면 의미도 서로 주고 받을 수 있다고 여겼다.

(4) 대부분 인용하여 증명한 문자는 본문과 같아야 하지만, 단옥재는 간혹 경전의 본문 가운데 하나의 글자를 다른 글자로 바꾸어 억지로 의미를 만들었다.

(5) 문자는 점차 불어나는 것이기 때문에, 단옥재는 소리와 의미가 같은 문자들 가운데 모든 서적에서 사용되지 않은 문자는 다른 사람이 증가시켰다라고 의심하였다.

(6) 육덕명陸德明[65])의 『경전석문經典釋文』, 공영달孔穎達[66])의 『정의正義』에서 『설문』을 인용한 부분 가운데 상당수가 잘못된 부분이다. 『운

---

65) 육덕명(550~630)의 이름은 원랑元朗이다. 그는 경학가經學家 겸 훈고학자이다. 저서로는 『주역주周易注』, 『주역겸의周易兼義』, 『역석문易釋文』 등이 있는데, 이것들은 『당서唐書』에 전한다. 뿐만 아니라 『경전석문經典釋文』30권, 『주역周易』1권, 『고문상서古文尚書』2권, 『모시毛詩』3권, 『주례周禮』2권, 『의례儀禮』1권, 『예기禮記』4권, 『춘추좌씨전春秋左氏傳』6권, 『공양전公羊傳』1권, 『곡량전穀梁傳』1권, 『효경孝經』1권, 『논어論語』1권, 『노자老子』1권, 『장자莊子』3권, 『이아爾雅』2권 등이다.

66) 공영달(574~648)은 당대唐代의 경학자이다. 자는 중달仲達, 시호는 헌공憲公, 하북성河北省 기주冀州 형수衡水 사람이다. 동란 와중에 학문을 닦았으며, 남북 양쪽 학파의 유학은 물론 산학産學과 역법曆法에도 정통하였다. 처음에는 대유학자로 여겼던 유작劉焯의 문하에 들어가려 했으나 몇 가지 문답을 나눈 결과 존경의 대상이 되지 못한다고 생각하여 고향에 내려가 제자양성에 전념했다. 수대隋代 말기에 명경과明經科에 급제하여 당唐 태종太宗을 섬기면서 국자박사國子博士와 국자감 제주祭酒를 역임했고, 안사고顏師古를 비롯한 여러 학자들과 더불어 『수사隋史』, 『대당의례大唐儀禮』 등을 편찬하였다. 642년 태종의 명을 받고 『오경정의五經正義』180권의 편찬에 중심적인 역할을 하여 남북조 이래 여러 학파로 나뉘어 발달해온 경전해석에 통일을 기하였다. 이 책은 이후 과거 시험의 교과서가 되었으며 오늘날까지 경전해석의 기본문헌으로 인정받고 있다. 한 가지 아쉬운 점은 이 책이 학문의 자유로운 발전을 저해한 측면도 없지 않다는 점이다.

회운會韻는 비록 『계전系傳』에 근거를 두었지만 그 안에는 증가되거나 수정된 부분이 있는 것이 사실이다. 하지만 단옥재는 이들 전부를 진심으로 믿었다.

유수옥의 이 책에는 옳고 그른 것이 있는 것이 사실이므로 독자들이 이를 연구하면 그 진위를 구분해 낼 수 있을 것이다.

4-3. 『설문단주보정說文段注補訂』 14권

이 책은 왕소란王紹蘭[67]이 쓴 것으로 가경嘉慶(1796~1820) 시대에 편찬되었지만 많은 사람들이 이 사실을 모른다. 광서光緒(1875~1908) 14년에 호율분胡燏棻[68]이 처음으로 이 책을 구하여 편찬하였다. 앞에는 이홍장李鴻章[69]과 반조음潘祖蔭[70]의 서序가 실려 있고, 뒤에는 호율분 자신의 발문跋文(책의 끝에 본문 내용의 대강大綱이나 간행과 관련된 사항 등을 짧게 적은 글)을 실었다. 현재 호율분의 판본은 구하기가 어렵다. 근래에 유한이劉翰怡가 판본을 구하여, 그 판본에 본인의 발문을 실었다. 발문에는 "이것은

---

67) p.175, 주석 36) 참조.
68) 호율분(1840~1906)은 청대 말의 대신大臣으로, 안휘성安徽省 사주泗州(오늘날의 사현泗縣) 사람이다. 자는 운미芸楣(혹은 운미雲眉로도 쓴다)이다. 1891년에 광서廣西 안찰사按察使로 부임하였다. 1894년 중일전쟁이 발발하자 명을 받아 천진으로 왔다. 동년 11월 천진에서 독일인 학자를 초빙하여 서양의 훈련방법을 모방하여 신식으로 병사들을 훈련시켜 "정무군定武軍"을 탄생시켰다.
69) 이홍장(1823~1901)은 청대 말의 정치가이다. 자는 소전少荃, 호는 의수儀叟이다. 그는 중국 근대화에 상당한 공헌을 하였다. 1870년 직례총독直隸總督에 임명되어 이 직책을 25년간 맡았다. 이 기간에 여러 상공업 근대화계획을 추진했고, 오랜 기간에 걸쳐 서구 열강을 상대로 외교문제를 담당했다.
70) 반조음(1830~1890)은 청대 말의 관원이다. 자는 재종在鍾, 호는 백인伯寅, 소당少棠, 정암鄭盦이다. 그의 저술은 『반고누이기도석攀古樓彝器圖釋』이고, 『방희재총서滂喜齋叢書』와 『공순당총서功順堂叢書』를 편집하였다.

해녕海寧의 허자송許子頌이 소장한 것이다. 그는 『허학총각許學叢刻』에 편입시키기를 희망하여 그것을 내놓아 편찬하려고 하였으나, 그것을 자세히 살펴보니 호각본胡刻本(호율분의 판본)의 절반에 미치지 못하였기 때문에 이것은 완본完本이라 보기 힘들다."71)라는 내용이 있다.

왕소란의 이 책에는 다음의 두 가지 예가 있다. 하나는 정訂(바로잡은 것)이고 다른 하나는 보補(보충한 것)이다. 여기에서 '정訂'이라는 것은 바로 단옥재의 잘못을 바로잡은 것을 말하고, '보補'라는 것은 단옥재가 주의를 기울이지 않은 부분을 보충한 것을 말한다.

이 책을 위의 서승경의 『설문해자단주광류說文解字段注匡謬』와 유수옥의 『단씨설문주정段氏說文注訂』과 비교해 보면 내용이 더욱 풍부하고 왕소란이 펼친 지론持論 역시 질박하다고 할 수 있다. 이 외에도 풍계분馮桂芬72)이 쓴 『단주설문고정段注說文考正』이 있지만 필자가 지금까지 살펴 본 적이 없기 때문에 이에 대한 평가는 생략하고자 한다.

아래에는 독자들이 참고할 만한 몇 가지 자료를 기록하고자 한다.

4-4. 『설문단주찰기說文段注札記』

이 책은 공자진龔自珍73)이 쓴 것이다.

---

71) 유한이의 발문 내용: "此稿海寧許子頌所藏, 擬編入許學叢刻者, 今贈承幹刻之. 然視胡刻本略少二分之一, 非完本也."

72) 풍계분(1809~1874)은 청대의 사상가이자 산문가이다. 자는 임일林一, 호는 경정景亭, 오현吳縣(오늘날의 강소성江蘇省 소주蘇州) 사람이다. 어려서는 변문騈文을 학습하였고, 중년에는 고문古文에 힘을 썼으며, 특히 경세치용經世致用적 학문에 노력을 기울여 중국 최초로 양무운동洋務運動에 있어서 "중체서용中體西用"의 지도사상을 밝혔다. 저서로는 『교빈여항의校邠廬抗議』, 『설문해자단주고증說文解字段注考證』, 『현시당시문집顯志堂詩文集』 등이 있다.

73) 공자진(1792~1841)은 청대 작가이자 시인이다. 자는 슬인瑟人, 이옥爾玉, 호는

4-5. 『설문단주찰기說文段注札記』

이 책은 서송徐松74)이 쓴 것이다.

위 두 권은 원래 책으로 엮이지 못하였으나, 상담湘潭의 유조우劉肇偶가 편집과 교정을 하여 책으로 편찬하였다. 유조우는 서문에서 "광서光緖 (1875~1908) 정유년丁酉年 겨울, 객사에서 하씨何氏와 친구들과 함께 단옥재의 『설문해자주』에 대하여 토론을 하였다. 우선 대흥大興의 서송徐松이 소장한 도서 및 교정한 판본에 대하여 언급하였다. 서송은 공자진龔自珍의 설명을 가장 먼저 기록하였고, 서송 자신이 알고 있는 부분에 대해서는 '그것과 다르다'라고 기록하였다. 책에는 공자진이 교정한 부분도 있고, 단옥재가 직접 공자진에게 전수한 내용도 있으며 서적이 만들어진 시점이 다른 부분에 대한 언급도 있다. 뿐만 아니라 단옥재의 설명 가운데 불분명한 부분에 대하여 분명하게 밝힌 부분도 있다. 만일 앞으로 수일간의 노력을 기울여 모든 것들을 베껴 써 본다면 서송의 견해는 몇 장으로 부족할 것이

정암定庵이다. 개혁정신을 담은 그의 작품들은 청대 말기에 일어난 근대화 운동을 예고하는 동시에 그 운동에 영향을 주었다. 많은 학자들과 관료들을 배출한 명가名家에서 태어난 그는 과거에 합격하여 내각중서內閣中書, 종인부주사宗人府主事, 주객사주사主客事主事 등의 중요한 관직들을 역임했다. 청이 서양의 압력에 적절히 대처하지 못한 것과 국내의 문제들을 염려한 나머지, 1830년에 영국과의 아편전쟁에서 핵심인물이었던 임칙서林則徐 같은 진보주의자들과 함께 개혁을 주장하는 문학모임을 만들었다. 비록 개혁을 주장한 그의 많은 글들이 나중에 강유위康有爲나 양계초梁啓超와 같은 혁신적인 지식인들에게 큰 영향을 주기는 했지만, 당시 보수적인 청조는 그 글들을 거의 받아들이지 않았다. 환멸을 느낀 그는 1839년 관직에서 물러나 고향에서 글을 쓰며 남은 생을 보냈다. 주로 산문작가로 알려져 있으나 서정적인 사詞를 짓는 데도 뛰어났으며 몇 권의 시집도 출판했다. 저서로는 『정암문집定庵文集』 3권 등이 있다.

74) 서송(1781~1848)의 자는 성백星伯이다. 그는 청대의 저명한 지리학자이다. 주요 저서로는 『송회요집고宋會要輯稿』 500권, 『하남지河南志』, 『중흥예서中興禮書』, 『당양경성방고唐兩京城坊考』, 『등과기고登科記考』, 『신강부新疆賦』, 『서역수도기西域水道記』 12권, 『신강사략新疆事略』, 『신강식략新疆識略』 등이 있다.

다."75)라고 언급하였다. 필자가 보기에는 위의 두 권은 관고당휘觀古堂彙 간행본인 것 같다.

4-6. 『설문단주초급보초說文段注鈔及補鈔』

이 책은 계복桂馥76)이 쓴 것으로, 상담湘潭의 유조우劉肇偶가 편집과 교정을 하였다. 섭덕휘葉德輝77)가 말하길 "『설문단주초說文段注鈔』와 『보초補鈔』는 계복 선생이 직접 손으로 쓴 것이 진본이다. 이 책의 각 항에는 필자의 견해를 밝혔고, 『설문해자주』를 교정한 부분도 있고, 또한 『설문해자주』를 더욱 보충시킨 부분도 있다."78)라고 하였다. 필자가 보기에는 이 책은 관고당휘觀古堂彙 간행본인 것 같다.

4-7. 『독단주설문찰기讀段注說文札記』

이 자료는 추백기鄒伯奇79)가 쓴 것이나 아직까지 책으로 만들어지지 않

---

75) 유조우의 서문 내용: "光緒丁酉冬, 館何氏, 長孺世兄, 出其『說文』段注, 前有大興徐氏藏圖籍印. 星伯校讀印. 徐錄龔說於上方, 自識者以松按別之. 書中龔校, 有記段口授與成書異者. 有申明段所未詳者. 亦是喝數日之力, 條而鈔之. 凡有松按, 別爲一紙."

76) p.175, 주석 33 참조.

77) 섭덕휘(1864~1927)의 자는 환빈奐彬, 호는 직산直山, 별호別號는 해원郋園이다. 그는 저명한 장서가藏書家이자 출판가이다. 그는 『관고당서목총각觀古堂書目叢刻』, 『서림청화書林淸話』, 『고금하시표古今夏時表』, 『원조비사元朝秘史』, 『익교총편翼敎叢編』, 『경학통방經學通訪』 등을 편찬하거나 저술하였다.

78) 섭덕휘의 설명: "『說文段注鈔』一冊, 又『補鈔』一冊, 爲桂未谷先生手抄眞迹, 各條下間加按語, 有糾正段注之處, 亦有引申段注之處."

79) 추백기(1819~1869)는 청대의 물리학자로 천문학, 수학, 광학, 지리학 등 수많은 연구 업적을 남겼다. 그의 저술로는 『촬영지기기攝影之器記』, 『격술보格術補』, 『경구중심술磬求重心術』, 『구중심술求重心說』, 『승방첩술乘方捷術』 3권, 『적도남항성도赤道南恒星圖』, 『적도북항성도赤道北恒星圖』, 『하소정남문성고夏少正南門星考』 등이 있다.

았다. 추백기 자신은 직접 글머리에 "단옥재의『설문해자주』가 편찬된 지수 십년이 흘렀다. 그간 때때로 수정한 부분이 있었으나 교감을 거치지 못하였다. 그 부분에 대하여 한 마디로 언급할 수는 없다. 여기에 기록한 부분은 단지 여러 부분 가운데 하나일 뿐이다."[80]라고 썼다. 필자가 보기에는 이 책은 추백기의 원고인 것 같다.

이상의 4권은 비록 책으로 엮어지지는 못하였지만 그 안에 뛰어난 견해가 상당히 많이 들어 있다. 공자진의 학문은 단옥재로부터 나왔기 때문에 공자진 자신이 직접 단옥재의 학설을 전수하였다. 계복의『설문』학은 상당히 심오하여 그가 기록한 부분에는 그의 독창적인 견해가 들어 있다. 추백기는『설문해자주』로『설문해자주』를 교정하였기 때문에 단옥재의 많은 병폐를 적나라하게 지적해 낼 수 있었다.

다음에는 마수령馬壽齡[81]의 책을 설명하고자 한다. 이 책 역시 단옥재의『설문해자주』를 읽어 내려갈 수 있는 실마리를 제공해 줄 것이다.

4-8.『설문단주찬요說文段注撰要』9권

이 책은 마수령馬壽齡이 쓴 것으로 동치同治(1862~1874) 갑술년甲戌年에 편찬되었다. 이 책은 단옥재의『설문해자주』의 요점을 분류하여 기록한 것으로 초학자初學者적 태도가 엿보인다. 필자가 보기에는 이 책은 가간본家刊本인 것 같다.

---

80) 추백기의 서문 내용: "段氏注『說文』數十年, 隨時修改, 未經點勘, 其說遂多不能畵一. 茲隨記數條以見一斑."
81) p.178, 주석 50) 참조.

5. 육서 규칙에 대하여 해석한 서적

5-1. 『육서략六書略』 5권

이 책은 정초鄭樵[82])가 쓴 것으로 『통지通志』[83])에 실려 있다.

이 책은 허신의 『설문』에 근거하여 쓴 것이 아니다. 허신은 총 9,353자를 수록하였으나 이 책은 허신이 수록한 자수字數의 두 배 이상이나 되는 24,235자를 수록하였다. 육서의 규칙에 대한 해석 역시 허신의 해석과는 다르다. 뿐만 아니라 각각에 열거한 글자들 역시 여기 저기 많은 부분에 동일하게 실려 있어 그러한 글자가 육서의 어디에 포함되는지 불분명한 점이 있다.

5-2. 『육서통六書統』 30권

이 책은 양환楊桓[84])이 쓴 것이지만, 쉽게 찾을 수도 없을 뿐만 아니라 근래에 간행된 것도 없다. 이 책은 고문古文을 바꿔 혼란을 초래하였고, 견강

---

82) p.19, 주석 11) 참조.

83) 『통지』 200권은 남송의 정초가 쓴 역사책이다. 1161년에 완성된 이 책은 통사通史로써, 대체로 『사기史記』의 체재를 모방하여 본기本紀·세가世家·연보年譜·열전列傳·20략略으로 나뉘어 있다. 그중 기전紀傳은 수隋나라에서 끝나며, 예禮·악樂·형刑·정政 등의 략略은 대략 당唐나라까지 기록되어 있다. 예문藝文·교수校讐의 2략略은 북송에서 끝난다. 기전과 연보는 구사舊史에서 발췌하여 기록했다. 20략略은 이 책의 정수로써 이 가운데 예·직관職官·선거·형법·식화食貨의 5략略이 과거의 문물·제도에 대한 논술이다. 나머지 15략略(씨족氏族·육서六書·칠음七音·천문天文·지리地理·도읍都邑·시諡·기복器腹·악樂·예문藝文·교수校讐·도보圖譜·금석金石·재상災祥·곤충초목昆蟲草木)에는 작자의 독창적인 견해가 많다. 특히 씨족·6서·7음·도읍·곤충초목 등 5략略은 구사에는 없는 부분이다.

84) p.99, 주석 11) 참조.

부회한 부분도 상당히 많다. 육서의 규칙에 대한 해석 역시 정초와 비교해 보면 육서의 본질에 위배되는 부분이 더욱 많은 것이 사실이다.

5-3. 『설문석례說文釋例』 20권

이 책은 왕균王筠[85])이 쓴 것이다. 이 책의 차례를 보면 다음과 같다.

1권: 육서총설六書總說 및 지사指事
2권: 상형象形
3권: 형성形聲, 역성亦聲, 생성省聲, 일전일생一全一省, 양차兩借, 이쌍성자위성以雙聲字爲聲, 일자수음一字數音
4권: 형성지실形聲之失, 회의會意, 전주轉注
5권: 가차假借, 문식妘飾, 주문호중첩籀文好重疊, 혹체或體, 속체俗體
6권: 육동부중문六同部重文
7권: 이부중문異部重文
8권: 별문別文, 누증자累增字, 첩문동이疊文同異, 체동의의이體同意義異, 호종互從
9권: 전전상종展轉相從, 모종자母從子, 『설문』여경곡호역자『說文』與經曲互易字, 열문차제列文次第, 열문변례列文變例
10권: 설해정례說解正例, 설해변례說解變例, 일왈一曰
11권: 비자자불출어해설非字者不出於解說, 동의同意, 궐闕, 독직지讀直指, 독약본의讀若本義, 독동讀同
12권: 독약인언讀若引諺, 독성동자讀聲同字, 쌍성첩운雙聲疊韻, 탈문脫文, 연문衍文
13권: 오자誤字, 보전補篆

---

85) p.101, 주석 14) 참조.

14권: 산전刪篆, 이전移篆, 개전改篆, 관문觀文, 규서糾徐, 초존鈔存

15권 이하의 내용은 존의存疑(의문으로 남겨두는 것)로 구성되어 있다.

필자가 보기에 이 책은 사천四川 판본과 산동山東 판본 두 종류가 있고, 상해上海에는 석판인쇄본이 있는 것 같다. 이 책은 육서의 규칙을 해석한 것으로 허신의 의미를 분명하게 밝혔다고 할 수 있다. 『설문』학을 연구하기 위해서는 이 책이 바로 입문서라고 볼 수 있다.

5-4. 『설문발의說文發疑』 6권

이 책은 장행부張行孚86)가 쓴 것이다. 이 책의 차례를 보면 다음과 같다.

1권: 육서차제六書次第, 지사, 전주, 가차

2권: 『설문』에서 '독약讀若'으로 한 예, 『설문』에서 '혹체或體'는 폐기가 불가함

3권: 소전小篆에는 고문古文과 주문籀文이 많이 들어 있음, 고문古文은 하나의 문자가 다양한 의미와 용법으로 사용됨, 동부同部에 속한 문자와 이부異部에 속한 문자 그리고 중문重文 중에는 고금자古今字가 있음, 『설문』과 경전에서 서로 다른 글자, 『설문』과 경전에서 같은 의미가 다른 글자를 해설하는 도중에 보임, 『설문』에서 해설이 불가한 부분에 대하여 탐구한 것, 『설문』 해설 부분 중에서 통용자通用字와 가차자假借字, 모든 자음은 사물의 소리를 본뜸

4권: 『설문』 일자逸字

5권: 『설문』 일자逸字를 오인한 부분, 당唐나라 사람이 『설문』을 인용한 예

6권: 석자釋字

---

86) p.30, 주석 5) 참조.

이 책은 광서光緒(1875~1908) 10년에 만들어졌다. 이 책은 독창적인 견해가 상당히 많은 편이다. 예를 들면 "소전다고주小篆多古籒"(소전에 많은 주문籒文이 들어있다.)라는 그의 주장은 현재 갑골문甲骨文과 금문金文으로 증명이 가능한 점으로 미루어보아 전혀 거짓된 주장이 아님이 증명되었다. 기타 "독약거례讀若擧例"('~처럼 읽는다'라는 것들에 대한 예)와 같은 그의 주장은 당唐나라 사람이 『설문』을 인용한 예들을 나열하였는데, 여기에는 수많은 서적들을 모아 매우 체계적으로 열거하였다.

5-5. 『육서고미六書古微』 10권

이 책은 섭덕휘葉德輝[87]가 쓴 것이다. 이 책의 차례를 보면 다음과 같다.

1권: 지사

2권: 상형

3권: 형성

4권: 회의

5권: 전주

6권: 가차

7권: 『설문』 각 부수에 속한 글자 및 부수는 있지만 그 안에 속한 글자가 없는 예

8권: 『설문』에 해석이 되어 있는 않은 예

9권: 석자釋字

10권: 육서 중에 가차는 본자本字라는 학설

필자가 보기에는 이 책은 관고당觀古堂 간행본인 것 같다. 이 책은 비록

---

87) p.189, 주석 77) 참조.

독창적인 견해가 그다지 많다고 할 수는 없지만 본서로 본서를 증명한 점, 경전과 사적 그리고 주周·진秦·한漢 제자諸子들의 서적을 인용하여 증명한 점으로 미루어 볼 때 실증적인 부분이 상당하다고 사료된다. 섭덕휘의 학문은 왕념손王念孫 부자88) 및 완원阮元89)의 학통을 이어 받았기 때문에 대진戴震90)과 단옥재段玉裁에 불만을 품게 되었다. 그래서 이 책은 주로 대진과 단옥재를 비평하는 목적으로 활용되었다.

5-6. 『육서설六書說』

이 책은 강성江聲91)이 쓴 것으로 『익아당총서益雅堂叢書』본이다. 강성江聲이 육서에 대하여 "상형, 회의, 해성諧聲이 기본이고, 지사, 전주, 가차는 이차적인 것이다. 지사는 자형에 의하여 구속되며 가차는 소리에 의하여 구

---

88) p.175, 주석 34) 참조. 왕념손 부자란 왕념손과 그의 아들인 왕인지를 말한다.
89) 완원(1764~1849)은 청대의 학자이다. 자는 백원伯元, 호는 운대芸臺, 강소성江蘇省 의정義徵 사람으로 1789년에 진사가 되었다. 절강浙江·강서江西·하남河南의 순무巡撫를 거쳐 호광湖廣·양광兩廣·운귀雲貴의 총독을 지냈으며, 만년에는 체인각대학사體仁閣大學士까지 올랐다. 아편전쟁이 일어나기 전 10년 동안 청조의 업무를 주관하고, 서방무역을 관장한 중요한 인물이었다. 정치적으로는 영국이 마음대로 이권을 요구하는 것에 대해 양보하지 않으면서도 정국의 혁신을 도모하지 않았다는 점에서 절충파의 입장을 보였다. 경학經學에도 뛰어났으며, 금석金石·음운·천문·지리·수학 등에 대한 연구도 적지 않다. 절강성 순무 시절 항주杭州에 고경정사詁經精舍를 세워 왕창王昶·손성연孫星衍을 초빙하여 연구를 맡아보게 했으며, 절강성 학정學政 때는 『경적찬고經籍纂詁』, 강서성 순무 시절에는 『십삼경주소十三經注疏』, 양광 총독 때는 『황청경해皇淸經解』를 출판했다. 적감·광동 2성에 관한 『통지通志』를 다시 엮었다. 『주인전疇人傳』·『회해영령집淮海英靈集』 등의 저술이 있다. 『주인전』은 천문·역법·수학 등의 과학기술 방면에서 활동한 역대 인물들에 관한 전기이며, 중국에 온 선교사 37명에 관한 글을 실은 부록도 포함되어 있어 이 책이 당시에 끼친 영향은 매우 크다. 문집으로는 『연경실문집揅經室文集』이 있다.
90) p.143, 주석 2) 참조.
91) p.115, 주석 3) 참조.

속된다."92)라고 주장하였다. 이 말은 매우 불분명하다고 할 수 있다. 강성의 전주轉注에 대한 주장은 본서 중편中篇에서 이미 서술하였기 때문에 여기에서는 다시 언급하지 않겠다.93)

5-7. 『설문천설說文淺說』

이 책은 정지동鄭知同94)이 쓴 것으로 『익아당총서益雅堂叢書』본이다. 정지동의 육서에 대한 분류는 본서 중편中篇에서 이미 설명하였다.95) 정지동은 편방偏旁을 증가시키는 것이 전주의 규칙이라고 보았다. 이는 강성江聲의 주장과는 다른 점이다.

5-8. 『전주고의고轉注古義考』

이 책은 조인호曹仁虎96)가 쓴 것으로 『허학총서許學叢書』본, 『익아당총서益雅堂叢書』본, 『예해주진藝海珠塵』본이 있다.

조인호는 전주轉注에 대하여 "건류일수建類一首라 함은 그 글자가 반드시 같은 부수에 속해야 하는 것으로 만일 그 글자가 다른 부수에 속한다면 그것은 전주가 아니라는 것을 말한다. 동의상수同意相受라 함은 그 글자의 의미가 같아야 하는 것으로 만일 의미가 다르다면 그것은 전주가 아니라는 것을 의미한다."97)와 같이 분명하게 언급하였다. 이 책은 비록 정론定論으

---

92) 강성의 육서에 관한 견해: "象形, 會意, 諧聲, 三者是其正. 指事, 轉注, 假借, 三者是其貳. 指事統於形, 假借統於聲."
93) p.147 참조.
94) p.109, 주석 3) 참조.
95) p.126 참조.
96) 조인호(1731~1787)의 자는 래은來殷, 호는 습암習庵, 가정嘉定(오늘날의 상해上海) 사람이다. 그의 저서로는 『완위산방시집宛委山房詩集』, 『용경당문고蓉鏡堂文稿』 등이 있다.
97) 조인호의 전주에 관한 견해: "謂建類一首, 則必其字部之相同, 而字部異者

로 보기에는 무리가 따르는 것이 사실이지만 모든 학자들의 전주에 대한
설명을 열거하여 각각에 대하여 변론한 점으로 미루어볼 때 참고할 만한
가치가 충분하다고 사료된다.

6. 『설문』의 규칙에 관하여 연구한 서적

6-1. 『설문석례說文釋例』 20권.

이 내용은 앞에서 이미 설명하였다.[98]

6-2. 『설문발의說文發疑』 6권.

이 내용은 앞에서 이미 설명하였다.[99]

6-3. 『설문거례說文擧例』

이 책은 진전陳瑑[100]이 지은 것으로 『허학총서許學叢書』본이다.

진전은 전대흔錢大昕[101]의 『양신록養新錄』에서 열거한 내용에 기초하여
이 책을 저술하였다. 이 책에서 열거한 내용은 다음과 같다.

(1) 『설문』의 내용 가운데 하나를 보면 여러 가지를 알 수 있는 예

(2) 전서篆書의 독음을 두 가지로 나누고 이를 더욱 확충하여 열거함

非轉注. 同意相受, 則必其字義之相合, 而字義殊者非轉注.”
98) p.192 참조.
99) p.193 참조.
100) 진전에 관한 내용은 그리 많지 않다. 그의 저서로는 『국어익해國語翼解』, 『설
    문인경고증說文引經考證』, 『설문거례說文擧例』 등이 있다.
101) p.174, 주석 28) 참조.

(3) 자형이 자음이 되는 예(자형을 통하여 자음을 유추할 수 있는 예)

(4) '독약자讀若字' 가운데 전성轉聲이 될 수 있는 예

(5) 그다지 중요하지 않다고 언급한 예

(6) 경사經師의 설명을 취하였다고 언급한 예

(7) 모든 이문異文이 경전經典의 정문正文인 예

(8) 형성形聲이자 회의會意인 예

(9) 두 개의 부수로 나뉘어졌으나 어떤 부수에도 속하지 않은 글자로, 비록 그 부수의 자형을 따르지만 다른 부수에 소속된 예

(10) 같은 글자이지만 두 개의 부수에 속한 예

(11) 두 개의 부수에 동시에 속한 글자로, 글자는 다르지만 의미는 같은 글자의 예

(12) 위서緯書로 해설한 예

이 책에서 열거한 내용이 비록 상당히 많다고는 하지만 그 내용이 매우 번잡하고 또한 전대흔과 비교하기에도 부족한 감이 없지 않다.

6-4. 『설문의례說文義例』

이 책은 왕종성王宗誠102)이 쓴 것으로 『소대총서昭代叢書』본이다. 이 책에는 왕종성의 독창적인 견해가 거의 없는 것은 사실이지만 모든 학자들의 설명을 통찰력 있게 분석하였다. 이 책 뒷면 부록에는 왕소란王紹蘭103)의 『소학자해小學字解』가 있다.

---

102) 왕종성(1764~1837)의 자는 중부中孚, 연부蓮府이고, 안휘성安徽省 청양靑陽 사람이다. 청대 대신大臣인 예부상서禮部尚書 왕의수王懿修의 자식이다. 그는 병부상서兵部尚書, 역서예부曆署禮部, 공부상서工部尚書 등을 역임하였다.

103) p.175, 주석 36) 참조.

6-5. 『설문석례說文釋例』 2권

이 책은 강자란江子蘭이 쓴 것으로 함풍咸豊(1851~1861) 연간 이씨李氏 판본이다. 강자란은 강성江聲[104]의 아들이며 또한 단무당段茂堂으로부터 학습하였다. 이 책의 내용은 석자례釋字例와 석음례釋音例로 이루어졌다. 하지만 필자가 보기에는 이 책은 완성본이 아닌 것 같다.

6-5. 『설문오익說文五翼』 8권

이 책은 왕후王煦[105]가 쓴 것으로 광서光緒(1875~1908) 연간의 관해루觀海樓 중각본重刻本이다. 이 책에서 언급한 오익五翼은 다음과 같다.

(1) 증음證音(자음을 증명함)

(2) 고의詁義(자의를 해석함)

(3) 습유拾遺(빠진 글자를 보충함)

(4) 거복去復(재차 증명함)

(5) 검자檢字

이 가운데서 증음證音과 고의詁義 두 부분은 상당히 뛰어난 편이지만 나머지는 그다지 중요하지 않다고 볼 수 있다.

---

104) p.115, 주석 3) 참조.
105) p.175, 주석 35) 참조.

7. 설문학說文學에 대하여 간략하게 기록한 서적

7-1. 『독설문기讀說文記』 15권

이 책은 혜동惠棟[106]이 쓴 것이다. 혜동이 가끔 손으로 직접 쓴 간략한 내용으로 그 자신이 완성하지 못하였지만, 그의 학생인 강성江聲[107]이 스승인 혜동의 원본을 참고하여 보충한 것이다. 이 책은 『차월산방휘초借月山房彙鈔』본이다.

7-2. 『독설문기讀說文記』 15권

이 책은 석세창席世昌[108]이 쓴 것으로, 가경嘉慶(1796~1820) 연간에 간행된 『차월산방휘초借月山房彙鈔』본이다. 이 책에는 다음의 네 가지 규칙이 있다.

(1) 허신의 설명 가운데 난해한 부분을 다른 책을 통하여 고증하였다.
(2) 다른 책에서 『설문』을 인용한 내용 가운데 어떤 것은 많고 어떤 것은 적기 때문에 적은 부분 가운데 금본今本과 다른 누락된 부분을 보충하였으며, 또한 이 부분에서 부족한 부분이 있다면 다른 부분에서 고증할 때 분명하게 보충하였다.
(3) 잘못된 내용을 해석하였으나 후인들은 그것을 판단하지 않고 그대로 따르고 있기 때문에 확실히 바로 잡을 근거가 있으면 그 잘못된 부분을 증명하였으며, 또한 육경六經 중에 잘못된 글자를 『설문』에 근

---

106) p.173, 주석 27) 참조.
107) p.115, 주석 3) 참조.
108) 석세창에 관한 내용은 그리 많지 않다. 그의 저서로는 『석씨독설문기席氏讀說文記』가 있다.

거하여 그 원류를 추측하여 교정하였다.

(4) 마융馬融과 정현 및 모든 유학자들의 훈고訓詁 가운데 허신과 다른 부분을 취하여 교정하였다.

이상의 네 가지 규칙을 살펴보니 일가의 학문을 이루기에 충분하다고 할 수 있지만 애석하게도 석세창은 이 책이 완성되기 이전에 생을 마쳤다. 그와 같은 마을에 살고 있었던 황정감黃廷鑑이 그를 대신하여 합칠 부분은 합치고 삭제할 부분은 과감하게 삭제하고 수정할 부분 역시 과감하게 수정하여 이 책을 완성하였다. 이 책의 요지는 육경六經을 교정하였다는 점에서 혜동惠棟과 같다고 볼 수 있다.

7-3. 『독설문기讀說文記』

이 책은 왕념손王念孫[109]이 쓴 것으로 『허학총서許學叢書』본이다. 왕념손은 대진戴震[110]으로부터 학습하였기 때문에 성음聲音으로 문자를 해석하는 학문에 정통하였다. 이 책에는 30여 개의 규칙이 있지만 대체적으로 보면 이서二徐(서현과 서개)의 잘못을 바로 잡은 내용이라 할 수 있다.

7-4. 『독설문잡식讀說文雜識』

이 책은 허역許槭[111]이 쓴 것으로 광서光緒(1875~1908) 연간에 출판된 간행본이다. 이 책에서 허역은 어떤 부분은 다른 학자의 학설을 기록하였고, 어떤 부분에서는 자신의 견해를 기록하기도 하였으며, 심지어 원래는 다른 학자의 학설이지만 자신의 독창적인 학설로 이해한 경우도 있었다.

---

109) p.175, 주석 34) 참조.
110) p.143, 주석 2) 참조.
111) p.176, 주석 47) 참조.

7-5. 『독설문기讀說文記』

이 책은 허련許槤112)이 쓴 것으로 『고운각유저古韻閣遺著』본이다. 이 책은 『설문해자통전說文解字統箋』을 편찬하기 위한 예비 자료에 가깝다고 볼 수 있다.

7-6. 『설문광의說文廣義』 3권

이 책은 왕부지王夫之113)가 쓴 것으로 『선산유서船山遺書』본이다. 왕부지가 이 책에서 비록 『설문』의 "시일종해始一終亥(一부터 시작하여 亥에서 끝난다)"와 같은 체례를 따르지는 않았지만 그의 사상이 탁월하여 독창적인 견해가 충분하다고 사료된다.

7-7. 『설문변의說文辨疑』 1권

이 책은 고광기顧廣圻114)가 쓴 것으로 『허학총서許學叢書』본, 『취학헌총

---

112) 허련(1787~1862)의 자는 숙하叔夏, 호는 산림珊林, 절강성浙江省 해녕海寧 사람이다. 도광道光(1821~1850) 시대에 진사進士에 합격하였다. 그는 청대의 저명한 서예가이자 금석문金石文에 상당히 조예가 깊은 학자이다. 저서로는 『독설문기讀說文記』, 『육조문헐六朝文絜』 등이 있다.

113) 왕부지(1619~1692)는 청대 초기의 철학가, 사학자, 시인이다. 자는 이농而農, 호는 강재薑齋, 선산선생船山先生이라고도 한다. 그의 저작들은 19세기 중엽 중국의 민족주의자들에 의해 복원되었다. 그의 가장 유명한 저작은 『독통감론讀通鑑論』, 『송론宋論』인데, 그는 이 책들을 통해 유교 경전에서 인정하는 고대 중국의 제도와 그 경전들이 기록한 봉건시대 이후의 국가제도 사이의 명백한 차이점을 제시했다. 후인들이 그의 저작을 모아 『선산유서船山遺書』를 편찬했는데, 그중 철학상의 주요 저작으로는 『주역외전周易外傳』, 『상서인의尙書引義』, 『독사서대전설讀四書大全說』, 『장자정몽주張子正蒙注』 등이 있다.

114) 고광기(1770~1839)는 청대 교감학校勘學과 목록학目錄學에 뛰어났다. 자는 천리千裏, 호는 간빈澗蘋, 별호는 사적거사思適居士이다. 그는 원화元和(오늘날의 강소성江蘇省 소주蘇州) 사람이다. 그는 『설문』, 『예기禮記』, 『의례儀禮』, 『국

서취학헌총서西聚學軒叢書』본, 『뢰씨팔종雷氏八種』본, 숭문서국崇文書局 본이다. 이 책은 엄가균嚴可均115)의 『설문교의說文校議』에서 잘못된 부분을 교정하였다.

7-8. 『독설문증의讀說文證疑』 1권

이 책은 진시정陳詩庭116)이 쓴 것으로『허학총서許學叢書』본이다. 진시정은 수많은 책들을 차례로 인용하여 『설문』에서 난해한 어구語句를 해석하였다.

7-9. 『소학설小學說』 1권

이 책은 오릉운吳夌雲117)이 쓴 것으로 『오씨유서吳氏遺書』본이다. 이 책에서 오릉운은 "성수의전聲隨義轉(소리에 따라서 의미가 달라진다)"는 원칙을 밝혔다.

7-10. 『설문관견說文管見』 3권

이 책은 호병건胡秉虔118)이 쓴 것으로 『취학헌총서取學軒叢書』본이다.
이 책에서 호병건은 『설문』으로 고음古音을 고증한다는 주장, 한 구절에 수많은 의미가 있다는 주장, 부수로 나눈다는 주장 등의 세 편으로 구성되

어國語』, 『전국책戰國策』, 『문선文選』 등 서적을 교정하였으며, 『사적재집思
適齋集』을 저술하였다.
115) p.170, 주석 15) 참조.
116) p.175, 주석 31) 참조.
117) p.173, 주석 26) 참조.
118) 호병건(1770~1840)의 자는 백경伯敬, 춘교春喬이다. 그는 호광충의 조카로, 안
휘성安徽省 적계績溪 사람이다. 그의 저서로는 『석분재시문집惜分齋詩文集』,
『소하록총록消夏錄叢錄』, 『대상야화對牀夜話』, 『소학치언小學卮言』, 『괴남여
택편槐南麗澤編』, 『설문관견說文管見』 등 약 20여 종이 있다.

었으며 그 내용이 상당히 뛰어나다고 할 수 있다.

7-11. 『설문술의說文述誼』 2권

이 책은 모제성毛際盛119)이 쓴 것으로『취학헌총서取學軒叢書』본이다. 모제성은 전대흔錢大昕120)의 학생이기 때문에 그의 학설을 엄격하게 따랐다. 이 책은 단지 많은 책들을 열거하여 증명하였을 뿐 어떠한 반박적인 내용을 수록하지는 않았다.

7-12. 『설문직묵說文職墨』 3권

이 책은 우창于鬯121)이 지은 것으로『남청서원총서南菁書院叢書』본이다.

7-13. 『설문정정說文正訂』 1권

이 책은 엄가균嚴可均122)이 쓴 것으로『허학헌총서許學軒叢書』본이다.

---

119) 모제성(1764~1792)은 청대의 학자이다. 자는 태교泰交, 호는 청사淸士, 강소성 江蘇省 보산寶山(오늘날의 상해上海) 사람이다. 그는 금석비각金石碑刻을 수집하는 것을 즐겼으며 전대흔錢大昕에게서 수학하였다. 저서로는『설문신부통의說文新附通誼』등이 있다.
120) p.174, 주석 28) 참조.
121) 우창(1862~1919)의 자는 예존醴尊, 동상東廂, 호는 향초香草이다. 그의 저서로는『향초교서香草校書』60권,『주역독이周易讀異』,『상서독이尙書讀異』,『의례독이儀禮讀異』,『괘기직일고卦氣直日考』,『상복殤服』,『하소정숙본夏小正塾本』,『신정노론어소정新定魯論語疏正』,『사기산필史記散筆』,『고녀고古女考』,『종수쇄문種樹瑣聞』,『향초수필香草隨筆』,『향초담문香草談文』,『화촉한독花燭閑讀』,『초사신지楚詞新志』,『예계문집澧溪文集』,『한서사종閑書四種』 등이 있다.
122) p.170, 주석 15) 참조.

7-14. 『설문교정본說文校訂本』 2권

이 책은 주사단朱士端123)이 쓴 것으로 『지진재총서咫進齋叢書』본, 『춘우루총서春雨樓叢書』본이다.

7-15. 『설문계전고이說文系傳考異』 1권의 『부록』 1권

이 책은 왕헌汪憲124)이 쓴 것으로 『술사루총서述史樓叢書』본이다.
이상의 4권은 모두 서현과 서개의 책을 고증하여 정정한 내용이다.

7-16. 『설문해자색은說文解字索隱』 1권의 『보례補例』 1권

이 책은 장도張度가 쓴 것으로 『영격각총서靈鶬閣叢書』본이다. 이 책은 육서의 규칙을 분명하게 밝혔다.

8. 『설문』의 편방부수에 관하여 연구한 서적

편방부수는 독체獨體의 초문初文으로 자원字原이라 칭하기도 한다. 창힐蒼頡이 문자를 만들었다고는 하지만 지금은 창힐이 어떠한 문자들을 직접 만들었는지에 대해서는 증명할 길이 없다. 원元나라 시대의 오구연吾邱衍125)

---

123) p.176, 주석 45) 참조.
124) 왕헌(1721~1771)의 자는 천피千陂, 호는 어정魚亭, 절강성浙江省 전당錢塘(일설에는 인화仁和) 사람이다. 그의 저서로는 『진기당고振綺堂稿』, 『태보苔譜』 6권, 『역설존회易說存悔』 2권, 『설문계전고이說文系傳考異』 4권 등이 있다.
125) 오구연(1272~1311)의 자는 자행子行, 호는 죽방竹房, 죽소竹素, 정백貞白, 전당錢塘(오늘날의 항주杭州) 사람이다. 그의 저서로는 『죽소산방시집竹素山房詩集』, 『주진각석석음周秦刻石釋音』, 『학고편學古編』, 『진사승晉史乘』, 『한거록閑居錄』 등이 있다.

과 청淸나라 시대의 마국한馬國翰126)은 『설문』의 540부수는 창힐이 만든 문자라고 주장하였다. 하지만 사실『설문』부수는 창힐이 만들었다고 하는 편보다는 초문이라고 하는 편이 보다 타당하다고 사료된다. 이전에『설문』 540부수를 연구한 서적은 이양빙李陽冰127)의 『설문자원說文字原』, 고승인 몽영夢英128)의 『전서편방篆書偏旁』, 임한林罕129)의 『자원편방소설字原偏旁小說』, 곽충서郭忠恕130)의 『설문자원說文字原』 등이 있는데, 현재는 이 책들은

126) 마국한(1794~1857)의 자는 사계詞溪, 호는 죽오竹吾, 역성현曆城縣 남권부장南權府莊(오늘날의 제남시濟南市 전복장全福莊) 사람이다. 그는 청대의 유명한 학자로 한학자漢學家이자 장서가藏書家이다. 19세 때 고향에서 수재秀才에 합격하였고, 그 후 20년 동안 학생들을 가르치는 것을 업으로 하였다. 1831년 거인擧人이 되었고, 1832년에는 진사進士에 합격하였다 그리고 역대로 섬서陜西의 부성敷城, 석천石泉, 운양雲陽 지사로 역임하였다.

127) p.165, 주석 1) 참조.

128) 몽영(948~?)의 법호는 선의宣義, 북송北宋 형양군衡陽郡(오늘날의 형양시衡陽市 남악구南嶽區) 사람이다. 그는『화엄華嚴』에 정통하였다. 그의 저술로는『전서천자문篆書千字文』,『전서몽영십팔체시각篆書夢英十八體詩刻』,『중서정호부자묘당기重書程浩夫子廟堂記』,『논십팔체서論十八體書』 1편,『전서설문목록편방자원篆書說文目錄偏傍字源』 등이 있다.

129) 임한은 후촉後蜀 사람으로 알려진 바가 거의 없다. 그의 저서로는『자원편방소설字原偏旁小說』 등이 있다.

130) 곽충서(?~977)는 오대五代와 송대宋代 초기의 화가, 서예가, 학자이다. 자는 서선恕先, 하남성河南省 낙양洛陽 출신이다. 후주後周 광순廣順 때(952?) 종정승宗正丞과 국자서학박사國子西學博士를 겸했고 송대에 들어와서는 국자감주부國子監主薄를 지냈다. 사람됨이 정직하여 황제와 높은 관리들을 서슴없이 비판하다가 결국 죄를 얻어 유배지로 가는 도중에 죽었다. 그는 계화界畵의 대가로 건축학을 깊이 연구했고, 일찍이 저명한 건축사 유호喩浩를 굴복시킨 적이 있다. 누대와 전각을 그릴 때 직선자를 사용하지 않고 전서篆書와 예서隸書 필법으로 나타내었다. 그의 작품『설제강행도雪霽江行圖』에서 복잡한 구조와 정확한 비례로 타당성있게 그려진 큰 배를 볼 수 있다. 윤곽을 바림으로 처리, 형체를 두드러지게 함으로써 배와 물, 눈이 그치고 날이 갠 모양의 각기 다른 질감을 성공적으로 표현해냈다. 규모와 기상이 정제되어 있고 신중하며 당당하다. 그의 문자학 저서인『패휴佩觿』와『한간汗簡』은 청대의 이름난 학자인 정진鄭

찾아볼 수 없을 뿐만 아니라 그 내용 또한 어떠한 내용인지 확인할 방법이 없다. 최근의 책들을 열거하면 아래와 같다.

8-1. 『오경문자편방고五經文字偏旁考』 3권

이 책은 장기창蔣騏昌[131])이 쓴 것으로 건륭乾隆(1736~1795) 59년에 편찬되었다. 이 책은 전문篆文과 예서隸書를 함께 적었으며 전문과 예서의 필획의 변천에 대해서도 간략하게 고찰하였다.

8-2. 『설문편방고說文偏旁考』 2권

이 책은 오조吳照[132])가 쓴 것으로 건륭乾隆(1736~1795) 연간에 편찬되었다. 전문篆文과 고문古文 및 예서隸書를 함께 적었으며 전문과 예서의 필획의 변천에 대해서도 간략하게 고찰하였다.

8-3. 『설문자원운說文字原韻』 2권

이 책은 호중胡重[133])이 쓴 것으로 가경嘉慶(1796~1820) 16년에 편찬되었다. 그는 『광운廣韻』[134])과 『운목韻目』[135])에 기초하여 540개의 부수를 취합

珍과 근대의 저명한 학자인 장병린章炳麟의 칭송을 받았다.

131) 장기창에 관한 내용은 그다지 많지 않다. 그의 저서로는 『오경문자편방고五經文字偏旁考』 3권 등이 있다.

132) 오조(1755~1811)의 자는 조남照南, 호는 백암白庵, 강서성江西省 남성南城 사람이다. 그는 육서에 통달하였고, 산수화와 인물화 그리고 난 그림에 정통하였다. 그의 사적은 『묵향거화식墨香居畫識』, 『묵림금화墨林今話』, 『회구집懷舊集』, 『청화가시사淸畫家詩史』를 통하여 엿볼 수 있다.

133) 호중(1741~1811)의 자는 자건子健, 호는 국포菊圃, 곡요거사曲寮居士이다. 그는 일찍이 『풍주이의산시집馮注李義山詩集』과 『설문』을 교정한 바 있으며, 저술로는 『수주금석고략秀州金石考略』, 『설문자원운표說文字原韻表』 2권 등이 있다.

하여 분류하였으나 어떠한 해석을 덧붙이지는 않았다. 이 책은 단지 부수를 찾는 용도로 족할 뿐이다.

8-4. 『설문제요說文提要』 1권

이 책은 진건후陳建侯136)가 쓴 것으로 동치同治(1862~1874) 11년에 편찬되었다.

8-5. 『설문게원說文揭原』 2권

이 책은 장행부張行孚137)가 쓴 것으로 광서光緒(1875~1908) 연간에 편찬되었다.

이상의 책들의 대체적인 내용은 540개의 부수에 대하여 간략하게 설명한 부분도 있고 어떠한 설명을 덧붙이지 않은 부분도 있다. 이 책들은 단지 초학자初學者들의 입문서로 족할 뿐 중요한 부분은 거의 없다고 사료된다.

8-6. 『설문건부자독說文建部字讀』 1권

이 책은 묘기苗夔138)가 쓴 것으로 함풍咸豊(1851~1861) 원년에 편찬되었다. 이것은 묘기의 사종본四種本이다. 이 책은 504개의 부수를 구두句讀, 구용점句用點, 운용권韻用圈, 간구운용쌍권間句韻用雙圈, 격구운용쌍점隔句韻用雙點 등으로 나누어 설명하였다. 그는 육조六朝 이래로 이 글자들을 읽을 때

---

134) p.24, 주석 ~ 참조.
135) <<切韻>>이해의 韻書에 각 韻응ㄹ 배열할 목록을 가리킨다.
136) 진건후(1837~1887)의 자는 중우仲藕이다. 그의 저서로는 『역원易原』, 『설문제요說文提要』 등이 있다.
137) p.30, 주석 5) 참조.
138) p.175, 주석 42) 참조.

잘못 읽는 이유는 이러한 점을 몰랐기 때문이라고 주장하였다. 하지만 필자는 예전에 이 책을 읽어 본 적이 있는데 묘기가 제시한 이러한 규칙을 전혀 이해할 수가 없었다.

8-7. 『설문부수표說文部首表』

이 책은 장화蔣和[139])가 쓴 것으로 왕균王筠[140])의 『설문구두說文句讀』부록에 실려 있다. 장화는 유당행직계자有當行直系者, 유도행상계자有跳行相系者, 유평선상계자有平線相系者, 유곡선횡계자有曲線橫系者 등 보계譜系의 방법을 이용하여 이 표를 작성하였다. 이 표는 장화가 처음으로 만들었고 왕균이 교정하였다. 위의 다른 책들과 비교해 볼 때, 이 책이 뛰어난 점은 바로 자형에 근거하여 서로 연결시키는 방법을 찾아내었다는 점이지만 필자가 보기에는 그다지 중요하지 않은 것 같다.

8-8. 『문시文始』 9권

이 책은 장병린章炳麟[141])이 쓴 것으로 절강서국浙江書局 『장씨총서章氏總書』본이다. 이 책은 이전의 540개의 부수를 활용하지 않고 540개의 부수 가운데 초문初文이 아닌 것들은 과감하게 삭제하고 준초문準初文 510개만을 남겨놓았다. 그는 변이變易(변화)와 자유孶乳(불어남) 등의 두 가지 규칙을 이용하여 5,000~6,000개의 문자로 불어나는 현상을 설명하였는데, 이는 상당히 독창적인 견해라고 할 수 있다. 하지만 그의 규칙은 초학자初學者들이 보기에는 어려운 감이 없지 않다. 왜냐하면 자유孶乳라는 규칙은 대부분 성상통-전聲相通轉[142])하기 때문에 만일 음운音韻의 원리를 제대로 이해하지 못

---

139) p.180, 주석 54) 참조.
140) p.101, 주석 14) 참조.
141) p.55, 주석 16) 참조.

한 상태에서는 이 책을 읽어 내려갈 수 없기 때문이다.

장병린이 열거한 준초문準初文을 순수하게 문자의 시작이라 보기에는 무리가 따른다. 필자가 이전에 약 107개의 문자를 열거한 적이 있는데, 장병린이 열거한 문자들과 비교해보면 필자가 열거한 문자들이 더욱 순수한 문자라고 할 수 있을 것이다.

9. 『설문』의 신보자新補字(새롭게 보충한 문자), 신부자新附字(새롭게 첨가한 문자), 일자逸字(사라진 문자)에 대하여 연구한 서적

허신의 『설문』은 현재 대서본大徐本과 소서본小徐本 두 종류만 전해지고 있을 뿐이다. 이 가운데 대서본이 더욱 광범위하게 전해지고 있다. 대서본에는 새롭게 19개의 문자를 보충하였고 402개의 문자를 새롭게 첨가하였다. 서현徐鉉143)은 신보新補라는 개념을 "필자가 제시한 19개의 문자는 『설문』이 지금까지 전해지면서 사라진 문자로 현재 구할 수 있는 『설문』에는 기록되지 않은 것이다. 이 19개의 문자를 분석한 결과 모두 주의注義, 서례序例, 편방偏旁이 있기 때문에 지금 그것들을 각각의 부수에 귀속시켜 보충하였다."144)라고 설명하였다. 즉, 서현이 제시한 설명에 따르면 『설문』에

---

142) 통전通轉이란 하나의 한자가 압운押韻, 형성, 가차 등 방면에서 독음讀音이 하나의 운부韻部에서 다른 운부로 바뀌어 그 운부에 속하게 되는 현상을 말한다. 중국 사람들은 병음문자를 사용하지 않기 때문에 음운학을 강의할 때 분류分類를 즐겨 말한다. 하나의 한자가 압운이 되거나 혹은 형성자를 만드는 데 참가하거나 혹은 가차되어 다른 글자가 될 때 원래 규정된 운부에서 다른 운부로 바뀌는데, 사람들은 이러한 현상을 "전轉"이라 칭하든지 혹은 "상통相通"이라 칭한다.

143) p.90, 주석 1) 참조.

는 없지만 주의, 서례, 편방이 있는 경우에는 반드시 보충하였다고 하였다. 하지만『설문』에는 없지만 편방偏旁이 있는 문자(예를 들면, "류簠", "류劉" 등의 문자는 모두 "류劉" 음을 따르지만『설문』에는 "류劉"자가 없다.)들을 서현은 새롭게 보충하지 않은 점으로 미루어 볼 때, 그가 새롭게 보충한 19 개의 문자는 완벽한 것이 아니라고 사료된다. 또한 서현은 신부新附에 대하여 "문자가 경전經典에 있기 때문에 계속 계승되어 사용된 문자 및 세속적으로 필요한 문자이지만『설문』에 실리지 않은 문자를 조칙을 받들어 모두 다 첨가시킴으로써 전문篆文과 주문籀文의 길을 넓혀주었다. 뿐만 아니라 이들 문자는 자형과 자음에서 서로 따르는 바가 있으니 육서의 원칙에도 위배되지 않는다."[145]라고 설명하였다. 이 설명에 따르면 대서본에 실린 신부는 실제로는 태종太宗의 의견에 기초를 둔 것이라는 점을 엿볼 수 있다. 하지만 단지 402개의 문자만을 새롭게 첨가시킨 것으로 볼 때 서현이 문자를 완전하게 수집하였다고는 볼 수 없다.

단옥재의『설문해자주』는 새롭게 보충된 모든 문자에 대하여 버릴 것은 버리고 취할 것은 취하였는데, 그는 이러한 경우에는 반드시 이유를 밝혔다. 그러므로『설문해자주』를 읽으면 단옥재가 왜 그렇게 했는지에 대한 이유를 발견할 수 있을 것이다.

새롭게 보충한 문자에 대하여 전문적으로 기록한 저서로는 아래와 같이 두 권이 있다.

---

144) 서현의 신보新補에 대한 해석: "一十九『說文』闕載, 注義及序例偏旁有之, 今並錄於諸部."
145) 서현의 신부新附에 대한 해석: "有經典相承傳寫, 及時俗要用, 而『說文』不 載者, 承詔皆附益之, 以廣篆籀之路. 亦皆形聲相從, 不違六書之義者."

9-1. 『설문신부고說文新附考』 6권 가운데 『설문속고說文續考』 1권

이 책은 유수옥鈕樹玉146)이 쓴 것으로 동치同治(1862~1874) 무진년戊辰年에 출판되었다. 이 책은 벽라산관碧螺山館에서 교정한 보비석거補非石居 원판이다.

9-2. 『설문서씨신보신부고증說文徐氏新補新附考證』 1권

이 책은 전대소錢大昭147)가 쓴 것이다. 그는 전대흔錢大昕148)의 동생으로 『설문통석說文統釋』 60권을 썼다. 이 책의 규칙은 다음과 같다.

(1) 소증이좌고의疏證以佐古義(고증함으로써 고의古義를 보충함)

(2) 음절이복고의音切以復古義(음절을 통하여 고의古義를 회복시킴)

(3) 고이이복고본考異以復古本(고이考異(서적판본의 문자 혹은 사실을 기록한 부분의 이동異同을 교정함)를 통하여 고본古本을 회복시킴)

(4) 변속이정와자辨俗以正訛字(속체를 분별함으로써 잘못된 글자를 바로잡음)

(5) 통의이명호차通義以明互借(대체적으로 통하는 의미를 통하여 상호 가차 현상을 분명하게 함)

(6) 종모이명자유從母以明孳乳(본자本字를 분석함으로써 이로부터 불어난

---

146) p.168, 주석 10) 참조.
147) 전대소(1744~1813)은 청대 학자이다. 자는 회지晦之, 강소성江蘇省 가정嘉定(오늘날의 상해上海) 사람이다. 그는 전대흔錢大昕의 동생으로 형으로부터 학습하였다. 그의 저서로는 『이아석문보爾雅釋文補』 3권, 『광아소의廣雅疏義』 20권, 『설문통석說文統釋』 60권, 『양한서변의兩漢書辨疑』 40권, 『삼국지변의三國志辨疑』 3권, 『후한서보표後漢書補表』 8권, 『시고훈詩古訓』 12권, 『경설經說』 10권, 『보속한서예문지補續漢書藝文志』 2권, 『후한군국영장고後漢郡國令長考』 1권, 『이언邇言』 2권 등이 있다.
148) p.174, 주석 28) 참조.

글자를 분명하게 함)

(7) 별체이광이의別體以廣異議(별체別體(서예에서 옛 글자의 자체字體로부터 생겨난 새로운 자체)를 이해함으로써 다양한 또 다른 의미를 넓힘)

(8) 정와이정간오訂訛以訂刊誤(그릇된 것을 교정함으로써 간행본의 잘못을 바로 잡음)

(9) 숭고이지고자崇古以知古字(옛 것을 숭상함으로써 옛 글자를 이해함)

(10) 보자이면누락補字以免漏落(글자를 보충함으로써 누락된 부분을 피함)

이 책은 『설문통석』 60권 가운데 하나이다. 도광道光(1821~1850) 연간에 전대흔의 스승인 손영孫璟이 이 60권이 너무 복잡하기 때문에 먼저 이 책을 간행하였으나 전쟁 등으로 인하여 후판後版이 쇠퇴하여 사라지게 되었다. 광서光緒(1875~1908) 26년에 남릉南陵의 서씨徐氏가 다시 간행하여 『적학재총서積學齋總書』에 편입시켰다.

이상 두 권의 내용은 서현이 새롭게 보충한 19개의 문자에 대한 고증이지만 약간 다른 점이 존재한다. 예를 들면 새롭게 보충한 "조詔"자에 대하여 유수옥은 '통작소通作召(소召자와 통한다.)'라고 하였지만, 전대소는 '고문조위소古文詔爲紹(고문 '조詔'자는 '소紹'자이다.)'라고 하였다. 학자들이 전체적으로 이 두 권을 읽어 본 후 유수옥과 전대소의 견해를 증명할 수 있다면 필자가 언급한 부분을 분명하게 이해할 수 있을 것이다.

단옥재는 『설문해자주』에서 새롭게 첨가한 모든 문자를 전부 삭제하였으나 다른 학자들 중에는 부록으로 처리한 학자도 있다. 필자가 보기에는 서현이 이미 부록으로 처리하여 본서와의 혼동을 피하였기 때문에 그가 새롭게 첨가한 문자는 존재할 가치가 있다고 사료되기 때문에 단옥재가 이처럼 전부 삭제한 점은 너무 과도하다는 생각을 감출 수 없다.

새롭게 첨가한 문자에 대하여 전문적으로 기술한 저서로는 위의 두 권 이외에도 다음에 소개할 정진鄭珍149)이 쓴『설문신부고說文新附考』가 있다.

9-3.『설문신부고說文新附考』6권

이 책은 정진鄭珍이 쓴 것으로 광서光緖(1875~1908) 연간에 간행된 중간본重刊本과 익아당총서益雅堂總書 본이 있다.

이상의 세 권은 서로 다른 의견이 있을 뿐만 아니라 그 안에는 또한 잘못된 부분도 있어 이를 연구하는 학자들은 주의를 기울여야 한다.

경전經典에서는 계속 계승되어 사용되는 문자들 가운데 전문篆文의 편방을 따르는 문자들이 있는데, 이들 문자들 중에『설문』에 보이지 않는 문자들을 혹자는 "일자逸字(사라진 문자)"라고 한다. 단옥재는『설문해자주』에서 편방은 있지만 정문正文이 없는 것을 모두 일자逸字로 인식하여 그것들을 보충하였다. 엄가균嚴可均150)의『설문교의說文校議』와 왕균王筠151)의 『설문석례說文釋例』에는 모두『보전補篆』편이 실려 있다. 그리고 왕후王煦152)의『설문오익說文五翼』에는『습유拾遺』1권이 실려 있고, 장행부張行孚153)의『설문발의說文發疑』에는『설문일자說文逸字』편이 실려 있다.

일자逸字에 대한 내용은 각각의 학자들의 책에 산발적으로 보일 뿐 이를 전문적으로 엮은 책은 일찍이 없었으나, 장명가張鳴珂154)가 처음으로 단옥

---

149) p.176, 주석　43) 참조.
150) p.170, 주석　15) 참조.
151) p.101, 주석　14) 참조.
152) p.175, 주석　35) 참조.
153) p.30, 주석　5) 참조.
154) 장명가(1829~1908)의 원명은 국검國檢이다. 자는 공속公束, 호는 옥산玉珊, 한송노인寒松老人, 유옹窳翁, 절강성浙江省 가흥嘉興 사람이다. 그의 저서로는 『한송각시집寒松閣詩集』8권,『한송각사寒松閣詞』4권,『의년갱록疑年賡錄』2

재, 엄가균嚴可均, 왕균王筠, 정진鄭珍 및 다른 학자들의 설명을 모아 책으로 펴내었다.

9-4. 『설문일자고說文逸字考』 4권

이 책은 장명가張鳴珂가 쓴 것으로 광서光緒(1875~1908) 13년에 간행된 『한송각집寒松閣集』본이다. 이 책은 단옥재, 엄가균, 왕균, 정진 및 다른 학자들의 설명을 전반부에 두었고 후반부에 『옥편음의玉篇音義』를 더하였다. 이 책의 체례體例는 다음과 같이 10개로 나뉜다.

(1) 원일原逸, 예를 들면 '유由', '면免'과 같은 문자
(2) 예변隷變, 예를 들면 '차嗟', '지池'와 같은 문자
(3) 누증累增, 예를 들면 '부芙', '용蓉'과 같은 문자
(4) 혹체或體, 예를 들면 '온蘊', '식拭'과 같은 문자
(5) 통가通假, 예를 들면 '이眙', '유喩'와 같은 문자
(6) 연와沿訛, 예를 들면 '후吼', '유揉'와 같은 문자
(7) 광무匡繆, 예를 들면 '도槕', '도櫂'와 같은 문자
(8) 정속正俗, 예를 들면 '타拖', '임餁'과 같은 문자
(9) 변오辨誤, 예를 들면 '요窯', '곤鮌'과 같은 문자
(10) 존의存疑, 예를 들면 '잡雜', '파叵'와 같은 문자

혹자는 경전經典에는 계속 계승되어 사용되는 문자들 중에서 『설문』에 수록되지 않은 문자들은 결코 일자逸字가 아니라고 주장하기도 한다. 왜냐하면 『설문』에 이러한 글자들을 일자逸字로 간주하고 있기 때문이다. 전대

권, 『변체정종속편騈體正宗續編』 8권, 『변문騈文』 1권, 『회인시懷人詩』 1권 등이 있는데, 이 내용들은 『한송각사寒松閣詞』에 전한다.

흔전大昕, 진수기陳壽祺155)는 경전에서 계속 계승되어 사용되어 온 속자俗字들은 『설문』에서 본자本字를 구할 수 있다고 하였다(이러한 견해는 전대흔과 진수기의 저술 뒷부분에 실려 있다.). 예를 들면 유수옥鈕樹玉156)은 『설문신부고說文新附考』에서 많은 예를 들어 설명하였는데, 그가 든 예는 『설문』의 모자某字는 경전의 모자某字임을 분명하게 가려내어 밝혔다. 이와 관련된 내용의 저서로는 다음의 뇌준雷浚157)의 책이 있다.

9-5. 『설문외편說文外編』 15권 가운데 『보유補遺』 1권

이 책은 뇌준雷浚이 쓴 것으로 광서光緒(1875~1908) 연간에 간행된 팔종본八種本이다. 이 책에는 다음과 같은 2개의 규칙이 있다.

(1) 경자經字로 이는 사서四書와 모든 경서經書의 문자이다.
(2) 속자俗字로 이는 『옥편광운玉篇廣韻』의 문자이다.

최근에 혹자는 『설문』의 200여 일자逸字는 허신이 우연하게 빠뜨린 문자가 분명하거나 혹은 교정자가 잘못해서 빠뜨린 문자이기 때문에 이것은 숫자에 불과할 뿐이며 그 나머지 역시 일자逸字가 아니라고 주장하였다. 다음에 소개되는 왕정정王廷鼎158)의 책은 이 부분에 대하여 설명하였다.

---

155) 진수기(1771~1834)는 청대 문학가이다. 자는 공부恭甫, 개상介祥, 위인葦仁, 호는 좌해左海, 매수梅修이다. 가경嘉慶 4년에 진사에 합격한 후 다년간 청원서원淸源書院에서 근무하였다. 주요 저서로는 『오경이의소증五經異議疏證』 3권, 『상서대전정본尙書大傳定本』 3권, 『좌해경변左海經辨』 4권 등이 있다.
156) p.168, 주석 10) 참조.
157) 뇌준(1814~1893)은 청대 시인이자 학자이다. 자는 심지深之, 호는 감계甘溪이다. 그의 부친인 뇌섭침雷燮琛은 일찍이 산동성山東省 영해주寧海州 사목吏目으로 부임하였다. 뇌준은 1869년에 감생監生이 되었다. 그의 저서로는 『도복당시집道福堂詩集』, 『설문외편說文外編』, 『설문인경예변說文引經例辨』, 『운부구침韻府鉤沉』, 『내유여잡저乃有廬雜著』 등이 있다.

9-6. 『설문일자집설說文逸字輯說』 4권

이 책은 왕정정王廷鼎이 쓴 것으로 광서光緒(1875~1908) 15년에 자미화
관紫薇花館에서 편찬하였다. 이 책은 각 학자들이 일자逸字에 관한 주장이
잘못된 점에 대하여 분명하게 밝혀놓았다. 이 책에는 다음과 같이 두 가지
로 구분하여 설명하였다.

(1) 소리를 취하는 글자이지만『설문』에 없는 글자는 일자逸字가 아님을
    분명하게 밝혔다.
(2) 어떠한 글자를 해설하는 글자(들) 가운데 정전正篆에 없는 글자 역시
    일자逸字자가 아님을 분명하게 밝혔다.

위에서 언급한 서적 이외에도 정진鄭珍의『설문일자說文逸字』가 있는데
필자의 서가書架에 없기 때문에 여기에 열거하지 않았다.

10. 『설문』에서 경전을 인용한 부분에 대하여 연구한 서적

『설문』에서 해석한 9,353개의 글자 가운데 경전에 보이지 않는 글자가
상당히 많다. 전대흔錢大昕[159]은『설문』의 글자들은 경전에서 통행되는 글
자들이라고 주장하였다. 하지만 현재 경전에는 있는 글자이지만『설문』에
는 없는 글자라도『설문』에서는 그것을 하나의 글자로 간주하였다.『설문

---

158) 왕정정(?~?)의 자는 몽미夢微이고, 강소성江蘇省 진택震澤 평망진平望鎭 사람
    이다. 태평천국 연간에 진사에 합격하였다. 들리는 바에 따르면 그는 가정형편
    이 곤란하였지만 어려서부터 배우기를 좋아하였고 평생토록 노력하고 정진하
    였다고 한다.
159) p.174, 주석 28) 참조.

답문說文答問』은 이에 대하여 구체적으로 설명하였다. 진수기陳壽祺의 『설문경자고說文經字考』는 전대흔이 언급하지 않은 글자들을 보충하였다. 그리고 승배원承培元160)은 전대흔의 책에 실린 예에 근거하여 『광설문답문소증거례廣說文答問疏證擧例』를 지었는데, 이 책은 모든 경서經書 이외에도 『장자莊子』, 『회남자淮南子』, 『국어國語』, 『국책國策』, 『사기史記』, 『한서漢書』 등의 서적도 포함하였다. 전대흔의 책에는 설전균薛傳均161)의 고증이 들어있는데, 이 내용은 매우 광범위하게 사용되고 있다. 진수기의 『설문경자고說文經字考』는 그의 『좌해집左海集』에 실려 있다. 위에 소개한 세 권의 서적은 경전과 『설문』의 통가자通假字를 묶어 편찬하였기 때문에 찾아보기에 매우 편리하다. 이 외에도 이와 같은 내용을 담고 있는 서적으로는 다음의 5권이 있다.

10-1. 『설문해자통정說文解字通正』 28권

이 책은 반혁준潘奕雋162)이 쓴 것으로 건륭乾隆(1736~1795) 46년에 편찬되었다. 유씨劉氏의 『취학헌총서聚學軒叢書』본과 『허학총서許學叢書』내에 있는 『설문려전說文蠡箋』이 바로 이 책이다. 이 책은 정의正義와 통의通義, 정독正讀과 통독通讀으로 나누어 설명하였다. 필자가 보기에는 이 책은 육경六經과 온갖 사서史書를 읽는데 보조서로 충분하다고 사료된다.

---

160) p.167, 주석 6) 참조.
161) 설전균의 자는 자운子韻이고 감천甘泉 사람이다. 전하는 바에 따르면 그는 십삼경주소十三經注疏에 상당히 밝았다고 한다. 뿐만 아니라 소학小學 방면에서도 뛰어났다고 한다.
162) 반혁준(1740~1830)은 청대의 학자이다. 그의 자는 수우守愚, 호는 용고榕皋, 수운만사水雲漫士, 삼송거사三松居士, 삼송노인三松老人이다. 그는 1769년에 진사가 되었다. 저서로는 『삼송당집三松堂集』 등이 있다.

10-2. 『설문해자군경정자說文解字群經正字』 28권

이 책은 소동남邵桐南이 쓴 것으로 가경嘉慶(1796~1820) 17년에 간행되었으나 거의 전해지지 않고 있다. 오흥吳興의 육씨陸氏가 소장한 10만권에 들어 있다. 이 책은 후에 일본의 도전언정島田彦楨의 손에 들어가게 되었고 후에 다시 형주荊州의 전씨田氏 손에 넘겨지게 되었다. 신해년辛亥年 무창혁명武昌革命이 발발하였을 때 전씨田氏가 소장했던 책이 없어지게 되었고 돌고 돌아서 소씨邵氏의 후예인 계현啓賢의 손에 들어오게 되었다. 이 책은 민국民國 6년에 간행된 영인본影印本이다.

이 책은 편방과 점획點劃의 착오를 『설문』에 근거하여 고증하였는데 모든 것들이 상당히 뛰어나다고 볼 수 있다.

10-3. 『역서시례사경정자고易書詩禮四經正字考』 4권

이 책은 종인도鍾璘圖가 쓴 것으로 오흥吳興의 유씨劉氏가 편찬한 것이다. 종인도는 모든 경전의 문자는 대부분 예서隸書로부터 변화되었다고 생각하였다. 그리하여 『설문』의 본자本字에 근거하여 『십삼경정자고十三經正字考』를 저술하였으나 대부분 사라지고 현재는 단지 『역경易經』, 『서경書經』, 『시경詩經』, 『주례周禮』 등 사경四經만이 남았다. 이 책은 전대흔의 체례體例에 근거하여 썼으며, 여기에 『이아爾雅』, 『석문釋文』 등 모든 서적을 취합하여 그것을 증명하였다.

10-4. 『설문변자정속說文辨字正俗』 4권

이 책은 이부손李富孫[163)]이 쓴 것으로 가경嘉慶(1796~1820) 21년에 간행

---

163) 이부손(1764~1843)의 자는 기방旣汸, 향급薌汲, 절강성浙江省 가흥嘉興 사람이다. 저서로는 『교경경문고校經閣文稿』 18권, 『매이지梅裏志』 16권, 『폭서정사

된 교경경校經牘 간행본이다. 이부손은 세속적으로 계승되어 온 글자 중에서 대부분 고의古義에 위배된 글자들을 학자들이 가차로 분류하였다고 생각하였다. 사실『설문』에는 원래부터 본자本字도 있고, 통차通借할 수 있는 것도 있으며 통차通借할 수 없는 것도 있는데, 이 책은 경전에 근거하여 이것들을 증명하였다.

10-5.『경전통용고經典通用考』14권

이 책은 엄장복嚴章福164)이 쓴 것으로 함풍咸豊(1851~1861) 연간에 오흥吳興의 유씨劉氏가 간행한 것이다. 이 책은 13경의 가차자를『설문』부수의 차례에 근거하여 정자正字로 그것들을 분별해 내었다.

이상의 책들을 종합적으로 살펴보면 다음과 같이 두 가지 결과를 얻을 수 있다.

(1) 예변隸變165)의 잘못을 분명하게 밝힐 수 있다.
(2) 가차자의 형태적 흔적을 통용시킬 수 있다.

'예변隸變의 잘못'은 문자학과 거의 관계가 없다고 볼 수 있다. 하지만 '가차자의 형태적 흔적'은 문자를 연구하는 학자들이 반드시 알아야만 하는 매우 중요한 부분이다. 대부분의 경전이 계승되어 오면서 대체적으로 가차를 사용하였다. 그렇기 때문에 만일 본자本字를 모른다면 차자借字를 분명하게 분간해 낼 수 없게 된다. 단옥재와 주준성朱駿聲166)은 저술할 때 가차

주폭書亭詞注』7권 등이 있는데 모두『청사열전淸史列傳』에 전한다.
164) 엄장복에 관한 내용이 많지 않다. 그의 저서로는『설문교의의說文校議議』등이 있다.
165) p.78, 주석 2) 참조.
166) p.132, 주석 5) 참조.

에 대하여 상당한 주의를 기울였다. 주준성은 모든 차자借字에 대하여 본자本字를 찾아냈지만 동부同部에 구속되었을 뿐만 아니라 규칙 역시 매우 협소하다고 할 수 있다. 문자를 연구하는 학자들은 위에 열거한 책으로부터 가차의 증거를 찾아보고 여기에 더하여 장병린章炳麟[167]의『문시文始』와『소학답문小學答問』을 연구한다면 쌍성상차雙聲相借(서로 쌍성 관계인 경우 가차가 가능)의 규칙과 방전대전旁轉對轉[168]의 원칙을 분명하게 이해할 수 있을 것이다. 이렇게 하면 가차에 대하여 더욱 분명하게 파악할 수 있을 것이다.

10-6. 『문시文始』

이 내용은 앞에서 이미 설명하였다.[169]

10-7. 『소학답문小學答問』

이 책은 장병린章炳麟[170]이 쓴 것으로『장씨총서章氏叢書』본, 절강서국浙江書局 간행본이다. 양한兩漢 시대의 경학經學은 금문今文학파와 고문古文학파로 나뉜다. 동일한 학파에 속하는 학자들일지라도 많은 문자들이 서로 다른 이유는 구술한 내용을 손으로 기록하였기 때문일 것이다. 허신의『설문』에는 경전을 인용한 부분이 965개 항에 이르는데, 이 가운데 대부분은 오늘날 통행하는 경전문자와 다르다. 혹자는 경전에 쓰인 것들이 잘못된 것들

---

167) p.55, 주석 16) 참조.
168) 대전對轉이란 원음(주요모음, nucleus)이 같고 어미(운미, Ending)가 비슷한 경우(ə/ək/əng)이다. 예를 들어 ap와 am은 대전이다.
   방전旁轉이란 원음이 비슷하고 어미가 같은 경우(ək/ek/ak/ok/ôk/uk)이다. 예를 들어 eng과 ang은 방전이다.
169) p.132, 209 참조.
170) p.55, 주석 16) 참조.

이라 여겨 이것들은 반드시 『설문』에 인용된 경전에 근거하여 교정해야 한다고 주장하였다. 하지만 이러한 주장은 설득력이 없어 보인다. 왜냐하면 『설문』에서 경전을 인용할 때 서로 다른 부분(고문과 금문의 경전이 조금 다른 부분)을 인용하였을 수도 있고, 또한 경전을 전승하여 손으로 쓸 때 잘못이 발생할 수 있다는 것은 항상 있는 일임을 알지 못하였기 때문이다. 허신은 비록 고문古文에 종사하였으나 금문今文도 폐기하지 않고 인용하였다. 그리하여 문자학을 연구하는 학자들은 『설문』에서 경전을 인용한 부분에 관하여 연구를 할 때에는 반드시 아래의 네 가지 종류의 서적을 참고하여 연구해야만 할 것이다.

10-8. 『설문인경고說文引經考』 2권

이 책은 오옥진吳玉搢[171]이 쓴 것으로 건륭乾隆(1736~1795) 원년元年에 간행되었다. 현재 통용되는 것은 지진재총서본咫進齋叢書本과 광서光緒 (1875~1908) 연간에 간행된 중간본重刊本이다. 이 책은 『설문』에서 경전을 인용한 부분의 글자를 취합하여 금본今本과 비교하여 같은 글자와 다른 글자를 밝혔다. 오옥진은 금본과는 다르지만 실재로는 같은 글자, 금본과 병행하여도 무방한 글자, 금본이 분명히 잘못된 글자 등 세 가지로 분류하여 『설문』에 근거하여 하나하나 잘못된 부분을 교정하였다. 비록 완벽하다고는 할 수 없지만 대체적으로 훌륭하다.

---

171) 오옥진(1698~1773)은 청대 고문학자, 고고학자이다. 자는 적오籍五, 호는 산부 山夫, 강소성江蘇省 산양山陽(오늘날의 강소성 회안淮安) 사람이다. 그는 육서 에 관하여 연구하였으며 금석문金石文과 금문金文 및 청동기를 연구하였다. 저 서로는 『설문인경고說文引經考』, 『금석존金石存』, 『별아別雅』 등이 있다.

10-9. 『설문인경고이說文引經考異』 16권

이 책은 유영종柳榮宗[172]이 쓴 것으로 함풍咸豊(1851~1861) 5년에 간행
되었다. 이 책은 『설문』에서 경전을 인용한 부분의 글자를 취합하여 금문
과 고문을 구별하였고 통가通假의 형태적 흔적을 분병하게 밝혔다. 일반적
으로 『설문』에 인용된 『상서尚書』와 다른 글자를 단옥재는 고문으로 교정
하였고 유영종은 금문으로 교정하였다. 유영종은 경전에서 다른 부분을 자
음과 자의로부터 그것을 연구하였기 때문에 오옥진의 『설문인경고說文引經
考』보다 훨씬 뛰어나다고 할 수 있다.

10-10. 『설문경전이자석說文經典異字釋』 1권

이 책은 고상린高翔麟이 쓴 것으로 도광道光(1821~1850) 15년에 간행되
었고, 지금 볼 수 있는 것은 광서光緒(1875~1908) 연간에 간행된 것이다.
이 책은 별다른 내용이 없고 상당히 간략하게 기술되었기 때문에 그다지
중요하지 않다고 할 수 있다.

아래 두 권의 서적은 허신이 경전을 인용할 때의 규칙을 밝혀내었다.

10-11. 『설문인경례변說文引經例辨』 3권

이 책은 뇌준雷浚[173]이 쓴 것으로 광서光緒(1875~1908) 연간에 간행된
『뇌씨팔종雷氏八種』본이다. 뇌준은 진전陳瑑[174]이 저술한 『설문인경고說文引
經考』 8권(필자는 아직까지 이 책을 보지 못하였다.)을 반박하면서 다음과

---

172) 유영종은 청말의 문학가이다. 자는 익남翼南이다. 그는 고서와 경전을 좋아하
　　 였으며 평생 저술 작업을 업으로 삼았다. 특히 육서에 통달하였다. 저서로는
　　 『설문경자이동고說文經字異同考』 12권, 『상서일전尚書逸傳』 등이 있다.
173) p.216, 주석 157) 참조.
174) p.197, 주석 100) 참조.

같이 여섯 가지 항목의 병폐를 지적하였다.

(1) 『설문』에서 경전을 인용하는 규칙을 모른 채 이 모든 것들을 『설문』의 본의本義로 인식하였다.

(2) 정가고금정속正假古今正俗(정문正文, 가차, 고문, 금문, 속체)의 차이를 모른 채 모든 것들을 고금자古今字로 인식하였다.

(3) 가차에 대하여 이해하는 바가 불분명하다.

(4) 『설문』의 본의를 언급하지 않고 도리어 다른 서적의 인신의引申義와 가차의假借義를 인용하여 어떠한 글자에는 어떠한 뜻이 있었다고 인식하였다.

(5) 의미가 서로 통하지 않는 부분에 대해서는 의미를 왜곡시켜 그것들을 통하게 하였다.

(6) 인용한 부분이 무분별하고 번잡하기 때문에 원서原書를 찾아보기가 상당히 어렵다.

뇌준은 진전의 『설문인경고說文引經考』에 대한 반박을 통하여 이 책을 썼으며, 여기에서 그는 허신이 경전을 인용할 때 아래와 같은 세 가지 규칙을 발견하게 되었다.

(1) 경전의 인용을 통하여 본의를 밝힌 경우 그 글자의 의미는 상호 분명해진다.

(2) 경전의 인용을 통하여 가차를 밝힌 경우 그 글자의 의미는 상호 관계가 없다.

(3) 경전의 인용을 통하여 회의를 밝힌 경우 그 글자의 의미는 상호 관계가 없지만 자음과는 상호 관계가 있다.

10-12. 『설문인경증례說文引經證例』 24권

이 책은 승배원承培元[175])이 쓴 것으로 광서光緒(1875~1908) 연간에 간행된 뇌준의 서적 후반부에 있다. 현재 통행되는 책은 광아서국廣雅書局 간행본이다. 이 책은 뇌준의 『설문인경례변說文引經例辨』보다 더욱 정밀하다. 승배원은 다음과 같이 17개의 『설문』의 예를 들었다.

(1) 금문

(2) 고문

(3) 이문異文(다른 글자)

(4) 증자證字(자형을 증명함)

(5) 증성證聲(자음을 증명함)

(6) 가차가 어떤 의미로 사용되었음을 증명함

(7) 편방이 어떤 의미를 취하였는지를 증명함

(8) 본의 이외의 다른 의미를 증명함

(9) 경전의 설명을 인용하였지만 경전을 인용하지 않았다고 함

(10) 경전의 의미를 인용하였지만 경전의 이름을 밝히지 않음

(11) 경전의 문장과 문구를 교정함

(12) 경전의 문장을 삭제하여 생략된 글자

(13) 하나의 경전을 인용하여 여러 글자를 증명함

(14) 금본 경전과 고본 경서를 인용하여 하나의 글자를 증명함

(15) 『비위悲緯』를 인용하여 『주례周禮』라 칭함

(16) 『대전大傳』을 인용하여 『주서周書』라 칭함

(17) 『좌씨전左氏傳』을 인용하여 『국어國語』라 칭함

---

175) p.167, 주석 6) 참조.

10-13. 『한서인경이문록증漢書引經異文錄證』 6권

이 책은 무우손繆佑孫176)이 쓴 것으로 광서光緒(1875~1908) 연간에 간행된 간행본이다. 이 책은 『설문』에서 경전을 인용한 것과는 무관하지만 참고할 만한 가치가 있다고 여겨졌기 때문에 여기에 쓴 것이다.

---

176) 무우손(1851~1894)의 자는 우잠右岑, 절강성江蘇省 상주부常州府 강음현江陰縣(오늘날의 무석시無錫市 강음시江陰市) 사람이다. 그는 청대의 정치가, 시인, 역사지리학자, 서화가이다. 저서로는 『계현시존稽弦詩存』, 『한서인경이문록증漢書引經異文錄證』 6권, 『아유휘편俄遊彙編』 12권 등이 있다.

제 **2** 장

형체변정 形體辨正

형체변정形體辨正이란 자체字體의 자형이 잘못된 부분을 바로 잡은 것을 말한다. 자체字體가 대전大篆으로부터 예서隷書로 바뀌었고, 예서로부터 초서草書, 진서眞書(해서楷書)로 바뀌면서 벽에 허구로 새겨진 글자가 점차 많아지게 되었다. 위진魏晉 이후부터 남북조南北朝에 이르기까지 속서위체俗書僞體(속체와 잘못된 서체)의 글자가 더욱 많아져 경전에 쓰인 글자들이 정확하게 어떠한 글자들인지를 분별할 방법이 없게 되었다. 예를 들면 '사辭', '란亂'은 '설舌'과 결합하였고, '악惡'의 윗부분은 '서西'와 결합하였으며, '촉蜀'은 '구신苟身'(구부러진 몸)이 되었고 '진陳'은 '동체東體'가 되었다. 이러한 예들은 무수히 많다. 따라서 자형이 잘못된 부분을 바르게 교정할 필요가 생겨났고 이에 대하여 전문적으로 기록한 서적이 등장하게 되었다.

1. 『간록자서干祿字書』 1권

이 책은 안원손顔元孫1)이 쓴 것으로 『소학휘함小學彙函』에 근거한 석각본

---

1) 안원손(?~714)의 자는 율수聿修, 경조京兆 만년萬年(오늘날의 섬서성陜西省 서안

石刻本이다. 이 책은 자의에 근거하여 자형을 교정한 것으로, 안원손의 조카
인 안진경顔眞卿2)이 썼다.

2. 『분호자양分毫字樣』

이 책은 『옥편玉篇』3) 후반부에 실린 것으로 누가 쓴 것인지 불분명하다.
이 책은 자형은 비슷하지만 자의가 다른 글자를 전문적으로 분별하여 교정
하였다.

3. 『오경문자五經文字』 3권

이 책은 장삼張參4)이 쓴 것으로 『소학휘함小學彙函』에 근거하여 간행된

시西安市 부근) 사람이다. 대략 당唐 고종高宗~현종玄宗 시대에 생활하였다. 어려
서 고아가 되어 외삼촌인 은중용殷仲容의 집에 기거하였다. 그때 은중용으로부터
서예를 학습하였고, 685~688에 진사進士가 되었다. 그의 저서로는 『간록자서幹祿
字書』 등이 있다.
2) 안진경(709~785)은 당대唐代의 서예가이다. 자는 청신淸臣이다. 안사安史의 난과
이희열李希烈의 난 때 큰 공을 세웠으나 난중에 순국했다. 공훈과 예술적인 재능
으로 인해 사람들의 추앙을 받았다. 남북조시대 이래로 그의 선조 가운데 안등지
顔騰之, 안지추顔之推, 안사고顔師古, 안근례安勤禮 등이 모두 고문자학古文字學
을 연구했고 서예에도 뛰어났다. 인척관계에 있던 은영명殷令名, 은중용殷仲容
부자도 또한 당대 초기의 유명한 서예가였다.
3) p.74, 주석 10) 참조.
4) 장삼의 생애에 관하여 사적史籍에 정확히 기록된 바가 없다. 그러나 혹자는 그
가 714~786 기간에 생존하였다고 주장하였다. 그는 일찍이 국자사업國子司業이
라는 관직을 한 바가 있으며, 저서로는 『오경문자五經文字』 3권 등이 있다. 『오경
문자』는 안사고顔師古의 『자양字樣』, 두연업杜延業의 『군서신정자양群書新定字樣
』, 안원손顔元孫의 『간록자서幹祿字書』 이후에 등장한 저서이다.

당석각본唐石刻本이다. 부족한 부분은 마씨본馬氏本으로 보충하였다. 이 책은 『설문』, 『자림字林』5), 『석경石經』6)에 근거하여 편찬된 것으로 모두 160부部 3,235개의 글자을 실었다.

4. 『구경자양九經字樣』 1권

이 책은 당현도唐玄度7)가 쓴 것으로 『소학휘함小學彙函』에 근거하여 편찬된 석각본石刻本이다. 이 역시 부족한 부분을 마씨본馬氏本으로 보충하였다. 당현도는 오경五經에 쓰인 글자들이 대대로 전승되면서 이전 글자의 규칙이 사라져버렸다고 생각하였다. 그리하여 오경에 쓰인 글자들을 교정함과 동시에 더욱 확충시켜 이 책을 썼다. 이 책은 모두 76부部 421개의 글자를 실었다.

이상의 책들은 모두 당대唐代 사람들이 쓴 것들이다. 당대 이후에도 이와 같은 유형의 서적들이 저술되었는데, 그 가운데 필자가 본 적이 있는 저서들은 아래와 같이 일곱 가지 종류가 있다.

---

5) p.21, 주석 18) 참조.
6) p.63, 주석 8) 참조.
7) 당현도는 당대唐代의 학자이다. 그는 어려서부터 소학小學에 정통하였을 뿐만 아니라 10체體(고문古文, 대전大篆, 소전小篆, 팔분八分, 비백飛白, 해엽薤葉, 현침懸針, 수노垂露, 조서鳥書, 연주連珠)에도 상당히 뛰어났다. 저서로는 『구경자양九經字樣』 등이 있다.

5. 『패휴佩觿』 3권

이 책은 곽충서郭忠恕8)가 쓴 것으로『택존당총서澤存堂叢書』본과『철화관총서鐵華館叢書』본이다. 이 책은 상·중·하 3권으로 구성되어 있다.

상권은 형성와변形聲訛變(형성이 잘못 변화한 것)의 원인을 다음과 같이 세 종류로 나누어 언급하였다.

(1) 조자造字(글자를 만들 때)
(2) 사성四聲(평성平聲, 상성上聲, 거성去聲, 입성入聲이 변화할 때)
(3) 전사傳寫(필사할 때)

중권과 하권은 다음과 같이 사성四聲을 10개로 구분하여 자형이 비슷하여 의심스러운 부분에 대하여 설명하였다.

(1) 평성자상대平聲自相對(평성자 간 대립). 예를 들면 '양楊'은 '양류楊柳'(버드나무)의 '양楊'이고 '양揚'은 '양거揚擧'(들다)의 '양揚'이다. 이하 대체적으로 이와 같기 때문에 예를 들어 설명하지는 않겠다.
(2) 평성상성상대平聲上聲相對(평성자와 상성자 간 대립)
(3) 평성거성상대平聲去聲相對(평성자와 거성자 간 대립)
(4) 평성입성상대平聲入聲相對(평성자와 입성자 간 대립)
(5) 상성자상대上聲自相對(상성자 간 대립)
(6) 상성거성상대上聲去聲相對(상성자와 거성자 간 대립)
(7) 상성입성상대上聲入聲相對(상성자와 입성자 간 대립)
(8) 거성자상대去聲自相對(거정자 간 대립)
(9) 거성입성상대去聲入聲相對(거성자와 입성자 간 대립)

---

8) p.206, 주석 130) 참조.

(10) 입성자상대入聲自相對(입성자 간 대립)

그리고 이 책의 말미에는 운음의韻音義가 다른 15개의 글자를 수록하였다. 뿐만 아니라 부록에는 잘못된 119개의 글자를 교정하였다. 부록의 내용은 다른 사람들이 첨가하였다. 하지만 곽충서의 원서原書에는 속자俗字도 있기 때문에 서로 구분하여 그것들을 살피면 많은 도움이 될 것이다.

6. 『자감字鑒』 5권

이 책은 이문중李文仲9)이 그의 숙부叔父인 이백영李伯英의 『유음類音』을 수정하여 쓴 것으로 『택존당총서澤存堂叢書』본과 『철화관총서鐵華館叢書』본이다. 이 책은 260부部의 운목韻目에 의하여 분별하였는데, 예를 들면 '패覇'자는 '서西'자와 결합된 글자가 아니고 '와臥'자는 '복卜'자와 결합된 글자도 아님을 분명하게 밝혀내었고, '풍豊'자와 '풍豐'자를 구별해내었으며, '종鍾'자와 '종鐘'자의 차이점 등을 밝혔다. 이 책 역시 볼만한 가치가 충분하다고 사료된다.

7. 『복고편復古編』 3권

이 책은 장유張有10)가 쓴 것이고 회남서국淮南書局 번각본翻刻本이다. 이 책은 『설문』에 근거하여 속체俗體의 잘못된 부분을 교정하였다. 뿐만 아니

---

9) 이문중은 원대元代 학자이다. 그는 아버지인 이세영李世英에게서 육서를 학습하였다. 그리하여 『유운類韻』 20권을 편집하였다. 저서로는 『자감字鑒』 5권 등이 있다.
10) p.98, 주석 9) 참조.

라 사성四聲을 이용하여 모든 예서隸書를 분별하였고 정체正體는 전서篆書를 사용하였으며 별체別體와 속체俗體를 부록의 주注에 기록하였다. 예를 들면 "'강玒'은 옥이다. 이 글자는 옥玉자와 공工자가 결합하여 이루어졌다. 별체 別體로는 공珙자로 쓰이지만 이것은 잘못된 것이다."11)와 같다. 이 책의 후 반부에는 다음과 같이 6편으로 나뉘어졌다.

(1) 연면聯綿
(2) 형성상류形聲相類
(3) 형상류形相類
(4) 성상류聲相類
(5) 필적소이筆跡小異
(6) 상정하와上正下訛

이 책은 비록 분류가 상당히 뛰어나다고는 할지라도 서현의 대서본에 근 거하였기 때문에 서현이 새롭게 증가시킨 모든 신부자新附字를 정자正字로 생각하였다. 그리하여 잘못된 부분이 상당히 많다. 따라서 이 책을 읽을 때 에는 반드시 다른 책들을 참고하면서 읽어야만 한다.

8. 『속복고편續復古編』 4권

이 책은 조본曹本이 쓴 것으로 귀안歸安 요경원姚景元의 초본抄本이다. 이 책은 장유張有의 『복고편復古編』을 확충하여 만든 것으로 모두 4천 여 글자 를 수록하였다. 장유의 규칙 이외에도 다음과 같이 두 가지 규칙을 더하였 다.

---

11) 장유의 『복고편』 부록 주注의 내용: '玒'玉也, 從玉工. 別作'珙', 非.

(1) 자동음이字同音異

(2) 음동자이音同字異

비록 이 책에 수록된 글자가 장유의 『복고편』보다는 많지만 그가 정한 규칙은 장유에 훨씬 못 미친다고 할 수 있다. 예를 들면 '음동자이音同字異'에 수록된 글자는 모두가 '중문重文'이므로 글자는 결코 다르지 않기 때문이다.

9. 『육서정와六書正訛』 5권

이 책은 주백기周伯琦[12])가 쓴 것으로 명번각본明翻刻本이다. 이 책은 『예부운략禮部韻略』[13])으로 모든 예서隷書를 분류하였다. 그리고 소전小篆을 위주로 하여 먼저 글자를 만든 의미를 설명하였고 예서는 어떻게 쓰고 속체俗體는 어떻게 쓴다고 설명을 덧붙였다. 하지만 견강부회한 부분이 있어 필자는 장유의 『복고편』에 훨씬 미치지 못한다고 생각한다.

---

12) p.98, 주석 4) 참조.
13) 중국 운서韻書에 관하여 간단하게 서술하면, 수隋의 육법언陸法言이 먼저 『절운切韻』을 편찬하였는데, 당唐 천보 말년에 손면이 『당운唐韻』을 편찬하면서 완전히 육운陸韻에 의거하였다. 송宋에 이르러 『당운』을 수정한 『광운廣韻』이 편찬되었지만 같은 206운으로 분류하고 있다. 송宋의 경우景祐 연간에 『예부운략禮部韻略』이 출간되어 고운古韻의 통용을 논하였고, 금대金代에 평수平水의 왕문욱王文郁이 그 통용을 합쳐서 107부로 정리하였다. 남송南宋의 유연劉淵이 이것을 계승하여 『임자예부운략壬子禮部韻略』이라는 이름으로 출간하였는데, 이것이 오늘날 전하는 『평수운平水韻』이다.

10. 『설문증이說文證異』5권

이 책은 장식증張式曾이 쓴 것으로 초고에는 오대징吳大澂14)의 서序가 실려 있다. 이 책은 위의 주백기의 『육서정와』를 확대하여 만들었다. 이 책에는 다음의 두 가지 규칙이 있다.

(1) 이의정오異義正誤
(2) 이체병용異體竝用

11. 『자학거우字學舉隅』2권

이 책은 조증망趙曾望15)이 쓴 것으로 민국民國 3년에 출판된 경인수사본景印手寫本이다. 이 책은 다음과 같이 여덟 가지 규칙이 있다.

(1) 세류洗謬
(2) 사신舍新
(3) 보편補偏
(4) 벽혼劈溷
(5) 관통觀通
(6) 심변審變

---

14) p.61, 주석 2) 참조.
15) 조증망(1847~1913)의 자는 소정紹庭(혹은 작정芍亭이라고도 씀), 호는 강정薑汀, 강소성江蘇省 단도丹徒 사람이다. 그는 젊어서는 관직에 임하였으나 관직에 별다른 뜻을 두지 않았기 때문에 관직을 그만두고 저술 활동에만 몰두하였다. 저서로는 『십삼경독단十三經獨斷』, 『자학거우字學舉隅』, 『이십일사류취二十一史類聚』, 『고사신편古史新編』, 『영연총화楹聯叢話』, 『조언甕言』, 『내이간양耐彜簡諒』 등이 있다.

(7) 명미明微

(8) 담설談屑

하지만 필자가 본 바에 따르면 그다지 탁월한 의견은 보이지 않는다.

12. 『전결篆訣』

이 책은 감수상甘受相이 쓴 것으로 권으로 분류되지 않았다. 이 책은 가경嘉慶(1796~1820) 연간에 간행되었다. 필자가 보기에는 별다른 가치가 없어 보인다.

이상의 책들은 문자학으로 볼 때 정속正俗의 변별이 서로 합치되지 않기 때문에 그다지 중요하지 않은 것 같다. 만일 위 책들의 내용 중에서 잘못된 부분과 중복된 부분을 삭제하여 한권으로 정리할 수만 있다면 학자들에게 상당히 유용할 것으로 보인다.

제3장
고주古籀와 소전小篆

허신은 『설문』서序에서 "중문重文은 1,163개 글자이다."[1]라고 언급하였다.(필자가 오늘날의 모초인본毛初印本, 손씨孫氏본과 포씨鮑氏본을 살펴본 결과 중문은 모두 1,280개 글자이고, 모완毛刓의 개본改本에는 중문이 1,279개 글자이다.) 중문이란 고문古文, 주문籀文, 혹체或體 등 세 가지를 말한다. 혹체에 대해서는 여기에서 언급하지 않겠다. 오늘날 출토되는 금문金文을 가지고 고문과 주문을 살펴보면 대부분 다르기 때문에 이에 대한 연구가 필요하게 되었다(이에 대한 내용은 상편上篇 제6장을 참고하면 될 것이므로 여기에서는 언급하지 않겠다.).

1. 『설문본경답문說文本經答問』 2권

이 책은 정지동鄭知同[2]이 쓴 것으로 광아서국廣雅書局에서 출판한 간행본이다. 정지동은 단옥재段玉裁의 고주론古籀論을 전문적으로 반박하여 이 책

---

1) 허신의 『설문』 서문의 내용: "重文一千一百六十三."
2) p.109, 주석 3) 참조.

을 만들었다. 단옥재는 고주론에서 "소전小篆 가운데 고문古文과 주문籀文이 변하지 않은 것들이 많이 있고, 소전이 고문과 주문을 바꾼 것들도 있다. 만일 고문과 주문이 소전과 다른 것들은 소전 다음에 '고문으로는 이렇게 쓴다.' '주문으로는 이렇게 쓴다.'라고 하여 고문과 주문을 덧붙였다. 이것이 『설문』의 통례이다. 변례變例는 먼저 고문과 주문을 쓴 다음에 소전을 쓴 경우이다."3)라고 하였을 뿐만 아니라 "허신은 왕의 명을 받들고 한나라의 법제를 준수하여 『설문』을 만들었다. 그는 소전을 기본으로 하였고 고문과 주문도 함께 수록하였다. 소위 '금서전문今叙篆文, 합이고주合以古籀'(지금 쓰여진 소전은 고문과 주문에 합치된 것이다.)라는 것은 소전이 고문과 주문에 합치되는 것을 말한다. 소전이 고문과 주문에 합치되는 것은 그대로 따른 것도 있고 약간 바꾼 것도 있다. 그대로 따른 것은 80%~90% 정도이고 바꾼 것은 10%~20% 정도이다. 그대로 따른 것은 소전이 곧 고문과 주문이기 때문에 고문과 주문을 언급하지 않았고 약간 바꾼 것은 고문과 주문이 소전이 아니기 때문에 그것을 언급하였다."4)라고도 언급하였다. 정지동은 단옥재의 이와 같은 언급을 반박한 이유를 다음과 같이 몇 개의 항목으로 나누어 설명하였다.

(1) 허신은 『설문』서문에서 "지금 쓰여진 소전은 고문과 주문에 합치된 것이다.(今叙篆文, 合以古籀.)"라고 언급하였다. 오늘날 허신의 『설문』을 알고자 한다면 우선 서문에 사용된 '전篆'자와 '합合'자에 대한

---

3) 단옥재의 고주론에 관한 견해: "小篆因古篆而不變者多有. 其有小篆已改古籀, 古籀異於小篆者, 則以古籀附篆之後, 曰: '古文作某', '篆文作某', 此全書之通例也. 其變例則先古籀後小篆."

4) 단옥재의 고주론에 관한 견해: "許書法后王, 遵漢制, 以小篆爲質, 而兼錄古文籀文. 所謂: 今叙篆文, 合以古籀也. 小篆之於古籀, 或仍之, 或省改之. 仍者十之八九, 省改者十之一二. 仍則小篆皆古籀也, 故不更出古籀. 改則古籀非小篆, 故更出之."

분별을 해야 할 것이다.

(2) "전篆"자란 『설문』에서는 '붓을 들고 글자를 쓰다.'는 의미인 "인서引書"라고 해석하였다. 이 말의 의미는 한나라 때 세상에서 사용되었던 예서隸書로 쓴 것이 아니며 또한 진나라 때 사용되었던 소전小篆도 아님을 분명하게 밝히고 있다.

(3) "합合"자란 '서로 위배되지 않다.'는 뜻이다. "합주合籒"란 '자체字體가 고문과 주문에 위배되지 않는다.'란 의미이다. 즉 이 말은 한나라 때 사용되었던 속체俗體를 취하지 않았음을 의미할 뿐 "소전이 기본이고 이것은 고문과 주문에 합치된 것이다."라는 것을 의미하지는 않는다.

필자가 장회관張懷瓘5)이 『서단書斷』에서 "사주史籒 15편은 사관史官이 글자를 가르치기 위하여 만들었기 때문에 사서史書라 하였고 여기에는 9,000자가 수록되어 있다. 그러나 진나라 때 분서焚書로 인하여 역경易經과 사편史篇만이 온전하게 전수되었을 뿐이다. 허신의 『설문』15권에는 9,000여 자가 수록되었는데 이 글자들은 사주편에 부합되기 때문에 옛날 사람들은 '허신은 사주편을 취하여 그 글자의 본의本義를 설명하였다'고 여겼다."6)와 같이 언급한 내용과 오구연吾邱衍7)이 『학고편學古篇』에서 "창힐蒼頡 15편은 『설문』의 540개 부수이다."8)라고 언급한 내용에 근거해 볼 때, 정지동의 주장은 대략 이와 같다고 할 수 있다. 하지만 정지동이 '전篆'자를 '붓을 들

---

5) 장회관은 당대唐代의 서예가이자 서학書學 이론가이다. 그의 저서로는 『서의書議』, 『서단書斷』, 『서고書估』, 『평서약석론評書藥石論』 등이 있다.

6) 장회관이 『서단』에서 언급한 내용: "史籒十五篇, 史官制之, 用以敎授, 謂之史書, 凡九千字. 秦焚書, 惟易與史篇得全. 許愼 『說文』十五卷, 九千餘字, 適與此合. 故先民以爲愼卽取此說其文義."

7) p.205, 주석 125) 참조.

8) 오구연이 『학고편』에서 언급한 내용: "蒼頡十五篇, 卽 『說文』目錄五百四十字."

고 글자를 쓰다.'고 설명한 부분은 이와는 다르다고 사료된다. 필자가 보기에는 단옥재의 주장이 옳고 정지동의 주장은 비판을 받을 수 있을 것 같다.

2. 『사주편소증史籒篇疏證』 1권

이 책은 왕국유王國維[9])가 쓴 것으로 『광창총서廣倉叢書』본이다.

3. 『사주편서론史籒篇叙論』 1권

이 책은 왕국유가 쓴 것으로 『광창총서廣倉叢書』본이다.

4. 『한대고문고漢代古文考』 1권

이 책은 왕국유가 쓴 것으로 『광창총서廣倉叢書』본이다.

왕국유의 고주古籒에 대한 주장은 상편上篇 제6장을 참고하면 될 것이다.

---

9) p.53, 주석 10) 참조.

제4장

금문金文

금문을 종정문鐘鼎文이라 칭하기도 한다. 금문은 대개 고주古籀의 나머지 부분이다. 따라서 금문에 관한 책은 대부분 고주古籀의 참고가 될 것이다.

1. 『종정관식鐘鼎款識』

이 책은 설상공薛尙功¹⁾이 쓴 것으로 석판인쇄본이 있다.

2. 『소당집고록嘯堂集古錄』

이 책은 왕구王俅²⁾가 쓴 것으로 상무인서관商務印書館에서 영인影印한

---

1) 설상공은 송대宋代 금석학자이다. 자는 용민用敏이고, 절강성浙江省 전당錢塘(오늘날의 항주杭州) 사람이다. 저서로는 『역대종정이기관식법첩歷代鍾鼎彝器款識法貼』20권이 있는데, 여기에는 대부분 상주商周 시기의 명문銘文 511개가 수록되어 있다.
2) 왕구에 관한 기록이 많지 않다. 단지 송대宋代의 학자로 알려져 있다. 저서로는 『소당집고록嘯堂集古錄』 등이 있다.

『속고일총서續古逸叢書』본이다.

3. 『금석색金石索』

이 책은 석인인쇄본이다.

4. 『서청고감西淸古鑒』

이 책은 석판인쇄본이다.

5. 『항헌길금록恒軒吉金錄』

이 책은 광서光緒(1875~1908) 11년 출판된 간행본이다.

6. 『도재길금록匋齋吉金錄』

이 책은 영인본이다.

7. 『각재집고록愙齋集古錄』

이 책은 상무인서관商務印書館 영인본이다.

8. 『은문존殷文存』

이 책은 광창학군廣倉學宭 영인본이다.

9. 『주금문존周金文存』

이 책은 광창학군廣倉學宭 영인본이다.

이상의 세 영인본은 상당히 귀한 자료이다. 하지만 그 가운데 진위眞僞가 혼잡하게 뒤섞여 있기 때문에 반드시 구분하여 살펴보아야 한다.

10. 『적고재종정관식積古齋鐘鼎款識』

이 책은 완원阮元[3])이 쓴 것으로 석판인쇄본이다.

11. 『고주습유古籀拾遺』

이 책은 손이양孫詒讓[4])이 쓴 것으로 광서光緖(1875~1908) 연간에 간행되었다.

문자를 연구하는 학자들은 이상의 서적들을 모두 구비할 수는 없을 지라도 최소한 두 세권은 반드시 사서 봐야 할 것이다. 그 가운데 『각재집고록愙齋集古錄』, 『적고재종정관식積古齋鐘鼎款識』, 『고주습유古籀拾遺』가 가장 뛰어나다고 보여진다.

---

3) p.195, 주석 89) 참조.
4) p.52, 주석 7) 참조.

제 **5** 장

『설문』 중의 고주_{古籀}

고주학古籀學에 있어서 한 가지 연구할 가치가 있는 문제는 바로 금문金
文의 고주와『설문』의 고주가 상당 부분 합치되지 않는다는 점이다. 필자가
보기에는 금문의 고주는 성주成周 시기의 문자이고,『설문』의 고문은 만주
晩周 시기의 문자라고 사료된다. 하지만 이러한 필자의 견해가 정확한 지에
대해서는 후학들의 연구가 필요하다.『설문』의 고주는 새롭게 출토된 삼체
석경三體石經[1])과 비교해 보았을 때 상당 부분 부합된다. 석경 중의 고문은

1)『삼체석경』은 삼국시대三國時代(220~265) 위魏(220~264)나라의 폐위된 조방曹芳
 이 제위帝位하던 정시正始(240~248) 연간의 석각石刻이다. 따라서 이를『정시석
 경正始石經』라고도 부른다. 원래 삼체석경은 한대漢代 희평熹平 연간에 새긴『희
 평석경熹平石經』과 같이 낙양洛陽의 태학太學 앞에 세워져 있었으나 진대晉代
 (265~419)에 이미 붕괴되었고, 이후 전란을 거듭한 끝에 결국 흙 속에 묻히게 되
 고 말았다. 그러다 청淸 광서光緒 21년(1895)에 하남성 낙양 용호탄龍虎灘이라는
 곳의 꽃 담 안에서 상서尚書 군석편君奭篇이 새겨진 조각이 발견되었는데, 여기
 에 새겨진 것은 11행 100여자에 불과하였다. 이후 정씨라는 사람이 돈을 주고 사
 갔다가 다시 주씨라는 사람을 거쳐 지금은 북경의 고궁박물관에 보관되어 있다.
 그 후 1922년 대대적인 낙양 태학 유허지 발굴단의 조사와 발굴을 거쳐 산산 조
 각이 난 한漢, 위魏의 석경이 무더기로 발견되었다. 삼체석경의 가장 큰 조각은
 상서尚書 무일군석편無逸君石篇과 춘추春秋 희공문공편僖公文公篇이라 불리는 것
 이다.

대부분 곽충서郭忠恕[2])가 저술한『한간汗簡』에 수록되었다. 대부분의 학자들은『한간』의 진위를 의심하였지만, 삼체석경이 출토됨에 따라『한간』이 상당한 가치를 지니고 있음이 증명되었다. 곽충서는『한간』에서 71명의 학자들의 고문을 인용하였다. 여기에 인용된 내용은 현존하는 책들 중에서 약 5%에 지나지 않는다. 석경에서 인용한 것들은 잘못된 부분이 없어 보이기 때문에『한간』에서 언급된 학자들의 예 역시 믿을 만 하다고 할 수 있다. 정지동鄭知同[3])이 주해한『전정箋正』과 같이 읽는다면『한간』의 가치를 쉽게 짐작할 수 있을 것이다.

1.『한간전정汗簡箋正』8권

이 책은 곽충서郭忠恕가 저술하고 정지동鄭知同이 주해한 것이다. 광아서국廣雅書局 간행본이다.

2.『육서분류六書分類』13권

이 책은 전세요傳世垚가 쓴 것으로 강희康熙 연간에 간행되었다. 최근에는 석판인쇄본이 있다.

위 책들은 진서眞書(해서楷書)의 필획의 다과多寡에 따라 나누었는데 먼저 진서를 나열하였고 그 다음으로는 소전을, 그 다음으로는 고문을 열거하였다. 상당히 광범위하게 고문을 수집하였기 때문에 다소 복잡한 편이지만 우

---

2) p.206, 주석 130) 참조.
3) p.109, 주석 3) 참조.

리들이 고문을 찾아보기는 매우 편리한 것이 특색이다.

3. 『동문비고同文備考』 8권

이 책은 왕응전王應電4)이 썼고 명간본明刊本이다. 하지만 이 책은 그다지 중요하지 않아 보인다.

4. 『설문고주보說文古籀補』 14권의 『부록』 1권

이 책은 오대징吳大澂5)이 썼다. 간행본으로는 광서光緒(1875~1908) 무술년戊戌年에 호남湖南 중간본重刊本이 가장 뛰어나다. 석판인쇄본은 초간본初刊本에 근거하였으나 중간본重刊本과 비교해 보았을 때 글자가 1,200여 자가 적다. 오대징은 상당히 많은 탁본을 소장하였기 때문에 그 가운데 가장 중요한 것들을 신중하게 골라 이 책을 편찬하였다.

5. 『설문고주소증說文古籀疏證』 6권

이 책은 장술조莊述祖6)가 썼고, 소주蘇州의 반씨潘氏가 간행하였다. 이 책

---

4) p.99, 주석 12) 참조.
5) p.61, 주석 2) 참조.
6) 장술조(1750~1816)의 자는 보침葆琛, 호는 진예珍藝, 벽재檗齋, 강소성江蘇省 무진武進 사람이다. 학자들은 그를 진예선생珍藝先生이라 부른다. 저서로는 『하소정경전고석夏小正經傳考釋』 10권, 『상서금고문고증尙書今古文考證』 7권, 『모시고증毛詩考證』 4권, 『모시주송구의毛詩周頌口義』 3권, 『오경소학술五經小學述』 2권, 『역대재적족정록曆代載籍足征錄』 1권, 『제자직집해弟子職集解』 1권, 『설문

에는 별도의 규칙이 있었지만 그것이 책으로 엮이지 않았기 때문에 이 책을 읽을 때에는 매우 혼란스럽다.

6. 『문원文源』 12권

이 책은 임의광林義光[7]이 썼고 민국民國 9년에 출판되었다. 그는 이 책에서 독창적인 견해로 상형, 회의, 형성으로 고문을 설명하였으나, 그만의 독창적인 견해였기 때문에 독선과 독단적인 부분이 매우 많은 것이 사실이다.

7. 『명원名原』 2권

이 책은 손이양孫詒讓[8]이 썼고, 광서光緒(1875~1908) 연간에 간행되었다. 손이양은 이 책의 내용을 다음과 같이 일곱 부분으로 서술하였다.

(1) 원시수명原始數名
(2) 고장원전古章原篆
(3) 상형원시象形原始
(4) 고주찬이古籀撰異

고주소증說文古籀疏證』 6권 등이 있다. 이 가운데 『하소정경전고석』 10권이 가장 뛰어나다.
7) 임의광(?1932)의 자는 약원藥園이다. 그는 복건福建 민후閩侯 사람으로, 고문자 연구에 탁월한 재능을 구비하였다. 초년에 외교부 소속 번역관을 졸업하여 청화학교淸華學校에서 국문國文 교육을 담당하였다. 뿐만 아니라 사범대학교 강사시절 양수달楊樹達과 서신 교류도 있었다. 저서로는『문원文源』,『시경통해詩經通解』 등이 있다.
8) p.52, 주석 7) 참조.

(5) 전주갈저轉注楬櫫

(6) 기자발미奇字發微

(7) 설문보결說文補缺

8. 『자설字說』 1권

이 책은 오대징吳大澂이 썼고, 석판인쇄본이다. 이 책은 편수가 매우 적지만 상당히 뛰어난 독창적인 견해가 들어있다.

제6장

갑골문

갑골문자에 관한 설명은 상편上篇 제6장을 참고하면 될 것이다.

1. 『철운장귀鐵雲藏龜』

이 책은 유악劉鶚[1]이 썼고, 광서光緖(1875~1908) 영인본으로 간행되었다.

2. 『은허서계전편殷墟書契前編』 8권

이 책은 나진옥羅振玉[2]이 썼고, 나진옥의 일본 영인본이 가장 뛰어나다.

3. 『은허서계후편殷墟書契後編』 2권

이 책은 나진옥이 썼고, 여창학군厲倉學窘 영인본이 가장 뛰어나다.

---

1) p.50, 주석 4) 참조.
2) p.52, 주석 9) 참조.

4. 『은허서계정화殷墟書契精華』

이 책은 나진옥이 썼고, 나진옥의 일본 영인본이 가장 뛰어나다.

5. 『전수당소장은허문자戩壽堂所藏殷墟文字』

이 책은 광창학군廣倉學窘 영인본이다.

이상의 책들은 전문적으로 갑골문자를 탁본한 내용들이다. 갑골문자에 근거하여 고증한 것으로는 아래와 같은 책들이 있다.

6. 『은허정복문자고殷墟貞卜文字考』 1권

이 책은 나진옥이 썼고, 옥간재玉簡齋 인쇄본이다. 나진옥은 아래와 같이 4편으로 나누어 이 책을 기술하였다.

(1) 고사考史
(2) 정명正名
(3) 복법卜法
(4) 여설余說

위에서 고사, 복법, 여설은 문자학과 무관하기 때문에 필자는 이에 대하여 설명하지 않고 다만 정명에 대해서만 설명하고자 한다. 정명은 다음과 같이 네 가지 항목으로 구성되어 있다.

(1) '사주史籀와 대전大篆은 고문이다.'라는 점을 안다면 별도로 그것들에 대하여 구구하게 해석할 필요가 없다.

(2) 가장 오래된 상형문자를 알고 그것들을 그릴 수만 있다면 필획의 다과多寡와 번간繁簡의 차이에 대하여 구속받을 필요가 없다.

(3) 오래된 금문金文을 가지고 갑골문을 증명할 수 있다.

(4) 갑골문으로 『설문』의 잘못을 교정할 수 있다.

7. 『은허서계고석殷墟書契考釋』

이 책은 나진옥이 썼고, 그가 쓴 내용을 왕국유王國維3)가 직접 손으로 베껴 쓴 것을 일본에서 인쇄하였다. 나진옥은 다음과 같이 8편으로 나누어 이 책을 기술하였다.

(1) 도읍都邑
(2) 제왕帝王
(3) 인명人名
(4) 지명地名
(5) 문자文字
(6) 복사卜辭
(7) 예제禮制
(8) 복법卜法

여기에서 제5편인 문자는 다시 아래와 같이 세 가지 항목으로 나뉜다.

---

3) p.53, 주석 10) 참조.

(1) 자형, 자의, 자음 모두 분명하게 알 수 있는 글자는 대략 500자(중문 重文(이체자異體字)은 포함하지 않음) 정도이다.

(2) 자형과 자의는 분명하지만 자음이 불분명한 것은 대략 50여 자 정도이다.

(3) 자음과 자의가 모두 불분명하지만 고금문古金文에 보이는 글자는 대략 20여 자 정도이다.

8. 『은허서계대문편殷墟書契待問篇』

이 책은 나진옥이 썼고, 그가 손으로 쓴 것을 일본에서 출판하였다. 그는 이 책에서 해석할 수 없는 1,000여 개의 문자와 1,400여 개의 합문合文[4]과 중문重文을 수록하였다.

9. 『전수당소장은허문자고석戩壽堂所藏殷墟文字考釋』

이 책은 왕국유王國維가 썼고, 왕씨王氏가 출판한 경인본이다. 그는 여기에서 수많은 독창적인 견해를 밝혔다.

10. 『은계류찬殷契類纂』

이 책은 왕양王襄[5]이 썼고, 왕씨王氏가 출판한 경인본이다. 그는 식별할

---

4) 여기에서 말하는 '합문'이란, 갑골문과 금문 등 고문자에서 두 개의 한자가 결합하여 하나의 한자처럼 기록한 것을 말한다. 혹자는 이것을 복음사複音詞(다음절어)로 보기도 한다.

5) p.54, 주석 12) 참조.

수 있는 873개의 문자와 중문重文 2,110개의 문자를 이 책에 수록하였다. 그리고 2,983개의 문자를 '정편正編'으로 하였고, 식별할 수 없는 1,852개의 문자를 '존의存疑(불확실 하여 잠시 결정을 미룸)'로 하였으며, '존의'에 포함시킬 수 없는 142개의 문자를 '대참待參(추후 연구함)'으로 하였다. 마지막으로 243개의 합문合文을 '부편附篇'으로 하였다. 이 책은 독창적인 견해가 그다지 많지 않지만 찾아보기에는 매우 편리하다.

이 외에도 참고할 만한 가치가 있는 책들을 아래에 열거하면 다음과 같다.

11. 『장귀지여臧龜之余』

이 책은 나진옥羅振玉이 썼고, 일본에서 출판하였다.

12. 『귀갑수골문자龜甲獸骨文字』 2권

이 책은 일본의 임태보林泰輔6)가 썼고, 상주유문회商周遺文會에서 인쇄하였다.

13. 『보실은계정문簠室殷契征文』 2권

이 책은 왕양王襄이 썼고, 민국民國 14년에 인쇄된 것이다.

---

6) p.52, 주석 6) 참조.

14. 『보실은계정문고석簠室殷契征文考釋』

이 책은 왕양王襄이 썼고, 민국民國 14년에 인쇄된 것이다.

15. 『계문거례契文擧例』 2권[7]

이 책은 손이양孫詒讓[8]이 썼고, 길석암총서吉石盦叢書 본이다.

16. 『철운장귀습유鐵雲藏龜拾遺』

이 책은 섭옥삼葉玉森[9]이 썼고, 민국民國 14년에 인쇄된 것이다.

17. 『설계說契』

이 책은 섭옥삼葉玉森이 썼고, 민국民國 12년에 인쇄된 것이다.

18. 『연계지담硏契枝譚』

이 책은 섭옥삼葉玉森이 썼고, 민국民國 12년에 인쇄된 것이다.

---

7) p.52, 주석 8) 참조.
8) p.52, 주석 7) 참조.
9) p.54, 주석 11) 참조.

19. 『은계구심殷契鉤沈』

이 책은 섭옥삼葉玉森이 썼고, 민국民國 12년에 인쇄된 것이다.

20. 『은허서계고석소전殷墟書契考釋小箋』

이 책은 진방회陳邦懷[10]가 썼고, 민국民國 8년에 인쇄된 것이다.

21. 『은허문자류편殷墟文字類篇』

이 책은 상승조商承祚[11]가 썼고, 민국民國 12년에 인쇄된 것이다.

---

10) p.54, 주석   13) 참조.
11) p.54, 주석   14) 참조.

제**7**장

예서隷書

예서에 관한 설명은 상편上篇 제8장을 참고하면 될 것이다.

1. 『예석隷釋』 26권

이 책은 홍적洪適1)이 썼고, 현재 쉽게 찾아볼 수 있다.

2. 『예속隷續』 21권

이 책은 홍적洪適이 썼고, 현재 쉽게 찾아볼 수 있다.

---

1) 홍적(1117~1184)은 남송南宋 시대의 금석학자이자 시인이다. 자는 온백溫伯, 경온景溫이다. 그는 그의 동생인 홍준洪遵, 홍매와 함께 문학 방면에서 상당한 업적을 남겼다. 뿐만 아니라 금석학 방면에 조예가 깊어 구양수歐陽修, 조명성趙明誠과 함께 송대 삼대 금석학자라고 칭해진다. 저서로는 『예석隷釋』 27권, 『예속隷續』 21권, 『예찬隷纘』, 『예도隷圖』, 『예운隷韻』 등이 있지만 『예운』은 책으로 만들어지지는 않았다.

한나라 사람들의 예서隸書는 지금까지도 존재하는데 특히 비문碑文에 많이 보인다. 사람들은 그것들을 모사한 것을 책으로 엮었는데, 이러한 종류의 서적은 송대宋代의 구양수歐陽修2)와 조명성趙明誠3)에 의하여 시작되었다. 그들은 옛 물건들을 모사模寫하는데 집중하였기 때문에 학문적 성과는 그리 뛰어나지 않았다. 하지만 홍적의 『예석』, 『예속』, 『예찬隸纂』, 『예운隸韻』 등 4권은 상당히 학문적인 내용들로 이루어져 있다. 지금은 『예찬』과 『예운』 등 2권은 사라졌고 위 2권만이 남아있다.

위의 두 권은 매 편마다 원래의 문자에 근거하여 썼고 '어떠한 글자는 어떠한 글자이다.'라고 구체적으로 적었다. 비록 매우 신중하게 교정하였지만 우리들이 어떤 글자를 찾아보기에는 어려움이 따르는 것이 사실이다. 이러한 이유로 인하여 필자가 보기에 그는 고고학자에 가까울 뿐 진정으로 학문을 연구하는 학자와는 거리가 멀어 보인다.

3. 『예변隸辨』 8권

이 책은 고애길顧藹吉4)이 썼고 건륭乾隆(1736~1795) 연간에 편찬되었다.

---

2) 구양수(1007~1072)는 북송北宋 시대의 정치가이자 문인이다. 자는 영숙永叔, 호는 처음에는 취옹醉翁, 후에 육일거사六一居士, 시호는 문공文公으로 노릉盧陵(강서성江西省) 사람이다. 1030년에 진사進士로 관직을 시작하였으나 강직한 성격으로 좌천되어 지방관을 역임했다. 후에 중앙에 돌아와 한림원 학사가 되어 참지정사參知政事에 이르렀다. 문하에서 소식 등 유능한 인재가 나왔다. 그는 일찍이 송기宋祁와 함께 『신당서新唐書』를 수정하였고, 그 자신은 『신오대사新五代史』를 썼다. 뿐만 아니라 금석문자를 즐겨 수집하여 이것을 엮어 『집고록集古錄』을 저술하였다.

3) 조명성(1801~1129)의 자는 덕보德甫(혹은 덕부德父), 송대宋代 휘종徽宗 숭녕崇寧 연간의 재상인 조정지趙挺之의 셋째 아들이다. 그는 유명한 금석학자이자 고문자연구가이다. 저서로는 『금석록金石錄』 등이 있다.

그리고 동치同治(1862~1874) 연간에 재편찬 되었다. 그는 경서經書를 해석한 내용을 이 책에 기술하였다. 그는 한대漢代의 비석을 뽑아서 가려내었지만 매 글자마다 상세하게 설명하지는 않았다. 그렇지만 설명하지 않은 글자들 역시 본래 한예漢隷[5]의 자원字原으로 볼 수 있다. 이 책은 『설문』에 근거하여 정正, 변變, 생省, 가加로 구분한 후 이것을 다시 사성四聲에 따라 분류하였기 때문에 찾아보기가 매우 쉽다. 뿐만 아니라 비명碑名 다음에 구체적으로 설명을 가하였기 때문에 고증하기에도 매우 간편하다. 또한 『설문』의 순서에 따라 540개의 부수를 뽑아낸 후 그것들에 대하여 가장 핵심적인 내용을 개괄하였다. 이 외에도 모든 비명碑名을 열거하여 분예分隷[6]의 학설과 절충하여 각각에 대하여 고증함으로써 학자들에게 많은 편리함을 제공하였다.

4. 『금석문자변이金石文字辨異』 12권

이 책은 형주邢澍[7]가 썼고, 유씨취학헌劉氏聚學軒 간행본이다. 그는 한대漢代의 금석문, 당송唐宋 이전의 금석문, 송원宋元 연간에 간행된 홍적의

---

4) 고애길은 청대淸代의 학자로 알려졌을 뿐 그에 관한 자료는 충분치 않다. 그의 저서로는 『예변隷辨』 8권 등이 있다.
5) 한예란 한漢나라 때의 예서隷書를 말하지만 일반적으로 예서隷書를 한예漢隷라고 칭한다.
6) 일반적으로 팔분서八分書와 예서隷書를 가리킨다. 동한東漢 시대의 왕차중王次仲이 "팔분서"를 만들었다. 기록에 의하면 정막程邈이 만든 예서와 이사李斯가 만든 소전小篆을 취하여 만들었다고 한다.
7) 형주(1759~?)의 자는 우민雨民, 호는 전산佺山, 감숙성甘肅省 계주階州(오늘날의 무도武都) 사람이고, 1790년에 진사進士가 되었다. 그는 유명한 역사학자이다. 작품으로는 『관우경적고關右經籍考』, 『금석문학변이金石文學辯異』, 『금석예기金石禮記』 등이 있는데 상당한 가치를 지니고 있는 것으로 평가되고 있다.

『예석』,『예속』등의 서적을 모두 수집하여 이 책을 저술하였다. 이 책에는 이체異體가 상당히 많기 때문에 참고할 만한 가치가 충분하다고 할 수 있다. 하지만 이 책은 고애길의 『예변』과 비슷하게 운韻에 따라 분류하였으나 그 내용은 그다지 심오하지 않다고 보여진다.

5. 『예통隸通』 2권

이 책은 전경증錢慶曾[8]이 썼고, 서씨적학재徐氏積學齋 본이다. 이 책의 체례는 상편上篇에서 설명하였기 때문에 독자들은 이 부분을 참고하면 될 것이다.[9]

6. 『한비정경漢碑征經』 1권

이 책은 주백도朱百度[10]가 썼고, 광아서국廣雅書局 간행본이다. 이 책은 전적으로 고애길이 쓴 『예변』의 부족한 점에 대하여 기술하였으며 상당히 많은 부분이 새롭게 첨가되었다.

---

8) p.78, 주석 3) 참조.
9) p.78 참조.
10) 주백도는 청대의 학자이다. 그에 관한 내용은 거의 알려진 바가 없다. 그의 저서로는 『한비징경漢碑徵經』,『한비정경漢碑征經』 등이 있다.

7. 『비별자碑別字』 5권

이 책은 나진옥羅振玉[11]의 형인 나진감羅振鑒이 썼고, 식구당食舊堂 간행본이다. 그는 이체異體를 수집하여 이 책을 편찬하였으나 독창적인 견해는 그다지 많지 않다고 사료된다.

8. 『육조비별자六朝碑別字』 1권

이 책은 조지겸趙之謙[12]이 썼고, 상무인서관商務印書館에서 편찬하였다. 필자가 보기에 이 책에서 취할만한 내용은 그다지 없는 것 같다.

---

11) p.52, 주석 9) 참조.
12) 조지겸(1829~1884)은 청대의 저명한 서화가이자 전각가篆刻家이다. 자는 익보益甫, 호는 냉군冷君·비암悲庵·매암梅庵·무빈無悶 등이다. 그의 저서로는 『비암거사문悲盦居士文』, 『비암거사시悲盦居士詩』, 『용려한힐勇廬閑詰』, 『보환우방비록補寰宇訪碑錄』, 『육조별자기六朝別字記』 등이 있다.

역자 보충

제 *1* 장
『설문』 연구를 위한 기본서적

『설문』을 연구하는 목적은 고대 문자를 분명하게 알기 위함이다. 소위 '문자를 안다'는 것은 그 문자의 자형을 쓸 수 있어야 하고, 그 문자의 자음을 정확하게 읽을 수 있어야 하며, 그 문자의 자의를 분명하게 말로써 풀어낼 수 있어야만 바로 '그 문자를 안다'라고 할 수 있는 것이다. 각각의 문자는 자형字形・자음字音・자의字義 삼자가 결합하여 이루어졌다. 혹자는『설문』이라는 책은 주로 자형의 구조를 밝히기 위한 것으로 "문자학"의 범위에 속할 뿐 '성운학聲韻學' 및 '훈고학訓詁學'과 관계가 거의 없다고 주장하기도 한다. 이러한 견해는 명백히 잘못된 것이라 보여진다. 물론 하나의 학문이 있기 위해서는 그 한계선이 분명해야 하는 것은 사실이다. 하지만 하나의 학문을 전문적으로 연구하기 위해서는 이에 상응하는 상당한 지식을 구비해야 한다. 만일 하나의 학문과 유관한 부분만을 이해하고 연구한다면 일반적으로 통용되기 위한 결론을 도출하기란 쉽지 않을 것이다.

『설문』은 문자, 훈고, 성운 등 세 부분을 모두 포관하고 있는 서적이다. 허신은 우선 소전의 자형에 바탕을 두고 의미를 설명하고 다음으로 자형을 분석한 후 마지막에 자음을 밝혔다. 허신이 설정한 규정은 상당히 규칙적이라 볼 수 있다. 『설문』을 읽기 위해서는 문자, 성운, 훈고에 대하여 해박한 지식을 구비해야 한다. 이에 역자는 후학들의 『설문』 연구에 조그마한 보탬이 되고자 여기에서 『설문』 연구를 위한 기본 서적과 보조 서적을 나누어 간략하게 기술하고자 한다. 앞에서 자세히 설명된 부분은 여기에서 간략하게 설명하고 설명이 자세하지 않거나 누락된 부분은 여기에서 자세하게 설명하였다. 독자들은 앞의 내용을 충실히 이해한 후 이 부분을 살펴보면 도움이 될 것이다.

1. 『설문』을 연구하기 위한 기본 서적

1-1. 『문자몽구文字蒙求』4권(청 왕균王筠1) 저, 중화서국인본)

왕균(1784~1854)의 자는 녹우菉友, 청조 산동성 안구安邱 사람으로, 1838년(청 도광道光 18년)에 이 책을 썼다. 그는 『설문』에서 상용자 2,044자를 골라 상형, 지사, 회의, 형성 등 4 부분으로 분류한 후 간단하고 알기 쉽게 설명하였기 때문에 처음 문자학을 공부하는 학생들에게 유용한 『설문』입문 서적이라 할 수 있다.

문자몽구文字蒙求

1-2. 『설문해자』15권(한 허신許愼 저, 송 서현徐鉉2) 교정, 중화서국신인본)

학생들은 『문자몽구』를 읽은 후 서현이 교정한 대서본大徐本 『설문』을 읽는다면 『설문』에 대하여 어느 정도 이해할 수 있을 것이다. 대서본大徐本

---

1) p.101, 주석 14) 참조.
2) p.90, 주석 1) 참조.

『설문』은 540개 부수에 따라 9,353개 문자를 나열하였고, 각각의 문자에 대하여 자형, 자음, 자의를 개략적으로 설명해 놓은 책이다.

1-3. 『설문해자계전』40권(남당南唐 서개徐鍇[3]) 저, 수양기씨각본壽陽祁氏刻本 『사부총간四部叢刊』본, 『사부비요四部備要』본)

서개(920~974)의 자는 초금楚金이고 남당南唐 시대의 문자훈고학자文字訓詁學者이다. 그의 형인 서현徐鉉과 병칭하여 대소서大小徐라 칭해진다. 하지만 서개의 학식이 더욱 뛰어나다고 보여진다. 이 책에는 독창적인 견해가 상당히 많기 때문에 참고할 만한 가치가 충분하다고 사료된다.

1-4. 『육서고六書故』33권(송말 대동戴侗[4]) 저, 명각본明刻本 청건룽 파서巴西 이씨李氏 간본)

대동戴侗(1200~1285)의 자는 중달仲達이다. 그는 『설문』에 구속됨이 없이 문자학에 탁월한 성과를 나타냈다. 『사고전서총목제요四庫全書總目提要』에 근거하면, 그는 송 이종理宗 순우淳祐 연간의 진사이며, 생졸연대는 분명치 않다. 그러나 『육서고』권수卷首에 있는 조봉의趙鳳儀 서언을 보면, 이 책은 원 인종仁宗 정우廷祐 7년(1320년)에 새겨진 것임을 알 수 있다. 전서全書는 모두 33권으로, <수數>, <천문天文>, <지리>, <인人>, <동물>, <식물>, <공사工事>, <잡雜>, <의疑> 등 9개의 대분류로 나뉘고, 479개의 세목細目으로 소분류해 놓았다. 전前 7부에는 각각 사물과 유관한 글자를 수록하였고, 여기에 수록할 수 없는 것은 <잡雜>에 수록하였으며, 자형에 대하

---

3) p.115, 주석 5) 참조.
4) p.116, 주석 7) 참조.

여 의문이 있는 글자는 <의疑>에 수록하였다.

각각에 수록된 글자는 다시 지사, 상형, 회의, 전주, 해성, 가차 등 육서에 따라 나누어 배열하였으며 의문이 있는 글자에 대해서는 '모지의某之疑'라고 밝혔다. 『육서고』의 분류는 『설문』의 540부수 분류법과는 상당부분 다르며, 그 배열 방식 역시 유서類書와 같은 분류 방식을 채택하였다. 글자를 해석할 때에도 『설문』에 근거하여 부족한 부분을 더욱 발전시킨 부분도 있고, 『설문』을 반박한 부분도 있으며 『설문』과 다르게 완전히 새롭게 해석을 시도한 부분도 있다.

1-5. 『설문의증說文義證』50권(청 건륭乾隆 계복桂馥5) 저, 영석靈石 양씨楊氏 각본, 숭문서국崇文書局 본)

계복(1736~1805)의 자는 미곡未穀, 산동성 곡부曲阜 사람이다. 그는 『설문』을 약 50여 년간 연구하면서 수많은 책을 인용하여 허신의 주장을 증명해 보였다. 여기에서 그의 독창적인 견해를 밝히지 않은 이유는 학자들 스스로 선택해 보라는 이유에서였다.

1-6. 『설문해자주說文解字注』30권(청 가경嘉慶 단옥재段玉裁6) 저, 숭문서국崇文書局 본, 상해고적서점上海古籍書店 본)

단옥재(1735~1815)의 자는 약응若膺, 호는 무당懋堂이고, 강소성 금단金壇 사람이다. 『설문해자주』가 출판된 이후, 이 책에 대하여 잘못된 부분을 수정하거나 바로잡기 위하여 많은 학자들이 책들을 출판하였다. 이 중에서

---

5) p.175, 주석 33) 참조.
6) p.114, 주석 2) 참조.

서호徐灝가 지은 『설문단주전說文段注箋』이 가장 뛰어나다고 할 수 있다. 이 책은 『설문해자주』를 수정하여 보충한 부분 이외에도 독창적인 견해가 상당수를 차지하기 때문에 『설문해자주』를 읽을 때 이 책을 참고하는 것이 필수적이라 사료된다.

1-7. 『설문구두說文句讀』30권(청 왕균王筠 저, 사천각본四川刻本, 상무인서관商務印書館 본)

이 책은 계복의 『설문의증』과 단옥재의 『설문해자주』에 근거하여 지은 것으로, 복잡한 부분은 과감하게 삭제하여 간단하게 요약하였을 뿐만 아니라 왕균 자신의 견해를 밝혀 놓았다. 이 책은 서명書名에서 보이는 바와 마찬가지로 구두句讀를 분명하게 밝히는 것으로 초학자들이 보기에 편리하다.

1-8. 『설문석례說文釋例』20권(청 왕균王筠 저, 사천각본四川刻本, 상무인서관商務印書館 본)

『설문석례』는 출판 당시, 사람들에게 가치를 인정받지 못했다. 하지만 현재의 문자학적 관점으로 본다면 계복, 단옥재, 주준성朱駿聲보다도 자형 분석과 논증 방식은 훨씬 뛰어나다고 보여진다. 왕균은 청동기 자료를 자유자재로 활용하였으며, 이를 토대로 『설문』 내용을 증명하고 중문重文과 주문籒文을 세밀하게 연구하여 『설문』의 수많은 오류를 바로잡았다. 그는 이미 과학적 문자 부호 관념을 갖추고 있었으며 고문자 자형 중에 포함된 수식 부호까지 식별해낼 정도로 자형을 세밀하게 분석하였다.

왕균은 『설문석례』를 먼저 완성하고, 『설문구두』를 나중에 완성하였다. 『설문석례』 가운데 <이부중문異部重文>, <분별문分別文>, <누증자累增字>

부분은 상당히 중요한 부분으로 학자들이 이 부분을 자세히 연구할 가치가 충분하다고 사료된다. 근거 없는 상상과 추측 중심의 자형 분석을 탈피하고 과학적 이론 체계와 엄밀한 논증 방식을 토대로 중국 문자의 변천과정을 밝히고 그 분석 결과를 토대로 과학적 이론 체계와 연구 방식을 새롭게 수립하려는 시점에서 왕균의 연구 방식과 성과를 살펴보는 것은 중요한 의미를 지닌다고 할 수 있다.

이 외에도 계복, 단옥재, 왕균 등과 함께 『설문』4대가로 칭해지는 주준성은 『설문통훈정성說文通訓定聲』18권을 저술하였다. 이 책은 고운부古韻部에 따라 『설문』을 새롭게 배열하였다. 전서全書는 해성 성부聲符를 근간으로 한 후 이를 다시 음음에 따라서 고운古韻 18부十八部에 귀속시켰다. 동일한 성부로부터 불어난 글자를 모두 연결시켰기 때문에 매우 질서정연한 모습을 엿볼 수 있다. 모든 글자는 먼저 『설문』에 근거하여 자의字義를 설명하였고 수많은 고서古書를 인용하여 증명하였기 때문에 '설문說文'이라 말하는 것이다. 다음으로는 이 글자의 인신의引伸義와 이 문자를 가차하여 만들어진 가차의假借義를 기술하였기 때문에 '통훈通訓'이라 하는 것이고, 마지막으로 상고운上古韻이 문장 가운데 사용된 용운用韻으로 고음古音을 증명하였기 때문에 '정성定聲'이라 한 것이다. 모든 동운同韻이 서로 압운押韻할 수 있는 것을 고운古韻이라 하고, 린운鄰韻으로 서로 압운할 수 있는 것을 전음轉音이라 하여 자음字音을 분명하게 하였다. 이 세 부분 가운데 가장 중요한 부분은 바로 '통훈'으로, 이는 자의字義의 발전과 변화 연구에 상당히 유용하다고 보여진다.

1-9. 『설문해자고림說文解字詁林』66책, 『보유補遺』16책(정복보 丁福保[7]) 주편, 『고림詁林』1928년 인쇄)

청 건가乾嘉 이래『설문』에 관한 저서가 수백 종에 달하였다. 이에 학자들이 하나의 글자를 찾아보기 위해서는 반드시 각각의 서적과 유관한 내용을 찾아보아야만 했다. 하지만 각각의 서적에 분산되어 있는 학자들의 견해를 일시에 찾아보는 것은 거의 불가능하였다. 이에 정복보는 30여 년 동안의 노력을 기울인 결과, 『설문』을 연구한 서적 182종과 1036권의 주석서를 수집한 후, 매 글자에 각자의 학설을 나열하여 1928년에『설문해자고림』을 완성하였다. 이후 계속하여『설문』의 기타 46종의 논술을 수집하여 1931년에『설문해자고림보유』를 엮었다. 이 책은 고문자학의 중요한 참고서적으로 학술계에서 많은 중시를 받고 있는 것이 사실이다.

---

7) 정복보(1874~1952)의 자는 중호仲祜이다. 1895년에 강음江陰 남청서원南菁書院에서 학습하였고, 이듬해에 수재秀才에 합격하였다. 후에 화형방華蘅芳을 따라서 수학을 학습한 후『산학서목제요算學書目提要』를 저술하였다. 또한 몸에 병이 많아서 다시 의학을 학습하여 근 80여 종에 이르는 국내외 의학서적을 편집하고 번역하였다. 이를 합칭하여『정씨의학총서丁氏醫學叢書』라 한다. 1918년『역대의학서목제요歷代醫學書目提要』를 저술하였고, 후에 다른 사람과 함께 국내외 의학서적을 수집하여『사고총록의약편四庫總錄醫藥編』을 저술하였다. 신해혁명辛亥革命을 전후하여『한위육조명가집초각漢魏六朝名家集初刻』, 『전한삼국진남북조시全漢三國晉南北朝詩』, 『역대시어속편歷代詩語續編』, 『청시화淸詩話』등 총서를 편찬하였다. 1924년 자칭 "십만 3천여 권"을 소장하였다고 하면서 "고림정사詁林精舍"를 설립한 후 확인해보니 소장한 책이 거의 15만 권에 달하였다. 후에 각국의 도서관과 학교에 책을 기증하였고, 특히 상해上海의 복단대학震旦大學 도서관에 2만여 책과 5만여 고금간본을 기증하였다. 편저로는『문선류고文選類詁』, 『이아고림爾雅詁林』, 『고전대사전古錢大辭典』등이 있다. 뿐만 아니라 문자학 방면의 서적으로는『육서정의六書正義』, 『설문약說文鑰』등이 있다.

설문해자고림說文解字詁林   정복보丁福保

이상의 서적들은 우리들이 『설문』을 연구할 때 항상 접하게 되는 서적들
이다.

1-10. 『설문고주보說文古籀補』14권(청 오대징吳大澂[8]) 저, 호남각 본湖南刻本)

오대징(1835~1902)은 청말 금석金石 고고학자이다. 그는 일찍이 금문金
文으로 『설문』을 보충하여 증명하였다. 이 책은 『설문』 부수의 차례에 따
라서 썼으며, 『설문』에 없는 금문을 보충하였다. 이에 고대 문자를 연구하
기에 적합한 서적이라 할 수 있다. 정불언丁佛言은 이 책에서 누락된 부분
을 보충하여 『설문고주보說文古籀補』14권을 썼는데 이 역시 참고할 만하다
고 보여진다.

---

8) p.61, 주석 2) 참조.

1-11. 『금문편金文編』14권, 『금문속편金文續編』14권(용경容庚[9]) 저, 호남각본湖南刻本)

용경容庚

이 책은 용경이 오대징의 서체에 근거하여 이를 더욱 확충시켜 만들어졌다. 지금까지 전해 내려온 금문의 단자單字를 『금문편』에 수록하여 금문 연구에 상당히 중요한 서적으로 인정받고 있다. 애석한 점은 근래에 출토된 청동기에 새겨진 금문을 수록하지 않아 시대적인 한계가 있다는 사실이다. 이 책은 『설문』의 순서에 따라서 금문을 배열하였다. 『금문편』은 은주殷周 시대의 금문을 전문적으로 수록하였고, 『금문속편』은 진한秦漢 시대의 금문을 수록하였다.

1-12. 『은허문자류편殷墟文字類編』, 상승조商承祚[10] 저.

상승조는 나진옥羅振玉[11]의 문하생이다. 이 책은 나진옥의 지도하에 그

---

9) 용경은 어렸을 적부터 『설문』과 오대징의 『설문고주보說文古籀補』를 학습하였다. 1922년, 나진옥羅振玉의 소개로 북경대학 연구소 대학원에 입학하고, 졸업 후 북경대학교 교수를 역임하였다. 저작으로는 『금문편金文編』, 『상주이기통고商周彝器通考』 등이 있다. 『금문편』은 오대징의 『설문고주보』를 이은 첫 번째 금문대자전이다. 이 책은 고문자 연구자들이 반드시 구비해야만 하는 자전이다. 1935년, 진한秦漢의 금문을 수집하여 『금문속편金文續編』을 편찬하였다. 1959년에 출판된 수정본 『금문편』은 역대로부터 출토된 청동기 3,000여 개에 새겨진 명문銘文에 근거하였고, 모두 18,000여 자를 수록하였다. 『상주이기통고』는 그의 또 다른 중요한 저서이다. 이 책은 상주商周 청동기에 관한 종합적이고도 전문적인 서적이라 할 수 있다.

10) p.54, 주석 14) 참조.

11) p.52, 주석 9) 참조.

의 『은허서계고석殷墟書契考釋』을 저본으로 하여 분산된 글자와 그에 대한 고증을 『설문』의 부수에 따라 재편한 책이다. 상승조 자신의 견해는 그리 많은 편은 아니지만 초학자에게 있어서는 많은 편리를 제공해 준다.

1-13. 『갑골문편甲骨文編』14권, 손해파孫海波[12]) 저.

이 책은 1934년 손해파가 저술하였다. 여기에는 문자 1,006개와 합문合文[13]) 156개 그리고 부록에 문자 1,110개를 수록되어 있다. 1964년 중국과학원에서 출판하였을 때에는 문자 1,234개와 부록에 문자 2,949를 수록하였다.

1-14. 『갑골학문자편甲骨學文字編』14권, 주방포朱芳圃[14]) 저.

이 책은 주방포가 저술하였고 1933년 상무인서관에서 출판하였다. 그는

---

12) 손해파(1909~1972)의 자는 명사銘思이고, 하남성河南省 광주光州(오늘날 황천潢川) 사람이다. 1934년 북경사범대학연구원을 졸업하여 사학과 석사학위를 취득한 뒤 중국연구원 역사언어연구소 연구원, 북경사범대학교 중문학과 강사, 중국대학과 북경대학 중문과 교수를 역임하였고, 1942년 북경사범대학교 사무총장을 지냈다. 그는 고고학, 갑골문, 금문, 역사 등에 뛰어났으며, 저서로는 『갑골문편甲骨文編』, 『고문성계古文聲系』, 『중국문자학中國文字學』등이 있다. 특히 갑골문 방면에 많은 저서를 남겼는데 예를 들면 『평은허서계속편교기評殷墟書契續編校記』, 『평갑골지명통검評甲骨地名通檢』, 『평금장소장갑골복사評金璋所藏甲骨卜辭』등이다.
13) p.251, 주석 4) 참조.
14) 주방포(1895~1973)는 역사학자이자 고문자학자 겸 민속학자이다. 1928년 청화대학淸華大學 국학연구원國學研究院을 졸업하였는데, 그는 왕국유가 청화대학에 있었을 때의 제자이다. 이후 하남대학河南大學, 호남대학湖南大學, 동북대학東北大學, 개봉사범대학開封師範大學 교수를 역임하였다. 평생토록 음운학, 훈고학, 고고학을 연구하였고 특히 갑골문과 금문에 상당히 뛰어났다. 그의 저서로는 『손이양연보孫詒讓年譜』, 『은주문자석총殷周文字釋叢』, 『갑골학상사편甲骨學商史編』, 『금문석총金文釋叢』, 『갑골문자편甲骨文字編』, 『중국고대신화여사실中國古代神話與史實』등이 있다.

『설문』부수의 순서에 따라 갑골문자를 편집하였다. 각각의 문자에 대한 해석은 다양한 학자들의 고증을 나열하였기 때문에 상승조의 『은허문자류편』과 손해파의 『갑골문편』과는 다르다고 할 수 있다. 하지만 자신의 견해가 거의 없다는 점은 상승조와 손해파와 같다고 보여진다.

1-15. 『고문자류편古文字類編』1책, 고명高明[15] 편집.

이 책은 1980년 중화서국에서 출판하였다. 고명은 세 부분 즉, 제1편 고문자, 제2편 합체문자, 제3편 휘호徽號문자[16]로 나누어 이 책을 편집하였다. 또한 각 편은 갑골문, 금문, 간서簡書[17], 기타 각사刻辭, 진전秦篆[18] 등

---

15) 고명(1909~1992)은 저명한 학자이자 교육자이다. 또한 중국문학박사교육의 창시자이다. 1926년 국립 동남대학東南大學에 입학하였고, 1930년에 국립 중앙대학中央大學 중국문학과를 졸업하였다. 항전기간 전후 그는 중앙정치학교中央政治學校, 서북대학西北大學, 정치대학政治大學에서 교수를 역임하였다. 대만에 간 후에는 대만사범대학교 국문연구소를 설립하여 대만의 문학박사연구생들을 모집하였다. 이후 정치대학政治大學, 중국문화대학 중문과 및 중문연구소를 주관하였다. 주요 저서로는 『백서노자교주帛書老子校注』, 『중국고문자학통론中國古文字學通論』, 『고문자류편古文字類編』, 『고도문휘편古陶文彙編』등이 있다.

16) 휘호문자를 일명 족휘族徽문자라고 한다. 휘호(족휘)란 씨족 혹은 가족을 나타내는 표지로 이것이 문자인지 여부에 대해서는 아직까지도 다양한 학설이 존재한다. 일반적으로 갑골문과 금문에서는 씨족명, 가족명, 인명, 방국명 등으로 사용된다. 족휘문자의 문자성에 대한 다양한 학설은 김하종金河鍾 박사학위논문 『은상금문사휘연구殷商金文辭彙研究』(산동대학교山東大學校, 2008)을 참조하면 될 것이다.

17) 일명 죽간竹簡이라고도 한다. 종이가 일반에 보급되기 이전의 주된 기록 매체로, 중국 주周나라 때 처음 사용된 이래 진, 한 때 성행했고 육조 때까지 널리 쓰였다. 대나무의 마디를 세로로 쪼개 방충을 위해 불을 쬐어 기름을 빼고 푸른 껍질을 벗겨낸 뒤 그 위에 글자를 적었다. 통상 길이 20~25㎝에, 너비가 몇 ㎝에 불과해 많은 글자를 적을 수 없기 때문에 가죽이나 비단 끈으로 엮어 사용했다. 이렇게 편철한 것을 책(策 또는 冊)이라 한다.

18) p.76, 주석 14) 참조.

으로 나누어 각종 서로 다른 자형을 나열한 점으로 미루어 자형을 상당히 광범위하게 수집하였음은 물론이거니와 고석도 근거가 충분하다고 여겨진다.

위에 열거한 6종의 서적은 고문자를 종류별로 나열한 책들이지만, 갑골문과 금문에 대하여 기초 지식이 없는 초학자들이 학습하기에는 유용하다고 사료된다. 우선『설문』을 학습한 후 이 책에 수록된 다양한 자료를 참고하여 자세하게 연구해 나간다면 문자의 발생과 발전 및 변화에 대하여 개략적인 이해를 도모할 수 있을 것이다. 또한 이러한 학습은 고문자를 깊이 연구하기 위한 기초가 될 것이다. 만일 이러한 기초적인 노력이 없다면 예를 들면『갑골문합집甲骨文合集』[19]과 같은 책이 있을 지라도 어디에서부터 공부를 시작해야할지 막막할 것이다. 게다가 새롭게 출토되는

갑골문합집甲骨文合集

---

19) 곽말약郭沫若(1892~1978)이 주편主編한 책으로 갑골문을 대집성하여 만들었다. 갑골학 학자인 호후선胡厚宣이 총편집 책임을 맡았고, 중국사회과학원 역사연구소 선진사先秦史 연구실의 『갑골문합집』 편집부가 총체적으로 편집하여 1978~1982 중화서국에서 출판하였다. 이 책은 80년 동안의 갑골탁본과 사진 및 모사본 41,956편을 수집하였고 13책으로 분류하였다. 전 12책은 탁본과 갑골사진이고 제13책은 모사본이다. 제1책~제6책은 제1기 갑골문, 제7책은 제1기 갑골문 부록, 제8책은 제2기 갑골문, 제9책~제10책 전반부는 제3기 갑골문, 제10책 후반부~제11책은 제4기 갑골문, 제12책은 제5기 갑골문, 제13책은 모사본으로 모사본 역시 상술한 제1기~제5기 갑골문 순서로 나열하였다. 매 시기 갑골문은 사회사의 각도로 분류하였는데 (1) 계급과 국가(노예와 평민, 노예주 귀족, 관리, 군사, 형벌, 감옥, 전쟁, 방역, 공납), (2) 사회생산(농업, 어업과 수렵, 목축, 수공업, 상업과 교통), (3) 사상문화(천문과 역법, 기상, 건축, 질병, 생육, 귀신숭배, 제사, 길흉과 몽환夢幻, 복법卜法, 문자), (4) 기타로 나누었다.

갑골문과 금문의 식별과 정리는 불가능하다고 할 수 있다.

1-16. 『자설字說』1권, 오대징吳大澂[20] 저.

이 책은 오대징이 갑골문과 금문에 근거하여 고문자를 고석考釋한 논문집이다. 여기에는 <제자설帝字說>, <왕자설王字說>, <숙자설叔字說> 이하 32편의 논문을 수록하였다. 매 편 가운데 긴 문장은 300~400여 글자 짧은 문장은 100여 글자로 상당히 간단하고 명료하게 그 요점만을 기록하였다.

1-17. 『명원名原』2권, 손이양孫詒讓[21] 저.

손이양은 『설문』에 구애받지 않고 직접적으로 갑골문과 금문을 이용하여 문자를 만든 규칙을 연구하였다. 고대에는 문자를 "명名"이라고도 불렀기 때문에 이 책을 『명원』이라 이름하였다. 이 책은 원시수명原始數名, 고장원상古章原象, 상형원시象形原始, 고주찬이古籀撰異, 전주게저轉注揭櫫, 기자발미奇字發微, 『설문』보궐補闕 등 총 7편으로 나뉜다. 손이양은 동일한 편방을 취하는 글자들을 나열하여 그 편방의 의미를 매우 자세하여 연구하였다. 이 책은 한자의 원시 형태 및 그 변화 발전의 원인에 대하여 중요한 공헌을 한 책이라 여겨진다.

1-18. 『계문거례契文擧例』2권, 손이양孫詒讓 저.

손이양은 중국학자들 가운데 갑골문을 최초로 연구하여 이에 대한 전문서적을 저술한 첫 번째 학자로 꼽힌다. 후에 나진옥과 왕국유가 이에 대한 연구를 진행하여 손이양이 개척한 길을 더욱 넓혀 주었다.

---

20) p.61, 주석 2) 참조
21) p.52, 주석 7) 참조.

1903년 유악劉鶚[22]은 하남성 안양安陽 은허殷墟에서 출토된 일부 갑골문 탁본을 인쇄하여 『철운장귀鐵雲藏龜』6책을 편찬하였고, 손이양은 유악의 『철운장귀』에 대하여 전문적인 연구를 진행하였다. 그리하여 자형과 자의를 고석하였고, 갑골문의 내용에 따라 분류하여 1904년 『계문거례』2권을 저술하였다.

이 책은 월일月日, 정복貞卜, 복사卜辭, 귀신鬼神, 복인卜人, 관씨官氏, 방국方國, 전례典禮, 문자文字, 잡례雜例 등 10편으로 나뉜다. 이러한 분류 방법은 후학들에게 갑골문을 분류하고 정리하는 방법을 제시하였다는 점에서 높이 평가할만 하다.

1-19. 『은상정복문자고殷商貞卜文字考』1권, 나진옥羅振玉[23] 저.

나진옥은 손이양의 뒤를 이어 갑골문을 연구하였다. 이 책은 고사考史, 정명正名, 복법卜法, 여설余說 등 4편으로 나뉜다.

1-20. 『은허서계고석殷墟書契考釋』3권, 나진옥羅振玉 저.

나진옥은 『은허서계』를 완성한 후, 그 안에 들어있는 문자에 근거하여 이 책을 편찬하였다. 이 책은 도읍都邑, 제왕帝王, 인명人名, 지명地名, 문자文字, 복사卜辭, 예제禮制, 복법卜法 등 8편으로 나뉜다. 이 책은 갑골문을 내용별로 체계적으로 분류한 연구 논문으로, 매 글자를 고석하였다는 점은 당시로서 상당히 독창적적이었다고 하겠다. 후에 상승조商承祚는 『설문』540부수에 의거하여 이 책을 『은허문자류편殷墟文字類編』으로 바꾸었는데, 상승조의 책이 초학자에게 보다 편리하다고 사료된다.

---

22) p.50, 주석 4) 참조.
23) p.52, 주석 9) 참조.

1-21. 『고사신증古史新證』1권, 왕국유王國維[24] 저.

왕국유는 청화국학원淸華國學院에서 강의한 내용을 엮어서 이 책을 만들었다. 그가 이 책에서 제시한 이중증거법二重證據法은 중국근대사학사에서 상당히 중요하다는 평가를 받고 있다. 그는 이중증거법을 이용하여 평소 고증했던 갑골문과 금문으로 고대 역사를 증명해냈다.

이상에서 열거한 오대징, 손이양, 나진옥, 왕국유의 저서는 초학자가 『설문』을 송독誦讀한 후에 반드시 읽어야 하는 책이다.

---

[24] p.53, 주석 10) 참조.

제2장
『설문』을 연구하기 위한 보조 서적

2-1. 『이아의소爾雅義疏』19권, 학의행郝懿行[1]) 저.

이 책은 『이아爾雅』[2])를 주석注釋하고 연구한 훈고학 방면의 저서이다. 수많은 학자들이 『이아』에 대하여 주석을 달았으나 그 가운데 가장 뛰어나고 초학자가 쉽게 접근할 수 있는 책이 바로 이 책이다. 전서全書는 『이아』 곽박주郭璞注를 저본으로 하였다. 학의행은 곽박주에 대하여 더욱 자세하게 주를 달았고, 불분명한 부분에서는 간혹 수정하기도 하였다. 뿐만 아니라 『설문』, 『석명釋名』 등에 대하여 일부 평가를 하기도 하였다.

이 책은 성음으로 훈고한 내용이지만, 학의행은 고음古音에 정통하지 않아 그가 '동음音同', '음근音近', '쌍성첩운雙聲疊韻', '성전聲轉', '일성지전一聲之轉' 등을 언급할 때 잘못된 부분이 있는 것도 사실이다. 왕념손王念孫은 이 책의 성음 방면의 착오를 교정하여 『이아학주간오爾雅郝注刊誤』1권을 저

---

1) 학의행(1757~1825)의 자는 순구恂九, 호는 난고蘭皐이고, 산동성山東省 서하棲霞 사람이다. 청 가경嘉慶 연간에 진사進士가 되었고 호부戶部에서 직무를 수행하였다. 그는 경학자이자 훈고학자로 특히 『이아爾雅』 연구에 상당히 뛰어났다. 저서로는 『이아의소爾雅義疏』, 『산해경전소山海經箋疏』, 『역설易說』, 『서설書說』, 『춘추설략春秋說略』, 『죽서기년교정竹書紀年校正』 등이 있다.

2) p.36, 주석 10) 참조.

술하였는데, 참고할 만 가치가 충분하다고 생각된다.

2-2. 『광아소증廣雅疏證』10권, 왕념손王念孫[3]) 저.

이 책은 『광아廣雅』[4])를 체계적으로 논술한 책이다. 사실 이 책은 왕념손
이 음운학과 문자학 그리고 훈고학적 지식을 총 동원하여 『광아』를 명쾌하
게 논술한 것이다. 이 책의 편장篇章 순서는 『광아』와 같다. 그가 고석하고
주해를 할 때 중요한 내용에는 '보정補正 『광아』 문자', '변증장읍오채辨證
張揖誤采', '규정선유오설糾正先儒誤說', '게시揭示 『광아』 체례', '소증疏證
『광아』 훈석訓釋', '겸섭동원탐구兼涉同源探求', '교정조헌음석校正曹憲音釋'이
들어 있다. 이 외에도 이 책은 두 가지 방면, 즉 다양한 전적으로 증명을 하
였고 분명한 사실로 증명하였다는 점이 우수하다고 평가받고 있지만 잘못
된 부분이 없는 것은 아니다. 예를 들면 체례와 전문용어 사용이 불분명할
뿐만 아니라 소증하고 교정한 부분에 실수가 있는 것이 그것이다.

2-3. 『소이아훈찬小爾雅訓纂』5권, 송상봉宋翔鳳[5]) 저.

『소이아』[6])는 『광고廣詁』, 『광언廣言』, 『광훈廣訓』, 『광의廣義』, 『광명廣名』,

---

3) p.175, 주석 34) 참조.
4) p.37, 주석 16) 참조.
5) 송상봉(1779~1860)의 자는 우정虞庭, 강소성江蘇省 장주長洲(오늘날의 소주蘇州)
사람이다. 그의 저서로는 『논어설의論語說義』10권, 『논어정주論語鄭注』10권, 『대
학고의설大學古義說』2권, 『맹자조주보정孟子趙注補正』6권, 『맹자유회주孟子劉熙
注』1권, 『사서석지변증四書釋地辨證』2권, 『괘기해卦氣解』1권, 『상서설尚書說』1
권, 『상서보尙書譜』1권, 『이아석복爾雅釋服』1권, 『소이아훈찬小爾雅訓纂』6권, 『
오경요의五經要義』1권, 『오경통의五經通義』1권, 『과정록過庭錄』16권 및 『논어발
미論語發微』, 『경문經問』, 『박학재차기樸學齋箚記』 등이 있다.
6) 『소이아』는 훈고학 저서로, 『이아爾雅』의 예에 따라서 고서古書의 단어에 대하여
해석하였다. 원본은 실전되었고, 현재의 『소이아』는 『공총자孔叢子』1편이다. 『한

『광복廣服』, 『광기廣器』, 『광물廣物』, 『광조廣鳥』, 『광수廣獸』 등 10장과 『도度』, 『량量』, 『형衡』 3장 등 모두 13장이 있다. 청대 『소이아』에 대한 전문 서적은 송상봉이 지은 것 이외에도 호승공胡承珙의 『의증義證』, 왕후王煦의 『소소小疏』, 갈기인葛其仁의 『소증疏證』 등이 있다. 이 중에서 송상봉의 『소이아훈찬』이 가장 뛰어나다고 생각된다.

2-4. 『방언전소方言箋疏』13권, 전역錢繹[7] 저.

이 책은 『방언方言』[8]을 소증疏證한 책으로, 성음으로 훈고하였다. 역자가 보기에는 『방언』에 대하여 주해한 책 가운데 가장 뛰어난 것 같다.

2-5. 『석명소증보釋名疏證補』8권, 왕선겸王先謙[9] 저.

왕선겸은 필원畢沅의 『석명소증釋名疏證』을 저본으로 하고 후대 수많은 학자들의 주장을 수집하여 이 책을 저술하였다. 이 가운데 자신의 독창적인

서漢書·예문지藝文志에 무명씨가 지은 『소이아』 1편이라는 구절이 있다.

7) 전역의 자는 자락子樂이다. 그는 전대소錢大昭의 차남이자 전대흔錢大昕의 조카이다. 이러한 사실로 미루어 볼 때 그의 가학家學을 엿볼 수 있다. 그는 소전小篆과 대전大篆 및 금문에 대하여 전문적으로 연구하였다. 저서로는 『십삼경한학구두十三經漢學句讀』, 『맹자의소孟子義疏』2권 등이 있다.

8) 『우헌사자절대어석별국방언輶軒使者絕代語釋別國方言』을 간칭簡稱하여 『방언方言』이라 한다. 이 책은 서한西漢 양웅揚雄이 지은 것으로 최초로 중국의 방언을 비교한 단어집이라고 할 수 있다. 모두 13권으로 선진先秦 시기부터 한대漢代에 이르기까지의 방언을 수록하였다.

9) 왕선겸(1842~1917)의 자는 익오益吾이다. 그는 집 이름을 규원葵園으로 지었기 때문에 학자들은 그를 규원선생이라 부른다. 일찍이 국자감 제주祭酒를 지냈고, 성남서원城南書院 원장도 지냈다. 『황청경해속편皇淸經解續編』을 교감校勘하였고, 『십조동화록十朝東華錄』, 『한서보주漢書補注』, 『후한서집해後漢書集解』, 『순자집해荀子集解』, 『장자집해莊子集解』, 『시삼가의집소詩三家義集疏』, 『속고문사류찬續古文辭類纂』, 『허수당문집虛受堂文集』 등을 저술하였다.

견해도 수록하였다. 『석명釋名』10)은 고음 쌍성雙聲으로 만물이 어떻게 이름을 얻게 되었는가를 해설한 것으로 상당 부분 이치에 타당하다고 보여진다. 문자를 연구하는 학생들은 이 부분에 대하여 보다 깊이 연구가 필요하다고 사료된다.

2-6. 『석대釋大』8편, 왕념손王念孫11) 저.

왕념손은 『광아소증廣雅疏證』에서 유명한 "성근동의聲近義同"(자음이 비슷하면 자의 역시 같거나 비슷하다)는 이론을 제기하여 증명해 보였다. 그는 『석대』에서 위와는 다른 방식을 취하였다. 그는 먼저 성모聲母를 근간으로 한 다음 성모에 따라서 이와 연결되는 수많은 단어를 취합하였고, 그 다음 운부韻部에 자음이 비슷하고 자의가 같은 단어를 찾아내어 동원사同源詞의 계보를 확립하게 되었다.

---

10) 『석명』8권은 유희劉熙가 지은 것이다. 유희의 자는 성국成國이다. 모두 27편으로 그 순서는 석천釋天, 석지釋地, 석산釋山, 석수釋水, 석구釋丘, 석도釋道, 석주국釋州國, 석형체釋形體, 석자용釋姿容, 석장유釋長幼, 석친속釋親屬, 석언어釋言語, 석음식釋飮食, 석채백釋采帛, 석수식釋首飾, 석의복釋衣服, 석궁실釋宮室, 석상장釋床帳, 석서계釋書契, 석전예釋典藝, 석용기釋用器, 석악기釋樂器, 석병釋兵, 석거釋車, 석선釋船, 석질병釋疾病, 석상제釋喪制이다.

11) p.175, 주석 34) 참조.

2-7. 『자고字詁』1권, 『의부義府』2권, 황생黃生[12]) 저

『자고』는 자형으로 자의를 해석하지 않고 자음으로 자의를 해석한 책이다. 예를 들면 "복희伏義"와 "포희包義"는 고음古音이 같고, "분分"의 자음을 갖는 글자들은 모두 어지럽다는 의미를 가지고 있으며, "즘怎"은 "작마作麼"의 합음合音이고, "찰咱"은 "자가自家"의 합음이다 등등이다. 황생의 학설은 청대淸代의 언어문자학자들에게 상당히 커다란 영향을 끼쳤다.

황생의 또 다른 저서로는 『의부』가 있다. 이 책은 상하 2권으로 나뉘어, 주로 경사자집經史子集에 실려 있는 단어와 문장을 해석한 내용이다.

황생의 손자인 황승길黃承吉은 『자고』와 『의부』를 합치고 거기에 다시 자신의 견해를 밝혀 『자고의부합안字詁義府合按』을 저술하였다. 그 역시 황생과 마찬가지로 자음으로 자의를 밝혔다. 황승길의 견해는 『몽해당문집夢陔堂文集』에 실려 있다.

2-8. 『소학답문小學答問』, 『신방언新方言』10권, 장병린章炳麟[13]) 저.

『소학답문』은 본자本字를 집중적으로 탐구한 책이고, 『신방언』은 당시의 방언으로부터 몇 몇 단어의 근원을 연구한 책이다. 간단하게 서술되었기 때문에 초학자가 읽기에 큰 부담이 없을 것으로 보인다.

---

12) 황생(1622~?)의 자는 부맹扶孟이다. 그는 "인성구의因聲求義"(자음으로 자의를 탐구하다), "변석고금음변辨析古今音變"(고음과 금음의 변화를 분석하다), "천명음전원리闡明音轉原理"(자음이 변하는 원리를 분명하게 밝히다), "고증자사어원考證字詞語源"(단어의 어원을 고증하다)라는 4가지 관점을 주장하였다. 저서로는 『자고字詁』, 『의부義府』, 『황생문고黃生文稿』, 『삼례회편三禮會編』, 『삼전회편三傳會篇』, 『재주원시화載酒園詩話評』, 『당시적초唐詩摘鈔』, 『두공부시설杜工部詩說』, 『일목당시고一木堂詩稿』 등이 있다.
13) p.55, 주석 16) 참조.

2-9. 『경적찬고經籍纂詁』106권, 완원阮元[14) 저.

경經이란 유가경전儒家經典을, 적籍이란 유가경전 이외의 전적典籍을, 찬纂
이란 수집하고 정리함을, 고詁란 고대인들의 고서古書에 대한 주해注解를 말
한다. 이 책은 1798년에 완성되었다. 각종 경전에 대한 다양한 학자들의 주
석을 한 곳에 나열한 후 평상거입平上去入 사성四聲에 따라 106부로 분류하
였다. 하지만 자의에 대해서만 해석하였을 뿐 자음을 밝히지는 않았다. 만
일 초학자가 운부韻部에 대한 지식이 없으면 글자를 찾기에 상당한 어려움
이 뒤따르는 것은 사실이나 원서를 찾고 고대 한어를 연구하기에는 도움이
된다.

이상에서 언급한 서적들은 모두 훈고와 관련된 것들로 우리들이 흔하게
접하게 되기 때문에 반드시 열독해야만 한다.

2-10. 『광운廣韻』5권, 송 진팽년陳彭年 등 엮음.

『광운』의 원명은 『대송중수광운大宋重修廣韻』으로 송대宋代(960~1279)의
진팽년陳彭年과 구옹邱雍 등이 당시에 유행하던 운서韻書와 자서字書를 종합
하여 편찬한 것이다. 원래는 수대隋代(581~618)에 육법언陸法言이 지은 『절
운切韻』[15)을 확대·증보한 것으로 글자를 늘리고 주注를 단 것 이외에 목
차도 추가되었다. 전체 2만 6,000여 자를 수록했고 평성平聲 57운, 상성上聲
55운, 거성去聲 60운, 입성入聲 34운 등 모두 206운으로 분류하였다.

---

14) p.195, 주석 89) 참조.
15) p.24, 주석 23) 참조. 『절운』5권은 206운에 따라 분류하였고, 12,158자를 수록하
    였다.

2-11. 『절운고切韻考』6권, 『절운고외편切韻考外篇』3권, 진례陳澧16) 저.

『절운고외편』3권은 1879에 완성했으며, 『절운고』6권에 첨부된 책이다. 진례는 『절운고』에서 『광운』의 반절反切17)을 분석하여 『절운』의 성모聲母 체계를 40개의 성류聲類로 나누고 운모韻母 체계를 311개 운류韻類로 나누어 분석하여 어음체계를 밝혔으며, 『절운고외편』에서는 『절운고』의 내용을 등운도等韻圖(음운학에서 성聲과 운韻의 결합으로 중국어의 자음字音, 즉 음절을 나타낼 수 있도록 마련한 도표)의 형식으로 나타내었다. 『절운고외편』 권1의 <반절상자분병위삼십육류고反切上字分倂爲三十六類考>는 『광운』의 40개 성류聲類와 전통적인 분류법인 36개 성류聲類에 관한 학설의 차이점에 관한 것이고, 권2의 <이백육운분병위사등개합도섭고二百六韻分倂爲四等開合圖攝考>는 『광운』의 206개 운을 개합開合과 사등四等에 의해 등운도 형식으로 나타낸 것이며, 권3의 <후론後論>은 등운도에 관한 그의 견해를 밝힌 부분이다.

2-12. 『음학변미音學辨微』1권, 『사성절운표四聲切韻表』1권, 강영江永18) 저.

위 두 권의 책은 자음에 대한 내용으로 간단명료하게 기술하였기 때문에

---

16) 진례(1810~1882)의 자는 난보蘭甫, 호는 동숙東塾이다. 그는 천문과 지리, 고문과 변문 등 다방면에 걸쳐 뛰어난 업적을 남겼으며 그의 업적은 120여 종류의 저서로 대변된다. 저서로는 『동숙독서기東塾讀書記』, 『한유통의漢儒通義』, 『성율통고聲律通考』 등이 있다.

17) p.28, 주석 4) 참조.

18) 강영(1681~1762)은 청대의 저명한 경학가經學家이자 음운학자이다. 그의 자는 신수愼修이다. 그는 고금의 예문에 박학다식하였고, 특히 『삼례三禮』연구에 매우 뛰어나 상당히 독창적인 견해로 『주례의의거요周禮疑義擧要』를 편찬하였다. 대진戴震, 정요전程瑤田, 금방金榜 등은 모두 그의 제자이다.

초학자들에 있어서 음운학 입문서라고 할 수 있다.

2-13. 『성류聲類』4권, 전대흔錢大昕[19]) 저.

성류聲類는 간혹 성모聲母를 지칭하기도 하고, 등운학等韻學 학자들은 성모聲母를 자모字母라 칭하기도 한다. 전대흔과 진례는 자모字母라는 명칭이 범문梵文에서 유래한 것으로 여겨 한자에 적합하지 않다고 보아 그 이름을 성류聲類라고 바꿨다.

전대흔은 다양한 고전의 주석 중에서 쌍성으로 해석이 가능한 글자를 모은 후 이를 분류하여 『성류』를 저술하였다.

2-14. 『고운표집설古韻表集說』2권, 하흔夏炘[20]) 저.

하흔은 정상鄭庠, 고염무顧炎武, 강영江永, 단옥재段玉裁, 왕념손王念孫 등 학자들의 서로 다른 '고운분부古韻分部'를 수집하여 각각 표를 만들어 거기에 설명을 덧붙여 간단명료하게 이 책을 만들었다. 만일 초학자가 '고운분부'에 대하여 잘 모르거나 혹은 혼란스럽다면 이 책을 보면 어느 정도 파악할 수 있을 것이라 생각된다.

2-15. 『설음說音』1권, 강겸江謙[21]) 저.

---

19) p.174, 주석 28) 참조.
20) 하흔(1789~1871)의 자는 심백心伯이다. 그는 주자朱子에 대하여 심도 있게 연구한 끝에 『술주질의述朱質疑』16권을 저술하였다. 또한 경서 방면의 연구를 거듭하여 『주자시집전교감기朱子詩集傳校勘記』1권, 『시장구고詩章句考』1권, 『시악존망보詩樂存亡譜』1권 등을 저술하였다.
21) 강겸(1876~1942)은 저명한 교육자이다. 그의 자는 역원易園, 호는 양복陽複이

강겸은 쌍성雙聲의 작용을 특별히 강조하였다. 비록 그의 저서로는『설음』
1권 밖에 없지만, 다양한 자료를 수집하여 많은 예증을 들어 설명하였기 때
문에 그의 논점이 매우 분명하다고 할 수 있다. 그는 항상 "소리가 기본이
다."라는 점을 강조하였다.

2-16.『국고논형國故論衡』권 상에 들어있는『고쌍성설古雙聲說』1권,
　　　『편낭일이뉴귀니설篇娘日二紐歸泥說』1편, 장병린章炳麟22) 저.

　　장병린의 "낭일이뉴귀니娘日二紐歸泥"의 학설은 일찍이 다른 학자가 제시
한 적이 있지만 장병린처럼 주도면밀하고 간단명료하게 제시한 적은 없다.
그러나 그가 이러한 학설을 제시하였으나 그는 '고운분부古韻分部'에 구속
되어 실제로 이 학설을 가지고 문제를 해결한 바는 그리 많지 않아 보인다.

2-17.『황간논학잡저黃侃論學雜著』에 실려 있는『음략音略』,『성
　　　운략설聲韻略說』,『성운통례聲韻通例』각 1권, 황간黃侃23) 저.

　　황간의 고문자학에 대한 견해는 주로 위 세 권 이외에도『황계강선생여
우인논치소학서黃季剛先生與友人論治小學書』등에서 엿볼 수 있다. 그의 상고

다. 어렸을 적부터 영민하여 자양서원紫陽書院에서 2년 동안 학습한 후 남경南
京의 문정서원文正書院에서 수업을 받았다. 장건張謇이 남통南通에서 중국 제일
第一 민변통주사범학당民辦通州師範學堂을 세우고 강겸을 요청하여 일을 보게
하였고 얼마 지나지 않아 그는 교장이 되었다.
22) p.55, 주석　16) 참조.
23) 황간(1886~1935)은 저명한 언어문자학자이다. 어렸을 적 이름은 교재喬鼐였으
나 후에 교형喬馨으로 바꿨고 최후에는 간侃으로 바꿨다. 그의 자는 계강季剛이
다. 1905년 일본으로 건너간 뒤 동경에서 장태염章太炎을 만나 그로부터 소학小
學과 경학經學을 배웠다. 일찍이 북경대학교와 중앙대학교 및 금릉金陵대학교에
서 교수직을 역임하였다. 세인들은 그와 장태염을 "국학대사國學大師"라 칭한다.

上古 성운 계통에 대한 주요한 공헌은 (1) 고성古聲 19뉴紐 주장, (2) 고운古韻 28부部 주장, (3) 고음古音에는 단지 평성平聲과 입성入聲만이 존재한다는 주장 등 세 가지로 나눌 수 있다.

장태염과 황간의 성운에 관한 이론은 근 100여 년 동안 학계에 지대한 영향을 끼치고 있기 때문에 학생들은 반드시 이들의 주장과 견해를 분명하게 파악해야 할 것이다.

2-18. 『경전석문經典釋文』30권, 육덕명陸德明[24] 저.

『경전석문』은 옛 사람들이 경서經書를 읽을 때 사용하였던 자전이다. 이 책은 고음을 고증하는 것이 주된 내용이고 여기에 더하여 자의도 해석하였다. 따라서 한漢·위魏·남조南朝의 옛 자음이 풍부하게 수록되어 있기 때문에 당나라 이전의 성운을 고증하는 근거 자료가 된다. 뿐만 아니라 수많은 고문자도 기록되었기 때문에 고문자를 연구하는 학자들에게 증거 자료를 제공해준다. 여기에 인용된 고서로는 『주역周易』, 『상서尙書』, 『시경詩經』, 『춘추삼전春秋三傳』, 『논어論語』, 『효경孝經』, 『장자莊子』 등이다.

2-19. 『일체경음의一切經音義』100권, 혜림慧琳 저.

이 책은 일체경一切經에 수록되어 있는 경전의 어구語句의 자음과 자의를 해설한 책으로 당나라 현응玄應이 저술한 25권과 혜림慧琳이 저술한 100권이 있고, 희린希麟이 저술한 『속일체경음의續一切經音義』 10권이 있다.

이상에서 언급한 서적들은 모두 성운와 관련된 것들로 우리들이 흔하게 접하게 되기 때문에 반드시 열독해야하는 서적들이다.

---

24) 육덕명(550~630)의 이름은 원랑元朗이다. 그는 경학가이자 훈고학자이다. 정관貞觀 초에 국자박사國子博士가 되었다.

찾아보기